KB108183

봄, 여름, 가을
그리고
겨울 이야기

봄, 여름, 가을 그리고 겨울 이야기

발행일	2019년 6월 18일		
지은이	이용춘		
펴낸이	손형국		
펴낸곳	(주)북랩		
편집인	선일영	편집	오경진, 강대건, 최승헌, 최예은, 김경무
디자인	이현수, 김민하, 한수희, 김윤주, 허지혜	제작	박기성, 황동현, 구성우, 장홍석
마케팅	김회란, 박진관, 조하라		
출판등록	2004. 12. 1(제2012-000051호)		
주소	서울시 금천구 가산디지털 1로 168, 우림라이온스밸리 B동 B113, 114호		
홈페이지	www.book.co.kr		
전화번호	(02)2026-5777	팩스	(02)2026-5747

ISBN   979-11-6299-756-7 03810 (종이책)   979-11-6299-757-4 05810 (전자책)

잘못된 책은 구입한 곳에서 교환해드립니다.
이 책은 저작권법에 따라 보호받는 저작물이므로 무단 전재와 복제를 금합니다.

이 도서의 국립중앙도서관 출판예정도서목록(CIP)은 서지정보유통지원시스템 홈페이지(http://seoji.nl.go.kr)와
국가자료공동목록시스템(http://www.nl.go.kr/kolisnet)에서 이용하실 수 있습니다.
(CIP제어번호: CIP2019023538)

(주)북랩 성공출판의 파트너

북랩 홈페이지와 패밀리 사이트에서 다양한 출판 솔루션을 만나 보세요!

홈페이지 book.co.kr   •   **블로그** blog.naver.com/essaybook   •   **원고모집** book@book.co.kr

평범한 사람이 세상과 나누는 대화

봄, 여름, 가을
그리고
겨울 이야기

이용춘

북랩 book Lab

이 책을 읽으시는 분들께

십여 년 전쯤이다. 글을 써서 신문사에 보냈는데 내 글이 실렸다. 처음 겪은 일이라 신기하고, 지인들이 글에 관심을 보이는 것이 재미있었다. 그때부터 가끔씩 글을 쓰는 습관이 생겼다. 근래에 좀 더 자주 글을 썼고, 신문에 기고한 글과 써놓은 글을 모으니 육십여 편이 넘었다.

책을 내면 어떨까 하는 생각이 들어 글을 정리하여 보니 많이 쓴 달에는 여덟 편, 적게 쓴 달에는 세 편이었다. 자연스레 책 구성을 쓴 글에 따라 열두 달로 나누고, 다시 네 계절로 묶었다. 책 끝부분에 물류 이야기를 재미있게 써보았다.

평범한 인생살이도 쉽지 않다는 것을 철이 들면서 이미 깨달았기에 평균적인 삶은 살아야겠다고 다짐했고, 노력했다. 직장에서, 사회에서 많은 사람들을 만나 소통하고 부대끼며 사는 것이 그러한 삶의 모습이라 생각했다. 이 같은 생각을 이해해주는 분들이 많아 내게 큰 힘이 되었다.

마이너스 통장이 일상이 되었고, 월급 받는 날을 손꼽아 기다렸다. 그럼에도 소주나 막걸리라도 한잔 걸치면 세상이 내 것인양 호기도 부렸다. 이 책은 이처럼 평범한 사람이 가정, 직장, 사회생활을 하면서 생각하고 느낀 점을 쓴 글이다. 그러기에 평범한 분들이 읽어보시고 함께 공감할 수 있으면 더없이 행복하겠다.

책을 준비하고 '이 책을 읽으시는 분들께'를 쓰면서 생각나는 것은 '유연(柔軟)'과 '감사(感謝)'다. 이는 빠져도 혀는 남아있는 것처럼, 진정한 강함은 부드러움에서 나오는 것이 세상의 이치임을 이제야 깨달았다. 좀 더 유연하게 살아야겠다.

부족함이 많은 나를 가르쳐주고, 격려해주고, 이해해준 직장동료, 친구들에게 감사드린다. 그리고 진상현 님의 조언이 내 글이 빛을 보는데 큰 힘이 되었다. 나를 있게 해주신 부모님, 남에게 폐를 끼치지 말라는 충고와 함께 격려의 말을 해준 아내, 아들 내외와 딸에게도 감사의 말씀을 드린다.

2019. 5. 이용춘

차례

이 책을 읽으시는 분들께

봄 이야기

여름 이야기

가을 이야기

겨울 이야기

春

봄 이야기

십일에...

한해 열두 달 중 어느 달이 아름답고 소중하지 않겠는가마는, 내게는 삼월이 가장 소중하다. 1985년 3월 25일에 직장 생활을 시작했고, 지난 해 3월 25일에는 사랑하는 아들이 결혼을 했다.

삼월은 봄꽃이 피고 본격적으로 봄이 시작되며 입학과 개학이 있어 생동감이 넘쳐난다. 몇 년 전부터 짓고 있는 텃밭 농사 준비도 바빠진다. 그러나 요즘은 미세먼지가 심해 춘래불사춘(春來不似春), 봄이 와도 봄 같지 않은 느낌이다.

사십일 년 전 삼월에 부모님께서는 아들의 학업을 위해 많지 않은 논밭을 팔고 고향 정선을 떠나 춘천으로 왔다. 직장 없는 도시생활은 참으로 힘들었다. 어머니는 방 몇 개를 가지고 하숙을 쳤고, 아버지는 소규모 토목사업 등을 하면서 생계와 아들의 학업을 뒷바라지했다.

나는 대학 3년을 마치고 군대를 다녀온 후 공무원시험을 거쳐 1985년 3월에 춘천 우체국에서 직장 생활을 시작했다. 첫 보직이 우편 계장이었는데, 그 당시에는 계장이 7급이라 공직 생활을 초급 간부부터 시작할 수 있었다. 24시간 교대근무였고, 여기에서 아내를 만나 지금까지 함께 살고 있다. 많이 서툰 나를 넓은 마음으로 이해해주고 배려해준 선배님들의 고마움을 지금도 잊지 못한다. 춘천에서 3년간의 생활을 마치고 1988년 3월에 강원 체신청으로 자리를 옮겼다.

그때 우체국은 체신부 소속이었다. 이후 정보통신부, 지식경제부, 미래창조과학부를 거쳐 지금은 과학기술정보통신부에 소속되어 있다. 그 당시에는 권력기관 근무를 선호하는 경향이 심했다. 술자리에서 잔이 없는 사람을 우체국장이라고 하는 이야기를 심심찮게 들을 수 있었다. 발령받고 나서 일이 년 동안 이런 사회 분위기에 다소 갈등이 있었으나 곧 아주 잘 한 선택이라는 생각을 하게 되었고, 곧 공직 생활을 마무리하는 지금

봄 이야기

도 이 생각은 변함이 없다. 당시 총무처에서 각 부처 인력수요를 감안하여 부서 배치를 했기에 부서선택권은 없었다.

나이를 먹을수록 선택해야 할 순간이 많아진다. 나이가 들어갈수록 선택의 기준이 늘어나고 복잡해지는 것은 점점 욕심이 많아지기 때문이 아닐까 싶다.

소크라테스는 제자들이 "인생이란 무엇입니까?"라고 묻자 제자들을 데리고 사과나무밭으로 갔다. 소크라테스는 "밭 끝까지 걸어가며 각자 마음에 드는 사과를 하나씩만 따와라. 하나만 딸 수 있고, 다시 되돌아갈 수 없으며, 선택은 한 번뿐이다."라는 규칙을 알려주었다. 제자들은 각자 마음에 드는 사과를 고르려 애썼고 어느덧 사과밭 끝에 다다랐다.

미리 와 있던 소크라테스가 "제일 좋은 사과를 골랐느냐?"고 묻자 제자들은 한 번만 더 사과 고를 기회를 달라고 이구동성이었다. 한 제자가 "밭 입구에 마음에 드는 사과가 있었으나 더 나은 사과가 있을 것으로 기대하고 따지 않았는데 이제 보니 그 사과가 가장 좋다는 것을 알았다"라고 하자 다른 제자는 "저는 반대로 밭 초입에서 제일 크고 좋다고 생각되는 사과를 골랐는데 나중에 보니 더 좋은 게 있었다."며 안타까워했다.

이때 소크라테스가 껄껄 웃으며 "그게 인생이다. 인생은 선택으로 이루어지고, 단 한 번만 할 수 있는 선택도 많다."고 말했다. 우리는 현명한 선택을 하려고 체험을 하며 지식과 정보를 구한다. "노인이 한 분 돌아가시면 도서관 하나가 사라지는 것과 같다."는 아프리카 속담이나 "집안에 어른이 한 분 계시면 보물이 하나 있는 것과 같다."는 중국 속담이 있는 것처럼, 어떤 선택 앞에서 경험이 많은 어르신의 의견을 경청하는 것이 좋다.

조선 전기의 학자이자 예술인이었던 허백당(虛白堂) 성현(成俔)은 읍취

당기(挹翠堂記)에서 "대저향헌면지영자 무강호지취(大抵享軒冕之榮者 無江湖之趣) 유번화지사자 무소산지태(有繁華之事者 無蕭散之態) 득어차이실어피 지호소이유호대야(得於此而失於彼 志乎小而遺乎大也)"라고 했다.

'대체로 높은 직위의 영화를 누리는 사람은 강호의 아취(雅趣)가 없고, 화려한 일이 있는 사람은 한적하게 지내는 자태가 없기 마련이다. 어느 한 가지를 얻으면 다른 한 가지를 잃게 되고, 작은 것에 뜻을 두면 큰 것을 놓치게 되는 법'이라는 뜻이다.

허백당은 인생에서 보다 현명한 선택을 할 것을 강조하고 있다. 주변을 돌아보니 온전한 머리를 가지고 있는 친구가 없다. 세월은 친구들의 머리카락을 뺏어 휑뎅그렁하게 만들고, 하얗게 덧칠을 해놓았다. 사랑하는 아내의 머리에도 서리가 내리기 시작했다. 지금의 내 모습은 지난날 내가 선택한 결과다. 선택은 각자의 권한이고 자유이나, 그 대가는 꼭 자기 자신에게 되돌아온다. 앞으로 더 신중한 선택을 해야겠다.

우리는 눈뜨고 있는 동안 선택을 한다. 점심에 무엇을 먹을까, 걸어갈까 차를 타고 갈까, 무슨 색깔의 넥타이를 맬까 등 비교적 가벼운 선택도 있고, 배우자와 직업 등을 고르는 인생에 중요한 선택도 있다. 의도한 선택이든 의도하지 않은 선택이든 우리의 삶은 선택에 의해 크게 영향을 받는다. 또 사람은 물러날 때를 잘 선택해야 한다. 그렇지 못하면 구차해지고, 어려움에 처할 수 있다.

1. 인생은 선택이다

얼마 전 같이 근무하는 직원으로부터 주례를 서달라는 부탁을 받았다. 그 날 꽤 중요한 일이 있었으나, 평소 아끼는 직원으로 일도 잘하고 주위의 모범이 되기에 주례를 맡기로 하였다.

주례를 자주 서는 분들과 달리 가끔 주례를 서는 사람은 상당히 부담스러울 수밖에 없다. 내가 주례를 맡을 자격은 있는가. 주례사로 어떤 이야기를 해야 할까. 어떤 색깔의 넥타이를 맬까 등…. 결혼식 진행 절차나 사회자의 멘트는 대개 비슷할 테니, 결국 주례자에 따라 달라지는 주례사가 그 날의 백미일 것이다.

결혼 당사자는 인생을 살아가는데 기억할 만하고 가치 있는 말을 듣고 싶어 할 것이나, 하객은 어서 빨리 주례사가 끝나기를 바라는 것이 인지상정이니 이 두 요구를 맞추기가 쉬운 게 아니다.

주례사를 쓰면서 나 자신을 돌아보았다. 나는 어떤 모습이며, 무엇이 지금의 내 모습을 만들었을까. 순간 '선택'이라는 생각을 하게 되었다. 학교를 졸업하고 이 직업을 선택한 것이 지금 내 모습의 대강을 만들었다.

사람은 살아가면서 숱한 선택을 한다. 아침에 몇 시에 일어날까. 식사는 할까 말까. 걸을까 차를 탈까 등…. 이러한 선택은 일상적인 선택이다. 다른 선택을 하더라도 크게 문제가 되지 않는다.

그러나 살아가면서 중요한 선택도 많이 해야 한다. 전공을 무엇으로 할까. 어떤 직업을 가질까. 배우자로 누구를 고를까 등 그 사람의 인생을 좌우할 수 있는 선택이다. 어떤 선택을 하느냐에 따라 인생이 달라진다. 우리는 선택을 피할 수 없다. 인생은 선택이기 때문이다.

행동경제학자이자 『넛지(Nudge)』의 저자로 올해 노벨 경제학상을 수상한 리처드 세일러의 『똑똑한 사람들의 멍청한 선택』이란 책이 있다. 그는 이 책에서 합리적인 선택을 하지 못하는 이유로 세 가지를 꼽는다.

첫째는 자기통제를 잘 하지 못한다는 점이다. 욕심은 앞서나 막상 선택해 놓고 감당을 못한다. 살을 빼려는 의욕이 넘쳐 헬스클럽 1년 이용권을 사고는 후회를 한다. 며칠이라도 운동을 해보고 결정하면 시행착오를 줄일 수 있을 텐데 잘못된 선택을 하는 것이다.

둘째는 관성이 작용한다는 것이다. 사람에게는 이미 내린 결정을 되돌리지 않으려는 경향이 있는데, '자동 연장' 등은 이런 습성을 이용한 것이다. 새롭게 가입 권유를 받을 때에는 이것저것 따져 보고 결정 하나, 이미 가입한 것의 기간 만료에 따른 '자동 연장'에는 쉽게 동의한다.

셋째는 손실 회피 경향이다. 같은 금액이라도 이익이 가져다주는 기쁨보다 손실이 안기는 고통이 더 크다는 것이다. 예를 들어 10,000원짜리 물건에 세금을 10% 붙여서 판매하면 세금 포함 11,000원으로 판매하는 것보다 덜 팔린다고 한다.

이 셋만 명심해도 잘못 선택하는 오류를 줄일 수 있을 것이다. 살아온 경험에 의하면 어르신, 특히 부모님의 의견을 경청하면 좋은 선택을 할 수 있다. 집안에 어른이 한 분 계시면 보물이 있는 것과 같다는 '가유일노, 여유일보(家有一老, 如有一寶)'란 속담은 우리에게 많은 점을 시사한다.

2018 무술년에는 모두가 바른 선택을 하여 우리 사회가 더욱 발전하기를 기대한다. 특히 새롭게 가정을 꾸리는 젊은 부부들이 살아가면서 현명한 선택을 하여 성공하는 삶을 살고, 화목하고 행복한 가정을 만들어 가기를 소망한다.

(2018년 3월 10일, 토요일에 쓰다)

봄 이야기

나는 정선 북평리에서 정선 읍내로 중·고교 6년을 기차로 통학했다. 그때가 70년대 초·중반이었다. 1974년 12월 여량~구절리 구간이 완공됨으로써 정선선 전 구간이 개통되었다. 우리나라 최대 탄전인 정선 탄전의 개발을 위해 개설된 기차라 여객 중심이 아니어서 학생이 이용하기에는 시간적으로 불편했다.

기차가 없었을 때는 10㎞가 넘는 산골길을 걸어 다녀야 했으니 통학 환경이 그래도 좋아졌다고 할 수 있다. 하지만 기차가 연착이라도 하면 지각하기 일쑤였고, 역에서부터 학교까지는 거의 뛰어다녔다. 오후 수업은 1시간 정도 빼먹어야 오후 다섯 시 경 집으로 가는 기차를 탈 수 있었다. 이 기차를 놓치면 밤 10시까지 기다려야 하므로 학교에서도 배려를 해주었다.

그때 뛰었던 경험이 지금도 10㎞ 정도의 거리는 거뜬히 달릴 수 있는 힘이 되고 있다. 중학교 2학년 때 개교기념일 마라톤 대회가 있었다. 중·고교 통합학교라 전교생이 1천 명을 훌쩍 넘겼다. 20등까지 상을 주는 것으로 알고 달렸고, 당당히 11등을 했다. 그런데 딱 10등까지만 상을 주었다.

내가 잘못 들은 것일 수도 있었다. 상이라고 해봐야 고작 노트 1권이었지만, 그렇게 약 오르고 안타까울 수가 없었다. 지금도 그때의 아쉬움이 생생하다. 달리느라 상당히 무리를 해 며칠 동안 걷기가 불편해서 고생을 했다.

그러나 이때 달린 덕분일까. 군에 있을 때 남들은 구보를 가장 힘들어하고 싫어했지만, 나는 구보를 가장 좋아했고 자신 있었다. 지금도 걷기와 조깅을 즐겨한다.

지금은 일 년에 두 번 달리기 대회에 참가한다. 강원일보사의 3·1절 건강달리기 대회와 강원도민일보사의 시민건강달리기 대회다. 이 두 달리기 대회에서 내 건강과 체력을 테스트한다. 비록 10㎞이지만, 달리고 나면 성취감이 이만저만 아니다.

새해가 되면 벌써 기다려진다. 바로 3·1절 건강달리기 대회다. 강원일보사가 독립정신과 순국선열의 얼을 기리고 시민의 체력 향상을 목적으로 1999년 춘천에서 개최했고 현재까지 이어지고 있다. 해가 거듭될수록 도민들로부터 호응을 얻게 되자 18개 시·군이 모두 참가하고 있다. 나도 이 대회에 철원 우체국장 시절부터 건강관리를 위하여 참가하고 있으니 올해로 15년째다.

물론 순위에는 관심 없고, 완주가 목표다. 우체국 직원은 단체로 참가하여 '우체국 택배', '우체국 금융', '우체국이 있습니다' 등의 홍보물을 붙이고 뛴다. 각 기관·단체는 '불조심', '공명선거' 등의 다양한 홍보를 한다.

원주에서는 종합운동장을 출발해 의료원 사거리를 지나 관설동 KT 지사에서 우회전하여 소방서를 지나 돌아오는 코스인데, 거리는 10㎞에 조금 못 미친다. 하지만 이 거리도 아무 준비 없이는 뛰기 쉽지 않다.

나는 평소 걷기를 좋아하고 매일 아침 5㎞의 거리를 걸어서 출근하기에 빨리 달리는 건 몰라도 천천히 달리는 것에는 자신 있다. 기록이라 할 것도 없지만, 한 시간 내에는 들어온다. 이 대회에 기관장으로서 세 차례 참가했는데, 올해도 어김없이 직장 동료들과 함께 참가했다.

오랜만에 날씨가 맑아 선크림을 바르고 집을 나와 엘리베이터를 타고 거울을 봤는데 후회가 일었다. 거울에 비친 얼굴이 '전설의 고향'에 나오는 저승사자처럼 얼굴을 희게 분장한 듯한 느낌이 들었다.

지울 수도 없어서 그대로 VIP룸으로 가 기관·단체장님들과 인사를 나누고 차를 한잔 했는데, 우려했던 대로 어느 기관장님이 관심을 보였다.

"무엇을 발랐느냐", "뭘 거냐."라고 묻는 것에서 선크림을 바른 내 얼굴이 많이 어색한 느낌을 준다는 것을 알 수 있었다. 다른 사람은 관심조차 없는데 내가 지레짐작으로 이런 생각을 하는 것일 수도 있을 것이다. 한 시에 시총을 하고, 바로 잠바를 벗고 달렸다.

출발은 남들보다 좋았는데, 달리면서 계속 추월을 당했다. 몇 년 전까지는 추월당하면 속상했지만 이제는 그런 생각이 많이 줄었다. 그럼에도 나이 든 여성이나 머리가 희끗희끗한 어르신이 추월할 때는 자존심이 좀 상한다. 반환점에 가면 기념품 티켓을 나눠준다. 만 원 안팎의 쌀, 라면, 상품권, 농구공 등이지만 그 기대와 재미는 쏠쏠하다.

목표지점에 골인했을 때의 기쁨을 뛰어본 사람은 안다. 올해는 완주 메달과 기념품으로 만 원 상당의 상품권을 받았다. 달리기를 마치면 대개 동료들과 막국수에 막걸리를 한잔 걸친다. 그 즐거움을 무엇에 비할 수 있겠는가. 달리기를 하면서 겪은 두 개의 에피소드가 지금도 기억에 생생하다.

하나는 나보다 열 살은 많은 직장동료와 함께 뛰었을 때다. 내가 먼저 들어오겠지 했으나 결과는 전혀 달랐다. 출발부터 내가 따라가면 달아나고, 또 겨우 따라잡으면 또 달아나서 결국엔 한참이나 뒤졌다. 체력은 결코 나이 문제가 아니라 관리 문제임을 느낀 소중한 기회였다.

나는 엄지와 검지만으로는 팔굽혀펴기 자세조차 취하지 못하는데, 며칠 전 TV에서 85세의 어르신이 엄지와 검지만으로 팔굽혀펴기를 하는 놀라운 광경을 보았다.

이런 적도 있었다. 이때도 직장동료들과 레이스를 했고, 나는 내 페이스대로 달렸는데 오르막길에서 한 동료가 나를 추월하며 뒤돌아보고 씨익 웃었다. 추월했다는 기쁨과 나를 향해 힘내라는 격려 등이 섞인 웃음이었을 것이다. 그런데 그 동료는 얼마 못 가 더 달리지 못하고 걷기 시작했고, 나는 느리지만 계속 달려 다시 앞섰다. 지금도 그때 생각을 하면 웃음이 난다.

인생은 마라톤이라고 한다. 인생을 100m 달리기라고 하지는 않는다. 100m 달리기는 건강보다는 경쟁과 순위 다툼이다. 마라톤은 순위를 신경 쓰지 않고 건강관리를 위해 달리는 사람이 의외로 많다. 100m 달리기는 10초대, 빠르면 9초대에서 끝나지만, 마라톤은 아직도 2시간대가 깨지지 않고 있다. 일류선수가 2시간 10분 안팎이고, 좋아서 뛰는 아마추어는 3시간을 훨씬 넘긴다. 아니, 완주만 해도 큰 의미가 있다. 내 경우 여태까지 마라톤 풀코스는 뛰어본 적이 없고, 하프마라톤은 뛰어봤다.

인생이나 마라톤이나 내가 주인공이다. 누가 대신 살아줄 수도 뛰어줄 수도 없다. 둘 다 목표가 있고, 그 과정이 고통스러울 때도 있으며, 반대로 기쁠 때도 있다. 인생의 희로애락이 마라톤에도 있다. 며칠 전 라디오 프로인 '3분 경영'에서 욕심을 버리면 행복하다는 말을 들었는데 마음에 와 닿았다. 우리 사회의 많은 문제가 과욕에서 비롯된다. 올해 달리기 대회를 기다리면서 '기다림'에 대해 생각해 보았다.

봄 이야기

2. 3·1절에 내가 달리는 이유

사람살이는 기다림의 연속이다. 우리는 기다림에 익숙해져 있다. 초등학교 졸업생 중 열에 두셋은 상급학교로 진학을 못하던 시절, 나는 중학생이 되는 것을 손꼽아 기다렸다. 고등학생 때는 좋아하는 여학생을 만나기 위해 몇 시간을 기다려 보기도 했고, 대학생 때 미팅에서 어떤 여학생이 내 파트너가 될까 기대하면서 시간을 죽여보기도 했다.

남자라면 '전역을 하면 무엇이든 할 수 있을 것 같다'는 기대감으로 전역 예정일을 손꼽아 기다린 것이 아마 가장 잊지 못할 기다림이 아닐까. 직장 생활을 하면서는 승진을 기다렸고, 결혼을 하고는 나를 닮은 예쁘고 착한 아이와의 만남을 기다렸다. 아들이 크다 보니 아들의 여자가 기다려졌고, 지금은 손주와의 만남을 기다리고 있다.

나는 새해가 되면 특히 기다려지는 두 가지가 있다. 하나는 읽을 때마다 새롭게 다가오는 소설 삼국지고, 또 하나는 3·1절 건강달리기 대회다.

3·1절의 독립정신과 순국선열의 얼을 기리고 시민 체력 향상을 위해 강원일보사가 주최한 건강달리기 대회는 1999년 춘천에서 처음 시작되어 2001년 강원도 18개 시·군이 함께 '대한독립 만세'를 외치며 축제의 한마당을 연출하였으니, 사람으로 치면 어느새 성인인 약관의 나이가 된 것이다. 이 대회는 그때그때 사회적 이슈를 슬로건으로 삼아 공감대를 형성하고 여론을 주도했다.

2001년에는 고성산불 피해를 되새기는 '산불 조심' 캠페인을 펼쳤고, 강원도가 '2010 평창 동계올림픽 대회' 유치를 공식 선언한 2000년부터 '2018 평창 동계올림픽'유치에 성공한 2011년까지는 매년 동계올림픽 유치를 슬로건으로 삼았다.

2012년 대회부터 '2018 평창 동계올림픽 성공 개최'가 슬로건이 됐고, 2017년에는 '미소 짓고 인사하는 당신이 미·인(美人)입니다'란 구호를 실천과제로 삼아 분위기를 확산시킴으로써 평창 동계올림픽에서 강원도민의 친절한 이미지를 세계에 알렸으며, 이는 동계올림픽의 성공적 개최에 한 몫을 단단히 했다. 지난해에는 평창 동계올림픽 성공 개최를 자축하면서 달렸고, 올해는 3·1절 100주년이란 역사와 뜻을 되새기면서 달린다.

자기 체력에 맞는 달리기가 건강에 좋다는 것은 누구나 알고 있다. '세상에서 가장 아름다운 도전, 황영조 마라톤 스쿨'에서 황영조는 달리기의 장점으로 심장이 튼튼해지고, 산소를 운반하는 능력이 출중해지며, 팔과 다리뿐만 아니라 몸통과 허리까지 몸 전체가 튼튼해진다는 점을 들었다. 또한 온몸의 근육과 신경, 뼈, 인대가 한 번씩 점검을 받고 더욱 강하게 단련되며, 건강하게 땀을 흘리다 보면 피부도 좋아지고 얼굴의 윤곽이 또렷해져 예뻐지고 멋있어진다고 적었다. 달리기를 하고 나면 행복감을 느끼게 해주는 엔도르핀이 잘 분비되어 우울증과 스트레스 해소에도 보약이라고 한다.

순위를 다투지 않고 체력 테스트를 위해 완주를 목표로 한다면 준비물이라 해봐야 운동화와 간소한 운동복만 있으면 되니 큰 비용이 들지도 않고, 뛰다 보면 잡념이 사라지고 생각을 정리할 수 있는 것도 좋은 점이다. 집에 대회 때 입었던 티셔츠가 일고여덟 개는 되고, 2005년부터 매년 참가했으니 금년으로 십오 년째다.

올해도 완주를 목표로 달려볼 생각이다.

(강원일보, 2019년 2월 15일 금요일[확대경])

봄 이야기

언제인가부터 집에서 내가 국기 게양 담당이 되었다. 내가 국기를 달지 않으면 누구도 관심이 없다. 국기를 달고 나서 꼭 아파트 아래위와 옆을 살펴본다. 그런데 해가 갈수록 국기를 게양하는 집이 줄어든다.

올해 3·1절에는 내가 사는 아파트 동에서 겨우 다섯 집이 태극기를 달았다. '학교에서는 태극기 달기를 가르칠 텐데… 집에 아이들이 없어서 그런가?' 하는 생각도 해보았다. 아니면 다른 이유가 있는 것일까.

우리나라가 일제로부터 독립하기 위해 많은 분들이 소중한 목숨을 바쳤고, 후손인 우리가 그것을 기릴 수 있는 최소한의 예의가 국기 게양하는 것임을 생각하면 가슴이 답답해진다.

국기에 대한 인식의 제고 및 존엄성의 수호를 통하여 애국정신 고양을 목적으로 하는 '대한민국국기법'에 의하면 대한민국의 국기는 태극기이다. 따라서 국기와 태극기는 같은 말이다.

우리나라의 국기 제정은 1882년 '조미수호통상조약' 조인식이 직접적인 계기였으며, 이후 다양한 형태의 국기가 사용되다가 1949년 '국기제작법 고시'가 발표되었고, 2007년 '대한민국국기법'과 같은 법 시행령이 제정되어 국기가 체계적으로 관리되고 있다.

국기 게양일은 5대 국경일(3·1절, 제헌절, 광복절, 개천절, 한글날)과 '각종 기념일 등에 관한 규정'에 따라 현충일과 국군의 날에 게양하도록 되어 있다.

가을에 수확한 양식은 바닥이 나고 보리는 미처 여물지 않아 식량 사정이 매우 어려운 오뉴월을 말하던 '보릿고개'라는 말은 이제 사전에서나 찾아볼 수 있고, 배고픔보다는 비만을 걱정해야 하는 지금이다. 6, 70년 대 꿈꾸던 마이카 시대는 이미 오래전에 실현되었고, 보통사람들의 해외 여행도 더 이상 이야깃거리가 아니다.

우리나라는 근대 이후 민주화와 산업화에 모두 성공한 보기 드문 나라로 평가받고 있다. 이 모두는 우리 선조들께서 몸 바쳐 우리나라를 지키고 가꾸었기 때문에 가능했다. 국기를 게양해야 하는 날, 내가 사는 아파트와 모든 집에서 국기가 게양될 수 있기를 소망해본다.

봄 이야기

3. 국기 게양에 대한 단상(斷想)

얼마 전 지나간 3.1절. 살고 있는 아파트에 국기를 게양했는데 잠시 뒤 국기가 보이지 않아 창문을 열고 밖을 보니 강한 바람 탓에 국기가 바닥에 떨어져 있었다. 내려가 국기를 줍고 나서 위를 쳐다봤는데 마치 숨은 그림 찾기를 하는 것처럼 국기를 게양한 집이 드물었다. 말로만 듣던 국기 게양에 대한 시민들의 무관심을 확인하고, 아쉬운 마음을 금할 수 없었다.

국기는 흰색 바탕에 가운데 태극 문양과 네 모서리의 건곤감리(乾坤坎離) 4괘로 구성되어 있다. 흰색 바탕은 밝음과 순수, 그리고 평화를 사랑하는 우리의 민족성을 나타내고, 태극 문양은 음(파랑)과 양(빨강)의 조화를 상징하며 우주 만물이 음양의 상호작용에 의해 생성되고 발전한다는 대자연의 진리를 의미한다.

네 모서리의 4괘 중 건괘는 하늘을, 곤괘는 땅을, 감괘는 물을, 이괘는 불을 상징하며 태극을 중심으로 조화를 이룬다. 이처럼 심오한 뜻을 가지고 있는 국기를 게양해야 할 날에 게양하지 않는 것도 안타깝지만, 게양대 설치 규정이 잘 지켜지지 않고 있는 것 역시 안타깝다. 거리를 걷다 보면 기관이나 단체의 건물 앞에 있는 게양대를 자주 볼 수 있다. 게양대가 세 개인 경우, 게양대 높이가 같은 곳도 있고 중앙의 게양대가 좌우의 게양대보다 높은 곳도 있다.

국기 게양대를 포함하여 게양대를 2개 설치하는 경우, 또는 국기 게양대와 유엔기·외국기를 상시 게양하기 위한 게양대를 같이 설치하는 경우가 아니면 국기 게양대를 다른 기의 게양대보다 높게 설치하도록 규정하고 있다. 또한 게양대 총수가 홀수인 경우에는 국기 게양대를 중앙에 설치하고, 짝수인 경우에는 앞에서 바라보아 중앙에서 왼쪽 첫 번째에 설치하게 되어있다.

따라서 게양대를 세 개 설치할 때에는 중앙의 국기게양대를 다른 기의 게양대보다 높게 설치하는 것이 맞다. 우리나라가 더욱 발전하려면 무엇보다 공공의식이 선진화되어야 하고, 그를 위해선 애국심과 올바른 국가 정체성의 함양이 필요하다.

국기의 올바른 게양! 나라 사랑의 시작이고 표현이자 실천이다.

(강원도민일보, 2018년 3월 22일 목요일)

봄 이야기

군대를 갔다 온 남자들은 한번 군대 얘기를 시작하면 끝이 없다. 프로 축구가 활성화되면서 지금은 축구를 좋아하는 여자들이 꽤 있지만, 전에는 축구도 남자들의 전유물이었다. 여자들이 가장 싫어하는 게 남자들의 군대 얘기와 축구 얘기라고 할 정도였다. 90년대 TV 코미디 프로그램 '유머 1번지'에 '동작 그만'이라는 코너가 있었다. 정식명칭은 '방한용 상의 내피'이지만 속칭 '깔깔이'로 불리는 옷을 입은 고참과 신참들 사이에 벌어질 수 있는 여러 이야기를 코믹하게 꾸몄는데, 참 재미있었다. 군 생활의 향수가 그대로 묻어나는 이 코너만은 빠뜨리지 않고 보았다. 지금도 보고 싶은 프로그램이다.

군 생활하면서 가장 듣기 싫으나 많이 듣는 소리가 바로 '동작 그만', '선착순'이었다. 어떤 일을 하다가도 '동작 그만' 소리만 나면 그 자리에서 부동자세로 다음 명령을 기다려야 했다. '선착순'은 기합을 주는 방법의 하나였는데, 동작이 빠르지 못한 나는 가장 늦게까지 달려야 했다. '동작 그만'과 '선착순'은 군기를 잡기 위해 지휘관이나 고참도 즐겨 썼다.

'잠들만 하면 기상', '먹기 시작하는 데 식사 끝', '쉴 만하면 휴식 끝', '휴가 가려고 하면 비상', '편지 읽으려 하는데 소등', '편안할 만하니까 제대'는 군 생활을 부정적으로 묘사하고 있지만, 많은 이들이 공감하는 푸념이다. 군대에서 공짜로 밥 먹여주고, 입혀주고, 재워주는데 사람들이 힘들어하고 불편해하는 것은 무슨 이유 때문일까. 바로 사회에서보다 자유가 제한되기 때문일 것이다.

국민의 염원이었던 '2018 평창 동계올림픽 대회'가 지난해 2월 9일부터 2월 25일까지 평창, 강릉, 정선에서 열렸다. 이때 강릉 우체국장으로 근무한 행운으로 올림픽을 아주 가까이서 지켜볼 수 있었다. 남북단일팀 아이스하키 경기는 직접 관람도 했다.

문화 올림픽에 기여하고 붐 조성을 위해 '2018 평창 동계올림픽 기념우표 전시회'를 2월 1일부터 13일까지 강릉 우체국 공중실에서 개최했다. 영어로 병기된 우표 전시회 안내책자를 선수촌, 임시 우체국, 미디어촌, 우체국 창구 등에 비치하여 사전 홍보를 했다.

홍보 때문인지 내국인도 많이 관람하였지만, 예상외로 외국인 관람객이 많았다. 외국 방송사의 취재가 여러 차례 있었고, 인터뷰도 했다. 안내책자의 영어 병기는 지방 우표 전시회에서는 처음이 아닐까 싶다. 담당이었던 정소영 팀장의 노고가 컸다.

평창올림픽 문제는 '문제가 없다'는 것이라는 외신보도가 있을 정도로 잘 치러졌다. 나는 아이러니하게도 이 올림픽을 보면서 '자유'를 느꼈다. 자원봉사자들이 외국어를 자유롭게 구사하며 외국 참가자들과 카페나 길거리에서 어울리는 것이 아주 자연스러웠고 보기 좋았다.

우리나라는 금메달을 다섯 개를 따 종합 순위에서 7위였다. 노르웨이, 독일, 캐나다, 미국, 네덜란드, 스웨덴이 금메달을 많이 획득한 나라로, 언급한 순서가 곧 순위다. 우리나라는 물론이고 이들 나라 모두 '자유'를 소중히 여기는 국가들이다. 자유의 위대함을 종종 생각한다.

봄 이야기

4. 자유를 느끼다

13세기 말 잉글랜드의 탄압을 받고 있던 스코틀랜드의 영웅 윌리엄 월리스의 사랑과 투쟁, 죽음을 그린 영화가 '브레이브 하트'다. 멜 깁슨이 감독과 주연을 맡았는데, 윌리엄 월리스 역의 멜 깁슨이 사형을 당하는 마지막 장면에서 쩌렁쩌렁 외쳤던 단어가 바로 '자유freedom'다.

'올드보이'는 영문도 모른 채 15년이나 감금되었다가 풀려난 오대수(오늘만 대충 수습해서 살자는 뜻, 최민식 역)가 자신을 가둔 자에게 복수하는 과정을 그린 영화다. 15년이나 자유를 잃어버렸으니 누군들 복수하고 싶지 않을까.

일상생활의 대화에서 즐겨 사용하는 단어 가운데 하나가 '자유'다. 국어사전에서는 자유를 '외부적인 구속이나 무엇에 얽매이지 아니하고 자기 마음대로 할 수 있는 상태'라고 적고 있으나, 자유의 구체적인 의미는 여러 가지로 생각할 수 있을 것이다.

이탈리아 출신의 콜럼버스가 1492년 포르투갈과 항로 경쟁 관계에 있던 스페인의 지원을 받아 신대륙을 발견했다. 유럽의 많은 영토를 소유하고 있던 스페인은 신대륙에서 흘러들어오는 막대한 재화의 힘으로 영국에 앞서 일몰(日沒) 없는 대제국을 건설하였다.

그러나 종교재판이 변곡점이었다. 스페인 종교재판은 주로 유대인과 무슬림을 대상으로 하였다. 종교개혁이 시작된 16세기에 들어서고 개신교가 등장하자 개신교도에 대한 억압이 시작되었다. 종교의 자유가 제한되었으며, 종교재판에 의해 희생된 사람은 적게 잡아도 30만 명이 넘었다고 한다.

교회는 계몽주의 철학자나 과학자들도 비판했기에 스페인에서는 17세기에 과학적 합리주의가 확산되지 못하고, 개신교의 확산을 막기 위해 금서목록을 만들어 서적을 검열하는 등 출판의 자유도 제한했다. 스페인의 번영은 여기서 멈추었다.

당시 스페인의 식민지였던 네덜란드의 지도자들과 상공인들은 종교적 자유가 국가 발전에 유리하다는 것을 알고 있었다. 네덜란드는 "누구나 종교의 자유를 가진다. 어느 누구도 종교를 이유로 심문을 받거나 박해를 받아서는 안 된다."고 선언했다. 그러자 스페인 등지에서 의사, 과학자, 상인, 금융업자들이 네덜란드로 몰려들었다.

네덜란드는 유럽에서 출판의 자유를 가장 많이 보장한 나라이기도 하였다. 종교적인 이유로 망명할 필요가 전혀 없는 지식인과 문화인들까지도 자유로운 분위기에 끌려 네덜란드를 찾았다.

종교의 자유를 찾아 네덜란드로 온 능력 있는 사람들이 경제 기적을 만들었고, 마침내 독립을 쟁취했다.

"평창올림픽의 문제는 '문제가 없다는 것'"이라는 외신보도가 있었고, 국민 10명 중 8명 이상이 이번 동계올림픽을 성공적으로 평가했다는 여론조사 결과도 있다. 성공 요인으로 꼽은 것은 북한의 참가, 개·폐회식을 잘 치름, 대표팀의 선전 등 여럿 있지만, 다른 것보다도 1만 6,000여 자원봉사자들의 헌신적인 활약을 우선적으로 꼽아야 한다.

올림픽 기간 중 새벽에 올림픽파크를 걷는데 자원봉사를 하러 나온 어린 여학생들이 추위 속에서 손을 호호 불며 맡은 임무를 수행하고 있었다. 이 광경을 보고 1020세대는 책임감이 부족하다는 고정관념을 버렸다. 아이스하키 경기를 보고 나오면서 자원봉사자 등이 외국인과 영어로 당당히 소통하는 것을 보면서 나는 자유와 자유의 위대함을 느꼈다.

(강원도민일보, 2018년 3월 9일 금요일, [금요산책])

봄 이야기

올 3월에 색다른 경험을 했다. 바로 3월 4일 원주 소방서에서 특강을 해 달라는 요청이 들어온 것이다. 소방 서장님이 직원 역량 강화를 위해 지역인사를 초청하여 강의를 하게 하는 프로그램이 있었는데 나에게 기회가 온 것이다. 특강 열흘 전쯤에 제의가 들어왔고, 나는 좋다고 했다.

남 앞에 서는 일이 부담스러운 것임은 틀림없다. 더구나 이런 경험이 없는 사람에게는 더할 것이다. 플라톤이 "청중 앞에서 연설을 했을 때 연설을 들은 사람의 반만 박수를 쳐주어도 행복하다."고 한 것은 이런 어려움의 일단을 이야기한 것이라 하겠다.

내가 이 제의를 선뜻 수락한 것은 우체국을 타 기관에 알릴 수 있고, 또 틈틈이 신문에 기고한 글이 있어 이 중에서 하나를 주제로 삼아 살을 붙이면 한 시간 정도 이야기는 할 수 있겠다는 생각이 들었기 때문이다. 기관장을 하면서 매월 조회나 석회를 한 경험도 결정을 하는데 큰 힘이 되었다. 자주 만나는 직원이지만 이들도 한자리에 모이면 불특정 다수 청중이 된다.

원주 우체국장으로 있으면서 부서별로 날짜를 달리해 조회를 하도록 했기에 한 달에 세 차례나 조회를 한다. 혹자는 직원이 힘들지 않겠느냐는 말을 하지만 내 생각은 다르다. 우체국은 특별사업회계에 속하여 우편·예금·보험 사업에서 발생한 수익금으로 직원 월급도 주고 국 운영도 한다. 그러기에 이 사업 진행 상황을 정확하게 알려주고, 한편 국장으로서 직원에게 당부할 사항도 전달할 필요가 있다고 본다.

신뢰, 신상필벌, 행복, 관용 등의 주제에 대해 예화를 곁들여 이야기한다. 공대를 나온 어떤 직원은 인문학 이야기가 신선하고, 이런 이야길 들어볼 기회가 없었는데 조회시간에 들을 수 있어서 어서 좋다고 했다. 강릉 우체국에서 2년간의 근무를 마치고 떠나올 때, 이임식 자리에서는 아마 나를 '조회를 매월 한 국장, 그리고 악수를 가장 많이 한 국장'으로 기억하지 않겠느냐는 이야기를 했다.

　이야기 주제를 무엇으로 할까 고민하다가 원주 소방서 홈페이지를 방문했더니 '행복한 대한민국, 강원도에서 시작합니다.'란 슬로건이 보였다. 마침 나도 지난해 7월 1일 자로 원주 우체국장으로 오면서 직원들 앞에서 '직원이 행복한 우체국, 고객이 편리한 우체국, 원주시 발전에 힘이 되는 우체국'을 경영방침으로 정했고, 또한 1월에 '행복'이란 글을 쓴 것이 있어 강의 주제를 '행복'으로 정하고 준비를 했다.

5. 행복

행복! 우리가 하루에도 몇 번씩 쓰는 말이다. 그럼에도 행복이 무엇이냐고 묻는다면 선뜻 대답하기가 어렵다. 행복이 무엇인지, 어떻게 하면 행복해질 수 있는가에 대한 답은 아마 영원한 숙제이리라. '행복이 무엇인지 알 수는 없잖아요'란 유행가 가사가 행복의 모호성을 잘 나타내고 있다.

철학자 플라톤은 행복의 조건으로 '먹고 입고 쓰기에 조금 부족한 재산', '모든 사람이 칭찬하기에는 약간 모자라는 용모', '절반 정도의 사람들만이 알아주는 명예', '겨뤄서 한 사람에겐 이기고 두 사람에겐 질 정도의 체력', '연설을 들은 청중의 반은 손뼉을 치지 않는 말솜씨' 등 다섯 가지를 들었다. 행복은 완벽함이 아닌 약간의 부족함에 있는 것으로 보고, 모자란 것을 채워가는 과정이 행복이라고 생각한 것 같다.

칸트는 '할 일이 있고, 사랑하는 사람이 있고, 희망이 있다면 그 사람은 행복하다'고 했다. 시인 나태주는 '저녁때 돌아갈 집이 있다는 것, 힘들 때 마음속으로 생각할 사람이 있다는 것, 외로울 때 혼자서 부를 노래가 있다는 것'을 행복이라고 했다. 공통적으로 행복은 완전하고 거창한 것이 아니라 소소함 속에서, 부족함 속에서 찾을 수 있음을 시사하고 있다.

집배 센터 우편물 분류작업장은 구역별로, 또는 개인별로 가지고 나갈 소포를 구분하는 곳으로 오전 일곱 시 반부터 본격적으로 작업이 이루어진다. 삼, 사 킬로그램의 가벼운 것부터 삼십 킬로그램 가까이 나가는 무거운 소포를 분류하다 보면 여름에는 온몸이 땀으로 젖고, 추운 겨울에도 이마에 땀이 맺힌다.

업무에 열중하는 동료 직원을 찾아 인사를 나누고, 악수를 하고, 수고한다는 말을 건네면 반갑게 맞아준다. 인사를 받는 사람보다 오히려 나 자신이 더 기분이 좋아지고 행복해진다. 삼삼오오 모여 자판기에서 음료수를 빼 먹는다. 사는 이야기를 나누면서 함께 마시는 커피나 음료수는 꿀맛이다. 며칠 전에는 새내기의 "날씨가 추우니 국장님도 감기 조심하세요."란 진심이 깃든 말을 듣고 순간이었지만 황홀한 기분을 느꼈다.

1938년부터 하버드대학은 700여 명의 남성을 추적하여 행복의 조건을 연구했다. 그 결과는 '사람을 행복하고 건강하게 만드는 것은 부와 명예가 아니라 좋은 관계'였다. 아리스토텔레스의 말처럼 사람은 사회적 동물이기에 끊임없이 관계를 가지면서 살아간다. 그렇다면 삶 중 가장 많은 시간을 보내는 나와 가족, 나와 친구, 나와 직장 같은 관계성, 즉 사이(between)에서 행복을 찾아야 할 것이다.

요즘 '나는 자연인이다'라는 프로그램이 인기다. 주인공은 하나같이 전보다 행복하다고 한다. 자연과의 관계에서 행복 찾기에 성공한 사람들이다. 신앙인은 신과의 관계에서 행복을 찾아낸다. 가족, 친구, 직장, 자연 등 대상이 무엇이든 좋은 관계가 사람을 행복하게 만든다.

대단한 삶이 아니어도 주변 사람들과 서로 이해하고 배려하고 아껴주며 사는 것이 결국은 우리를 행복하게 해준다. 평범하지만 꼭 되새겨볼 말이다. 행복은 무지개 너머에 있지 않다. 지금 주위에 있는 분들과 좋은 관계를 가지면 그게 바로 행복이다.

(강원도민일보, 2019년 1월 30일 수요일, [요즘에])

봄 이야기

누구나 행복을 바란다. 아리스토텔레스는 '삶의 목적이 곧 행복'이라고 했다. 행복하기 위해 산다는 것이다. 상급기관인 강원지방 우정청에 외부 출강 신고를 마치고 자료를 모았다. 글씨 크기를 18포인트로 맞춰 출력하니 8쪽이나 되었다.

글씨를 크게 하는 것은 내 시력과 관계있다. 나는 먼 곳은 흐릿하게 보이고 가까운 곳은 잘 보이는 근시다. 때문에 내 안경은 먼 곳을 정상적으로 볼 수 있도록 만들었는데, 안경을 쓰면 가까운 사물이 흐릿하게 보인다. 그래서 상대적으로 가까워 안경을 벗은 상태로는 잘 보이던 12포인트의 글자가 안경을 끼는 순간 보이지 않게 되며, 최소 18포인트 정도 되어야 희미하게 볼 수 있는 수준이 된다. 그렇다고 안경을 벗고 강단에 서자니 내 이야기를 듣는 사람들의 얼굴을 볼 수 없게 된다. 결과적으로 글씨 크기를 키울 수밖에 없다.

시력 때문에 고생을 한 적이 한두 번 아니다. 총무과장을 할 때는 사회를 자주 봐야 했는데, 안경을 쓰면 메모해준 사회 순서가 잘 안보이고, 안경을 벗으면 참석자가 제대로 보이지 않았다. 그렇다고 안경을 썼다 벗었다 할 수도 없어서 대개 사회 순서를 외워서 했다. 2014년도 과장급 역량 평가를 받으면서도 같은 고민을 했다. 결국에는 안경을 벗고 면접평가를 받았다.

3월 4일 오전 9시 30분에 사무실을 나와 소방서에 도착, 서장님과 차를 한잔 나눈 후 회의실로 들어갔다.

우선 원주 소방서 개서 50주년을 축하하고 시민의 생명과 재산을 보호해 주는 것에 대한 감사를 표했다. 그리고 간략하게 우체국 업무를 우편, 예금, 보험으로 나누어 설명했다.

그 다음 행복에 대한 이야기를 했다. 옛 동·서양 성현들의 행복관과 우리나라 선조들은 행복에 대해 어떤 생각을 가졌는지를 이야기했다.

마무리에서 우리가 시간을 가장 많이 보내는 가정과 직장에서 좋은 관계를 가지는 것이 행복의 기본 조건이고, 그 다음에 독서, 운동, 여행 등 각자에게 맞는 행복의 조건을 찾으면 좋겠다는 의견을 이야기 했다.

고맙게도 질문을 두 분이나 해주셨다. 질문이 있다는 것은 관심 있게 들었다고 볼 수 있지 않겠는가.

한 분은 생일 축하카드를 직접 쓰게 된 동기와 그 목적이 무엇인지를 물었다. 생일을 맞는 직원들에게 카드를 직접 쓰기 시작한 것은 내 생일 때 인사말 서너 줄 인쇄된 카드를 받고 이건 받지 않는 것보다 못하다는 생각이 들었기 때문이고, 목적은 소통을 위해서라고 답했다. 2년 전부터 직접 펜으로 쓰기 시작했는데, 처음에는 귀찮기도 하고 쉽지도 않았다. 직원 한 사람, 한 사람에게 맞는 내용을 담아야 하니 직원을 잘 모르고는 적절한 문구를 쓸 수가 없다. 쓰기 시작한 지 1년이 지나자 처음 가졌던 부담감은 즐거움으로 바뀌었고, 어느 일보다 카드 쓰는 시간이 행복해졌다.

다른 한 분은 60세 이후 삶의 목표와 별정 우체국 제도에 대해서 질문하셨다. 인생은 60부터라는 말이 있듯이 60세부터 삶의 목표를 새로 정하고, 75세까지 열심히 살아볼 예정이며, 구체적인 목표 중 하나는 올해 책을 한 권 내고 수년 내에 삼국지, 열국지, 초한지 등에 등장하는 리더들의 리더십행태를 연구해 책을 내는 것이라는 답을 했다. 별정 우체국 제도에 대해서는 내가 그 업무를 담당한 경험이 있어 도입배경과 하는 업무, 특성 등에 설명을 할 수 있었다.

딱 예정했던 한 시간이 지났다. 질문자까지 있는 것을 보니 첫 강의치고는 큰 실수를 하지는 않았구나 하는 생각이 들었다. 동행한 직원에게

봄 이야기

물어보니 경청을 하더란다.

　처음으로 강의료를 받아 보았다. 직원들에게 핫도그를 사서 돌렸다. 보람을 느꼈다. 강의를 한 번 하고 나니 이 주제로 다른 곳에서도 할 수 있겠다는 자신감이 생겼다. 그리고 강의 원고를 중심으로 '행복의 조건'에 대한 생각을 정리했다.

6. 행복의 조건

매월 이십 일이 되면, 다음 달에 생일을 맞이하는 직원에게 축하 카드를 쓰고 있다. 많을 때는 삼십여 장의 카드를 써야 한다. 받을 직원을 머릿속으로 그리며 그 직원에게 어울리는 글을 쓰는 것이 녹록하지 않음에도, 직원들이 좋아하고 소통에 이로울 것이라는 생각을 하니 쓰는 것이 즐겁다.

한번은 생일이 지난 직원에게 축하카드를 쓴 적이 있다. 실수로 빠졌는데, 생일이 지났지만 직접 쓴 카드를 꼭 받고 싶단다. 그 마음이 고마워 더 정성 들여 써서 보냈다. 지난달에 축하카드 삼십여 장을 쓰고 나서 내가 어떤 말을 썼는지 궁금해 열어보았더니 모든 카드에 '행복'이란 단어가 적혀 있었다.

우리 모두는 행복을 갈구한다. 그런데 유엔이 발표한 '2018 세계 행복 보고서'에 따르면 우리나라의 행복지수는 5.875로 조사대상 157개국 중 57위, OECD 34개 회원국 중 32위였다. GDP 규모 세계 11위, 교역규모 세계 6위임에도 국민 행복 순위는 왜 이렇게 떨어지는지 안타까울 뿐이다.

미래에 대한 불확실성, 우리 사회에 만연한 불신과 갈등이 그 이유일 수 있으나 정도의 차이지 이는 어느 나라에나 있는 일이다. 그보다는 행복을 바라보는 관점의 차이가 아닐까.

옛 성현의 행복에 대한 생각을 살펴보자. 아리스토텔레스는 '삶의 목적은 행복'이라고 했고, 플라톤은 '먹고 입고 쓰기에 조금 부족한 재산 등' 다섯 가지를 행복의 조건으로 꼽았다. 칸트는 '할 일이 있고, 사랑하는 사람이 있고, 희망이 있으면 행복하다'고 했다. 모두 거창하고 완벽하기보다는 부족한 가운데서도 행복할 수 있다고 보았다.

공자의 인생삼락, 즉 행복은 논어에 있는 '배우고 때때로 익히는 것', '멀리 있는 친구가 찾아오는 것', '다른 사람이 나를 알아주지 않아도 화내지 않

봄 이야기

는 것'이다. 맹자의 군자삼락은 '부모가 살아계시고 형제가 무탈하며, 하늘과 사람에게 부끄럽지 않고, 영재를 얻어 교육시키는 것'이다. 공자와 맹자도 일상생활에서 행복을 찾았다.

우리 선조들의 행복관은 어떨까. 조선시대의 다산 정약용은 '어렸을 적 노닐던 곳에 어른이 되어 다시 오는 것', '곤궁하게 살았던 곳을 성공하여 찾는 것', '홀로 외롭게 지나던 곳을 마음에 맞는 친구들과 함께 찾는 것'이 행복이라고 했다.

추사 김정희는 '책 읽고 글 쓰는 것과 사랑하는 사람과 사랑을 나누며 고락을 같이하는 것, 벗과 술잔을 기울이는 것'이 삼락이란다.

시인 나태주는 행복이라는 시에서 '저녁 때 돌아갈 집이 있고, 힘들 때 마음속으로 생각할 사람이 있고, 외로울 때 혼자 부를 노래가 있으면 행복하다'고 했다. 모두 거창한 것이 아닌 자기가 좋아하는 일을 하는 것을 행복이라고 했다.

미국 하버드대 연구소가 1938년부터 75년간 724명을 추적하여 찾아낸 행복의 조건은 '좋은 인간관계'였다. 우리가 시간을 많이 보내는 가정과 직장에서 행복을 느끼지 못하면 결코 행복할 수 없다.

가정과 직장에서 좋은 관계를 가지는 것이 가장 중요한 행복의 조건이다. 거기에 더해 자신에게 맞는 행복의 조건을 찾아야 한다. 독서, 여행, 운동, 글쓰기, 그림 그리기, 사진 찍기 등 행복할 수 있는 요소는 무궁무진하다.

사전에서는 행복을 '생활에서 충분한 만족과 기쁨을 느껴 흐뭇함'이라고 풀이했다. 남에게 폐를 끼치지 않고 일상생활에서 만족과 기쁨을 느끼면 그게 행복이다. 행복은 저 멀리, 무지개 너머에 있지 않다. 바로 우리의 생활 속에 있다.

어느 달이 소중하지 않겠는가마는, 본격적으로 봄이 시작되고 입학과 개학을 하는 삼월이 가장 생동감이 있다. 이 좋은 때에 자기의 행복조건을 찾아보는 것도 큰 의미가 있겠다는 생각이 든다.

(2019년 3월 16일에 쓰다.)

봄 이야기

금년 3월 12일에 원주 우체국 청사 5층 강당에서 '우체국 작은 대학'개교식이 있었다. '우체국 작은 대학'은 우체국의 유휴 공간과 지역 사회의 인적 자원을 연계하여 소외계층에게 필요한 교육 및 문화지원을 실시해 우체국의 사회적 역할 강화하는 것을 목적으로 2018년 4월부터 운영되고 있다. 탁구 교실, 음악치료 교육, 스마트폰 활용 교육, 중국어 회화 등 다양한 프로그램이 있으며, 우체국에서 무료로 배움의 즐거움을 만날 수 있는 좋은 기회이다.

이번에는 자식 키우고 가족을 돌보느라 배움의 기회를 갖지 못한 어르신 20여 명에게 한글 문해 교육을 한다. 개교식에서 뵈니 수강생 모두 60대 후반의 할머니셨는데, 84세이신 분이 최고 연장자로 건강관리를 잘 하신 덕분에 십 년은 젊게 보였다.

이구동성으로 좋은 기회를 줘서 고맙다며, 우체국 예금과 전화 금융사기에 대해서도 교육을 해달라고 하셔서 해드리겠다고 약속했다.

2,500여 년 전 공자는 '학이시습지 불역열호(學而時習之 不亦悅乎)'라며 배우고 때때로 익히면 즐겁다고 했다. 이 구절이 공자의 말씀을 엮어놓은 논어의 첫 장 첫 구절로 되어 있는 것을 보면, 공자는 배우고 때때로 익히는 것을 최고의 가치이자 행복으로 여겼다고 볼 수 있다.

조선 중기의 문인인 상촌(象村) 신흠(申欽)은 문을 닫으면 마음에 드는 책을 읽고, 문을 열면 마음에 맞는 손님을 맞이하며, 문을 나서면 마음에 드는 산천경개를 찾아가는 것(閉門閱會心書 폐문열회심서, 開門迎會心客 개문영회심객, 出門尋會心境 此乃人間三樂 출문심회심경 차내인간삼락)을 세 가지 즐거움이라고 하였다. 추사 김정희도 책 읽기를 삼락(三樂) 중의 최고로 꼽았다.

인생의 황금기를 많은 사람들이 60세부터라고 한다. 어르신들이 새로운 인생의 목표를 정하고 배우기 시작하는 것은 용기 있는 일이고 존경받아 마땅하다. 백세시대인 지금, 학교에서 배운 지식만으로는 풍요로운 삶을 살기 어렵다. 언필칭 평생학습의 시대이다.

7. 행복으로 가는 길 '평생학습'

비 오는 어느 날 홀로 선교장(船橋莊, 배다리 집)을 찾았다. 관람 시간이 아니어서 담장 밖에 서서 안을 들여다보았다. 맑은 물은 근원으로부터 끊임없이 흐르는 물이 있기 때문이라는 의미를 가지고 있는 '활래(活來)'에서 따 이름을 붙인 활래정과 선교장 본채 전경 등이 보였다.

월하문 기둥에 적혀 있는 '鳥宿池邊樹(조숙지변수) 僧敲月下門(승고월하문), 새는 연못가 나무숲으로 잠자러 들어가고 스님은 잠자리를 찾아 달 아래 문을 두드린다.'란 문구가 눈길을 끌었다.

이 주련(柱聯)은 당나라 문인 가도(賈島)가 '문을 민다(推)'와 '문을 두드린다(敲)' 중에 어떤 시어가 더 나을지 고민에 빠져 있는데 당시 고관이자 대문장가인 한유가 곁을 지나가면서 "고(敲)가 더 낫다."는 조언을 했다는 에피소드를 가지고 있다. 글을 지을 때 문장을 가다듬는다는 뜻을 가진 '퇴고(推敲)'가 생겨난 유래이다.

선교장의 주인은 '늦은 저녁 이곳을 찾았다면 망설이지 말고 문을 두드리고 쉬었다 가라'는 뜻으로 이 주련을 썼다고 하며, 으리으리한 저택을 보면 발길을 돌릴까 싶어 대문을 작게 만들었다고 하니 집주인의 너그러운 성품과 배려심이 느껴졌다.

선교장 안팎에는 예쁜 꽃이 많이 피어 있었다. 그런데 그 꽃 이름을 낫 놓고 기역 자도 모르는 것처럼 알지 못하니 갑갑했다. 꽃 이름을 알았다면 그날의 선교장 구경이 훨씬 더 재미있고 값졌으리라. 그동안 주위에 있는 꽃을 보고 그냥 예쁘다고만 여겼지 이름이나 특징을 알려고 하지는 않았다.

시인 김춘수는 '내가 그의 이름을 불러주었을 때 그는 나에게로 와서 꽃이 되었다'고 했다. 내가 꽃의 이름을 알고 불러줄 때에야 비로소 나에게 의미가 있는 꽃이 되는 것이다. 이제부터라도 쉽게 만나는 꽃이나 풀, 나무도 그냥 지나치지 말고 하나하나 알아가야겠다.

지금은 백세시대이다. 이십 대 중반까지 학교에서 배운 지식만 가지고는 빠르게 변화하는 현대사회에서 무기력해지기 십상이다. '요람에서 무덤까지' 배우고 변화하고 적응해야 하는 평생학습의 시대가 된 것이다.

평생학습 하면 전문적·체계적으로 공부하여 각종 자격증을 취득하는 학습이나 지적 수준을 높이는 엘리트 학습을 생각하기 쉽다. 자기의 가치를 높이는 학습도 분명 필요하나, 평생학습은 무엇보다도 학습에서 행복을 느껴야 하고, 학습자가 행복만 느낄 수 있다면 어떤 분야도 좋다고 생각한다.

가령 술을 좋아하는 사람은 술의 유래, 조제 절차와 방법, 그리고 술에 관련된 역사나 문학 등을 공부하면 되고, 꽃을 좋아하는 사람은 주위에 널려 있는 무수한 꽃의 이름, 꽃말, 생태 등을 공부하면 된다.

혼자서도 할 수 있고, 관심 분야가 같은 사람들과 그룹을 구성해 공부하면 훨씬 재미있고 효율적일 수 있다. 대학이나 지자체에서 운영하는 평생교육 등 다양한 학습 프로그램에 참여하는 것도 좋은 방법이다.

중요한 것은 자기가 좋아하는 분야를 골라 지속적으로 학습하는 것이다. 세상은 넓고 공부할 것은 많다. 2,500년 전 공자는 이미 '배우고 때로 익히면 즐겁지 아니한가(學而時習之 不亦悅乎, 학이시습지 불역열호)'라고 하면서 평생학습의 당위성을 갈파했다.

(강원도민일보, 2018년 7월 20일 금요일, [금요산책])

봄 이야기

2008년 3월. 물류 업무 담당 과장일 때 물류 업무를 이해하고 물류관리사 자격증 취득을 위해 『물류가 돈이다』(한상원 지음)라는 책을 구입해 읽었다.

이 책 안에는 '물류문화'라는 주제를 다룬 꼭지가 있었다. 저자는 그 꼭지에서 우리나라가 미국이나 유럽이 지니고 있는 문화적 배경을 고려하지 않은 채 선진 물류 기법을 받아들여 어려움이 많다고 지적하며 물류문화의 차이를 세 가지로 설명한다.

첫째, 우리는 농경문화 기반이라 정적인 것에 비해 유목민족 문화는 물자의 이동이 많고 빠르며, 운반할 때 대부분 기구를 이용하고, 도로는 넓고 주거 형태는 임시적이라 물자 이동(물류)에 중요한 요소들이 생활에 밀접하게 깔려 있다.

둘째, 우리는 집단주의 성격이 강해 새로운 것을 받아들이는데 부정적이어서 신 물류 기법을 받아들일 때도 혁신적인 적용을 하기보다는 업무를 개선하는 정도에 그친다.

셋째, 서양에서는 정보를 공동 소유의 개념으로 접근하나, 우리는 정보를 특정한 층에서만 소유하려는 경향이 있어 물류의 효율성을 저해할 수 있다는 것이다.

이렇듯 신 물류 기법을 도입할 때 문화적 측면을 고려할 필요가 있다는 주장이 인상 깊었다.

이 책을 읽고 나서 우표 문화는 어떠한지 생각해 보았다. 우표는 편지(물자)를 이동하게 하는 힘이다. 즉 편지 봉투에 우표를 첨부하여 우체국에 제출(우체통에 넣음)하는 순간 우편물이 접수된 것으로 인정되어 배달까지 하게 된다.

마침 2008년 2월 10일 방화 사건으로 숭례문이 소실됨으로써 문화, 문

화재에 대한 관심이 높았다. 이후 5년여의 복구공사를 마치고 아래 기고
문의 바람대로 2013년 5월 10일 '숭례문 복원 기념우표'가 발행되었다.

8. 우표문화

　문화처럼 자주, 다양하게 쓰이는 단어도 찾기 힘들다. 일반적으로 문화란 한 사회에서 그 구성원들에 의해 역사적으로 형성되어 공유되고 학습되는 가치, 규범, 사고방식, 관습이나 행동방식 등을 말한다. 이는 경제발전 단계나 기술의 변화, 정치 상황 등에 따라 끊임없이 변화한다.

　얼마 전 600년 역사의 국보 1호인 숭례문이 어느 우민(愚民)의 방화로 사라짐으로써 문화, 문화재란 단어가 수없이 회자되고 있다.

　이 사건은 우리가 가꾸고 후손에게 전해야 할 중요한 문화재를 잃어버리는 큰 대가를 치른 끝에 문화재의 소중함을 인식하는 계기가 되었다. 우리 주위에는 지키고 가꾸어야 할 문화가 많다. 그중 하나가 우표 문화다.

　지금은 메일과 휴대전화의 대중화로 우표 수집의 인기가 예전 같지 못하지만, 7080세대들은 새 우표가 발행되는 날이면 한번쯤 우체국 앞에 줄을 섰던 낭만을 간직하고 있다. 우표 판매 방식이 통신판매로 바뀌어 우표 수집을 취미로 가진 이들이 줄지어 기다리는 수고를 덜어 주었다.

　미국의 루스벨트 대통령은 "우표에서 배운 지식이 학교에서 배운 것보다 많다."고 하였다. 단지 그림 하나 들어있는 우표이지만, 그 안에는 아주 많은 의미를 담고 있다.

　오늘날 우표는 단순히 서신 교환 기능뿐만 아니라 자연, 역사, 사회, 인물, 유적 등을 집약적으로 표현한 예술의 꽃으로서 종합 예술 작품의 역할도 하고 있어 취미 중의 왕이라는 평가를 받고 있다. 동서양을 막론하고 우표 수집이 최고의 취미로 꼽히고 있는데, 잘 정리된 우표 수집 철을 '지식과 상식의 보석함'이라고 하는 까닭이 바로 여기에 있다. 우표 문화의 출발은 우표 수집에서 비롯된다. 그렇다면 우표를 수집했을 때 어떤 좋은 점이 있을까?

첫째, 저축이 될 수 있다. 모으고 감상하고 성취감에 도취되다 보면 우표는 액면가와 관계없이 날이 갈수록 가치가 높아진다. 세계에서 가장 비싼 우표는 세상에 오직 한 장 남아 있는 1856년 영국령 가이아나에서 발행한 가이아나 임시 우표로, 추정가가 무려 36억 원에 달한다.

둘째, 많은 지식을 얻을 수 있다. 우표 발행 목적을 눈여겨보는 것만으로도 귀중한 지식과 상식이 생긴다. 인물, 풍속, 종교, 철학, 예술, 문화, 과학 등 여러 분야가 우표에 인쇄되므로 다양한 지식과 문화를 접하는 것이 가능하다.

셋째, 우표는 각국의 명승고적을 비롯한 전통과 그 나라의 정치, 경제, 사회, 문화 등을 반영하므로 국내외 정세에 밝아지고, 앉아서 다른 나라를 관광하는 효과가 있다.

넷째, 우표를 수집하고 분류함으로써 체계적으로 정리하는 습관을 기를 수 있고, 적은 돈으로 고상한 취미활동을 즐길 수 있다.

다섯째, 우표의 도안 구성이나 제작자의 예술성을 연구 및 감상하고, 문화적, 예술적 가치를 알리려고 함으로써 수집가는 주의력을 기를 수 있으며 예술적 심미안이 생긴다.

IT 기술의 발달로 디지털화가 급속이 진행되고 인터넷과 휴대전화가 보편화되어 매우 편리한 세상이 되었다. 하지만 그 이면에는 빠른 변화와 경쟁이 요구되기에 어린이와 청소년들은 항상 조급하고 생각의 여유가 없는 생활을 하고 있다.

사회와 국가가 나서서 자라나는 어린이와 청소년들이 정서적으로 풍요로울 수 있는 환경을 조성해주고 마음의 여유를 갖고 생활할 수 있도록 많은 노력을 해야 하는 시점이다. 전문지식의 제공뿐만 아니라 정서함양에 이로운 우표 수집이 바로 그 대안일 수 있다.

봄 이야기

취미활동은 정적인 것과 동적인 것이 조화로워야 한다. 그러나 나이가 들면서 동적인 취미활동으로 치우치는 경향이 있고, 마땅한 취미가 없어 더 쓸쓸해 하기도 한다.

우표 수집은 젊은이의 전유물이 아니다. 돈도 적게 들고, 규격이 작기 때문에 큰 힘을 들이지 않고 정리할 수 있기에 우표 수집은 오히려 노년에 해볼 만한 취미다.

숭례문은 지금까지 우표 디자인 소재로 14회 등장하였는데, 조속히 복원되어 다시 우표 디자인 소재로 등장할 수 있기를 기대한다.

(강원도민일보, 2008년 3월 6일 목요일)

사월에...

4월은 10월과 함께 각종 기념일이 가장 많은 달이다. '각종 기념일 등에 관한 규정'에서 정한 우리나라의 기념일은 50개인데, 그중 4월에 식목일, 법의 날, 정보통신의 날 등 11개가 있다. 10월에도 국군의 날, 경찰의 날 등 11개가 있다. 10월에 기념일이 많은 것은 이해가 되나 4월에 기념일이 많은 것은 의외다.

4월 22일, 정보통신의 날은 일반인에게 잘 알려져 있지 않지만, 우체국 직원에게는 매우 특별하다. 애초에는 우정총국 개설 축하 첫날인 12월 4일을 '체신의 날'로 기념했으나, 후에 고종의 우정총국 개설 명령을 근대 체신 사업의 창시로 보아 개설 명령일인 4월 22일을 체신의 날로 정했다.

1995년 김영삼 정부의 조직개편에 따라 체신부가 정보통신부로 바뀌면서 체신의 날도 정보통신의 날로 바뀌었다. 2010년 이전까지는 이날 우체국에서 체육행사도 갖는 등 간소하나마 자축 행사를 가졌으나 지금은 하지 않고 있다.

아무래도 4월에는 우체국, 우정 사업, 집배원 등 우체국의 기본에 대한 생각을 많이 하게 된다. 한동안 특정 기능을 수행하는 능력, 방법을 뜻하는 노하우(Know-how)란 용어를 주로 사용하였으나, 요즘은 무엇을 먼저 해야 할지, 어떠한 방향으로 가야 할지를 가리키는 노왓(Know-what)이 많이 쓰이고 있다. 문제 해결보다 무엇이 문제인지 그 본질을 알아야 한다는 것이다.

우리는 지금까지 선진국을 따라잡기 위해 문제를 어떻게 푸느냐는 노하우에 힘을 쏟았으나, 이제는 문제의 근본 원인이 어디에 있는지, 해결하기 위해선 무엇을 해야 하는지가 중요해졌다.

우리가 어려운 상황에 처했을 때나 중요한 결단을 해야 할 때 문제의 '본질'을 잘 따져 보면 답을 얻을 수 있다.

전공이 아닌 경제학을 공부할 때 생각이 난다. 처음에는 개략적인 이해를 위해 경제원론을 읽고, 다음에 각론인 미시경제, 거시경제, 화폐 금융론을 공부했다. 각론을 어느 정도 이해하고 나서 다시 경제원론을 공부함으로써 미흡하지만 경제학의 체계를 잡을 수 있었다.

세계 자동차 시장 점유율 1위였던 도요타가 1,000만 대 이상의 대량 리콜로 최대 위기를 맞았을 때도, 직접적인 원인이었던 급발진 문제뿐만 아니라 자동차의 품질과 기술을 기본부터 검토하고 고쳐 3년 만에 다시 세계 정상에 설 수 있었다. '어려울수록 기본으로 돌아가자(Back to the basic).'는 말은 평소에도 우리가 명심해야 한다.

무슨 일이든 기본이 중요하다. 운동 경기도 몇 종목을 빼고는 달리기를 잘하지 않고는 잘할 수 없다. 축구, 야구, 농구 선수가 공을 차고, 넣고, 때리기에 앞서 달리기부터 하는 이유는 달리기가 기본이기 때문이다.

내 취미 중 하나는 탁구다. 탁구를 초등학생 때부터 쳤으니 벌써 오십 년이 되어간다. 그때는 나무로 만든 평상(平床)에서 기다란 송판을 네트로 삼고 책받침이나 얇은 송판을 라켓 삼아 쳤다. 공도 탁구공은 아니었던 것 같은데, 아마 작은 고무공이 아니었을까 싶다. 탁구가 아니라 아이들의 놀이였다는 표현이 맞을 것 같다.

읍내 중학교에 다닐 때 탁구장이 있었기에 가끔 이용했다. 이때도 누구에게서 배운 것이 아니라 라켓을 잡고 휘두른 정도였다. 학교에 탁구부가 있었으면 들어갔을 것 같다. 고등학생이 되어 탁구를 잊고 있다가, 직장에 들어온 뒤 다시 탁구를 시작했다. 탁구를 빨리 시작했으나 정작 레슨을 받은 적은 없었다. 그저 직장에서 취미로 친 것이 전부다.

그러다 2000년대 들어서면서 동호인 탁구대회에 열성적으로 참가했고, 시간만 나면 라켓을 잡았다. 직장 대항 탁구대회에 여러 차례 참가해 우승한 경력도 있다. 지난해 우정사업 본부 탁구동호인 대회에 참가해 1조에서 우승도 했다.

가입한 탁구모임이 세 개 있다. 회원이 4명인 모임, 6명인 모임, 그리고 30명인 모임이다. 4명 모임의 회원들과는 평일 점심시간을 활용해 탁구를 친다. 복식게임을 하는데 1게임(3전 2선승제) 당 지는 쪽에서 1인당 2천 원을 내 적립을 하고 한 달에 한번 뒤풀이를 한다. 6명 모임은 근무지역이 달라 자주 모이지 못하고 분기에 한 번 만난다. 그래도 정만은 돈독하다. 30명 모임은 매월 첫 주 금요일에 만나 운동하고 저녁식사를 한다.

기분이 울적하다가도 회원들을 만나 탁구를 치면 웃음이 나오고 흥이 난다. 승패를 떠나 땀이 날 정도로 탁구를 치고 시원한 맥주 한잔 하는 즐거움을 어디다 비할 수 있겠는가.

공자와 맹자께서 이 즐거움을 아셨더라면 아마 삼락(三樂)의 첫째로 삼았거나, 아니면 삼락에 이 즐거움을 더하여 사락(四樂)으로 삼지 않았을까 싶다.

그런데 실력은 생활 체육 탁구 5부나 될까? 기본기가 없으니 늘지도 않는다. 시합을 주로 했기에 연습할 때 상대와 랠리를 길게 하지도 못한다. 레슨을 한 번도 받은 적이 없다 보니 누가 가르쳐 달라고 해도 가르쳐 주지를 못한다. 시합은 곧잘 하니 나를 이해 못 하는 사람들은 내가 잘 치면서 가르쳐주지 않는다고 오해를 한다.

투자한 시간에 비해 형편없는 실력은 '탁구의 기본'이 없기 때문임을 잘 안다. 그렇다고 레슨을 받자니 코치가 이제는 습관이 되어버린 탁구 자세를 모두 고치라고 할 것 같아 엄두가 나지 않는다. 그럼에도 탁구가 좋고, 운동이 좋아 열심히 치고 있다.

탁구뿐만 아니라 모든 운동은 기본이 중요하다. 이제 배우기 시작하시는 분들은 꼭 기본을 갖출 수 있도록 잘 치는 사람들로부터 지도를 받거나 레슨을 받기를 권한다.

사람이 인생을 잘 살았느냐는 여러 가지로 평가할 수 있겠으나, 그중 가장 중요한 기준은 자식을 어떻게 키웠느냐일 것이다.

휴일이면 결혼식장에 자주 간다. 가끔은 주례도 선다. 자식을 잘 키워 혼인시키는 것을 보면, 이 분은 자식농사 잘했구나 하는 생각을 하게 된다. 아이들 교육에 있어 기본은 인성교육이 아닐까 싶다.

공부 잘하는 학생이 당장은 앞서는 것 같지만 마라톤 같은 인생에서 길게 보면 인성이 반듯한 사람이 바른 삶을 산다.

어느 시골의 총각 선생님이 출근길에 시냇물을 건너다 징검다리 돌을 잘 못 밟아 물에 빠져 신발과 옷을 버렸다. 선생님은 옷을 갈아입으려 집으로 갔다. 집에 있던 어머니가 상황을 이해하신 후에 네가 밟았던 잘못 놓인 돌은 바로 놓았느냐고 물으셨다.

아들인 선생님이 미처 그 생각을 못 했다고 하자 어머니는 '그래서 어떻게 훌륭한 선생이 되겠느냐. 다른 사람이 그 시냇물을 건널 때 물에 빠지지 않도록 얼른 가서 돌을 바로 놓고 오너라. 그리고 옷을 갈아입어라.'라고 하셨다.

물론 그 선생님은 잘못 놓인 돌을 바로 놓고 돌아왔다. 이후 그 선생님은 무슨 일을 하든지 늘 돌을 바로 놓는 마음으로 임했고, 그 결과 모든 사람이 존경하는 교육자가 되었다고 한다.

집을 지을 때 첫 순서는 땅을 파내고 기초를 탄탄하게 다지는 것이다. 기초공사 없이 어떻게 집을 짓겠는가. 높이 올릴수록 하중이나 구조물 자체의 무게 등을 지탱할 수 있도록 기초공사는 튼튼히 해야 한다.

운동도 달리기가 기본이다. 달리기를 잘 못하는 사람이 어떻게 축구,

농구 등의 구기 종목을 잘할 수 있겠는가.

덧셈, 뺄셈, 곱셈, 나눗셈을 모르고 방정식을 풀 수는 없다.

이처럼 모든 일은 기본이 중요하다.

9. 기본이 답이다

혼기가 찬 귀여운 딸을 둔 두더지 부부가 사윗감으로 누가 좋을까 고민한 끝에 세상을 밝게 비추는 해를 찾아가 사위가 되어주기를 청한다. 해는 구름이 자신을 덮어버릴 수 있다고, 구름은 바람이 불면 자신은 힘없이 흩어진다며, 바람은 내가 아무리 세게 불어도 저 아래 있는 돌미륵은 꿈쩍도 하지 않는다고 하면서 사위가 되는 것을 거절한다. 돌미륵이 자기 밑에 있는 두더지가 땅을 파헤쳐 곧 넘어질 지경이라고 하자, 두더지 부부는 결국 두더지 가운데서 딸의 사윗감을 찾았다.

'야서지혼(野鼠之婚)'이란 이야기로 조선 중기의 학자 홍만종이 지은 순오지(旬五志)에서 유래하였다. 분수, 기본을 지켜야 한다는 우화다. 두더지 부부가 딸의 사윗감을 해, 구름, 바람 가운데서 찾은 것은 분수를 모르는, 기본적으로 잘못된 무모한 행동이다.

사전에서 '기본'을 찾아보면 사물이나 현상, 이론, 시설 등의 기초와 근본이라고 적혀 있다. 어려운 때일수록 근본적인 문제를 해결하기 위해서는 기본에 충실해야 한다.

우리나라 국민소득이 11년째 3만 불을 넘지 못하고 2만 불대에 머무르고 있다. 경제의 효율성과 미래 잠재력을 수치화한 국가 경쟁력 순위에서 우리나라는 2007년 11위까지 올라갔다가 계속 하락해 2014년 이후 3년 연속 26위를 기록했다.

국가 경쟁력 지수가 한 국가의 경제 경쟁력을 좌우하는 절대적 기준은 아니지만, 순위가 높은 국가가 대부분 선진국인 것을 보면 상관관계가 높다고 볼 수 있다. 한국의 금융시장 성숙도(80위), 노동시장 효율(77위) 순위는 상대적으로 바닥권이다. 경제 활성화를 위해서는 경제 성장의 기본인 국가 경쟁력 지수를 높여야 한다.

　세계은행이 발표한 2015년 법질서 지수에서 우리나라는 OECD 34개국 중 하위권인 27위다. 고개가 절로 끄덕여진다. 지난여름 산과 계곡, 강과 바다는 쓰레기로 심한 몸살을 앓았고, 교통법규를 지키지 않아 대형사고가 일어나는 사례를 수없이 보았다.

　기초 질서 위반이 반복되면 각종 범죄와 사회 무질서로 이어지기 십상이다. 일상생활에서 담배꽁초 버리지 않기, 껌이나 침 뱉지 않기, 새치기하지 않기 등 기초 질서를 잘 지키는 것이 법질서 준수의 기본이다.

　학생이 공부를 잘 하려면 기초가 탄탄해야 하고, 목수가 좋은 집을 지으려면 땅 고르기부터 잘해야 한다. 모래밭에 좋은 집을 지을 순 없다. 이처럼 '기본'은 우리가 가장 자주 쓰는 용어 중 하나이다. 그만큼 중요하기 때문이다.

　공자의 제자인 유자(有子)는 논어 학이(學而)편에서 '군자무본(君子務本), 본립이도생(本立而道生)', 즉 '군자는 기초를 다지는데 힘써야 하고, 기초가 제대로 서면 나아갈 길이 눈앞에 생긴다'고 하였다. 기본에 충실한 것이 문제 해결의 출발점이다. 기본 없이 시작할 수는 있지만, 오래갈 수는 없다.

　기본이 답이다.

(2016년 4월 9일, 토요일에 쓰다)

기본만큼 중요한 것이 실행이다. 극작가 겸 소설가인 조지 버나드 쇼는 자기의 묘비에 '우물쭈물하다 내 이럴 줄 알았지'라 쓰게 했다. 이는 실행의 소중함과 어려움을 잘 표현하고 있다. 기업가들의 도전정신은 익히 알려져 있지만, 특히 故 정주영 회장의 "이봐, 해봤어?"라는 말은 실패를 두려워하며 포기하려는 사람들에게 용기를 주고 가슴을 뛰게 했다.

'우문현답(愚問賢答, 어리석은 질문에 현명한 대답)'은 본래의 뜻보다 '우리의 문제는 현장에 답이 있다'라는 말로 자주 사용되고 있다. 책상에 앉아서 다루는 이론도 중요하지만, 현장에서 어떻게 실행되고 있느냐가 더 중요하다. 준비가 다소 부족하더라도 일단 실행해 보아야 한다. 그리고 잘못된 점이 발견되면 보완하면 된다. 세상에 완벽한 것은 없다.

보고서 작성을 시켜보면 두 부류의 직원이 있다. 조금 미흡하더라도 검토 결과를 빠르게 가져오는 직원과 보고서 작성에 시간이 걸리는 직원이다. 보고서가 조금 더 낫고, 못하고의 차이는 있을 수 있지만 상사 입장에서 봤을 때 어떤 보고서건 완벽하기는 어렵다. 대개의 경우 늦게 가져오는 보고서가 더 훌륭하지도 않다. 다소 미흡하더라도 작성한 자료를 빨리 보여주고, 미흡한 부분은 상사와 함께 보완하면 된다.

모든 일은 타이밍이 중요하다. 아무리 좋은 보고서도 타이밍을 놓치면 무용지물이다. 담당이던 시절, 술도 잘 사지 않고 주변머리도 없는 내가 그래도 인정받았던 것은 업무지시를 받으면 남들보다는 빨리 지시사항을 이행했기 때문이다.

아들에게 직장 생활에서 가장 중요한 것이 무엇이냐고 물었더니 '상사의 궁금증을 빨리 풀어주는 것'이라는 답을 듣고 아들이 직장 생활을 잘 해냈구나 하고 생각한 적이 있다.

함께 근무하는 ○○과장은 메일을 보낼 때면 꼭 첫머리에 "!!실행이 답

봄 이야기

이다!!"라 적고 다음 글을 이어간다. 실제 이 과장은 실행력이 뛰어나다. 나도 실행을 중시한다. 이미 한 약속은 꼭 지키려 하고, 지킬 자신 없는 약속은 당장은 서로가 불편하더라도 피한다. 이민규의 『실행이 답이다』라는 책을 읽고 크게 공감했다. 책에서는 '목표를 기록하라', 때로는 '다른 사람의 도움을 요청하라'고 조언하고 있다.

나는 꽤 오래전부터 목표를 숫자로 기록하고 있다. 2018년 업무 노트에는 '1 書, 3 酒, 100 讀, 15,000步'라고 적혀 있다. 일주일에 한 번 글을 쓰고, 일주일에 세 번 이내로 술을 마시고, 일 년에 백 권의 책을 읽고, 하루 만오천 보를 걷겠다는 다짐이다.

목표를 수치화해놓으면 해내야겠다는 의욕과 부담감이 함께 생겨, 실행력이 높아진다. 가령 '영어회화를 마스터 한다'는 목표는 좀처럼 달성할 수 없다. 무엇으로 영어회화를 마스터했는지를 검증할 수 없기 때문이다. 그러나 '1일 영어단어 10개 외우기'란 수치화된 목표는 달성했는가, 못했는가가 명확하다. 달성하면 더 잘해보겠다는 의욕이 생기고, 못하면 다음에는 꼭 해내겠다는 반성을 하게 된다.

글자대로 읽으면 좀 상스러울 수 있으나 그 뜻이 깊은 '自知晩知, 補知무지(스스로 알면 늦게 알고, 도움을 받아서 알면 빨리 안다)'를 믿고 실행하고 있다. 효율적인 실행을 위해서는 마이웨이를 고집하기보다는 다른 사람의 협조를 구하는 것이 좋다.

완벽히 준비될 때를 기다리지 말고 어느 정도 준비되면 일단 시작해보는 것이 낫다. 준비는 최선을 다해야 하지만, 타이밍을 놓쳐선 안 된다.

연초에 우리는 나름의 목표와 계획을 세우지만 실행으로 이어가고, 또 마무리하는 경우는 흔치 않다. 작심삼일(作心三日)은 실행의 어려움을 우리에게 경고하고 있다.

걷기 목표를 잘 실행하기 위해 걸어서 출근했고, 급하지 않는 한 차를 타지 않았으며, 평소 걷는 것을 습관화하였다. 스마트폰에 만보기 앱(APP)을 깔아놓고 눈뜨자마자 '걸음 수'를 셀 수 있게 'STOP' 위치로 놓는다. 탁구 등 운동을 할 때도 운동복 뒷주머니에 스마트폰을 집어넣는다.

읽은 책의 제목, 읽은 날, 저자명, 주요 내용 등을 적은 독서목록 카드를 만들어 활용하니 독서 실행력이 더 좋아졌다.

봄 이야기

10. 실행이 답이다

따뜻한 어느 날 오후, 세 사람이 신세 한탄을 하고 있었다. 우다(Woulda)가 '내가 하려고 했는데'라고 하자, 쿠다(Coulda)는 '나는 할 수도 있었는데'라며 맞장구를 쳤다.

그러자 슈다(Shoulda)가 '나는 했어야 했는데' 하며 안타까워하는 순간, 디드(Did)라고 하는 작은 꼬마가 나타나 '나는 해냈다'라고 외쳤다. 그러자 신세를 한탄하던 세 사람은 창피하고 부끄러워 도망쳤다.

실행의 중요함을 이야기할 때 자주 인용되는 우화이다. 세상에서 가장 슬픈 말이 '했어야 했는데', '하려고 했는데', '할 수도 있었는데'이다.

'마시멜로 이야기'란 책에 '세 마리 개구리'란 유명한 이야기가 있다. 햇살 뜨거운 여름날 오후, 개구리 세 마리가 나뭇잎에 올라탄 채 유유히 강물을 따라 내려가던 중 한 마리가 갑자기 벌떡 일어나 단호하게 외쳤다.

"너무 더워. 난 강물에 뛰어들 거야."라고 하자 다른 두 마리의 개구리는 그저 묵묵히 고개를 끄덕였다. 이제 나뭇잎에는 몇 마리의 개구리가 남아있겠느냐는 질문을 받으면 많은 사람들은 두 마리라고 대답할 것이다. 하지만 이 답은 틀렸다.

나뭇잎 위에는 여전히 세 마리의 개구리가 남아있다. 어째서일까. 뛰어들겠다는 결심을 하는 것과 실제 뛰어드는 행동을 실행하는 건 전혀 다른 문제이다. 그만큼 실행이 어렵다는 교훈을 우리에게 준다.

과학, 예술, 체육 등 몇몇 분야를 빼면 대부분 사람들의 능력에는 큰 차이가 없다. 성공하는 사람들과 성공하지 못하는 사람들의 사이에는 실행을 하느냐와 못하느냐에 차이가 있을 뿐이다.

성공하지 못하는 사람들의 공통점은 실행을 하지 않고 질질 끄는 버릇이 있다는 것이다. '언젠가 해봐야지'라고 생각하다가는 나중에 슈다(Shoulda) 같은 사람이 되기 십상이다. '언젠가'는 항상 '언젠가'로 남아 있지 결코 다가 오지 않는다.

자식들에게 미안한 점이 있다. 진정 하고 싶어 하는 일을 할 수 있도록 격려를 했어야 했는데 '그걸 왜 하려고 해?', '이걸 하지.', '할 수 있겠어?'라는 말을 별 생각 없이 했던 것이다.

어른이 보기에는 터무니없고 황당하다는 생각이 들어도 아이들에게는 '일단 해봐라'라는 격려가 무엇보다 필요하다. 수많은 실행과 실패를 거쳐 성공하는 것이다.

현대 창업주 故 정주영의 울산 미포만 조선소 건설도, 발명가 에디슨도 그의 꿈을 실행에 옮겼기에 해낼 수 있었다.

실행이 답이다.

(강원도민일보, 2018년 5월 23일 수요일)

봄 이야기

우체국에서 예금, 보험 업무도 취급하고 있지만, 가장 기본적인 업무는 우편이다. 우편물 접수 후부터 이루어지는 운송과 배달은 우리 사회에 물류라는 개념이 일반화되면서 우체국에서도 물류라는 용어로 칭하고 있다. 물류는 물자(物)의 흐름(流)이다. 우편 물류는 우편물의 흐름이다.

물류의 중요성이 부각되면서 선진 물류 벤치마킹을 위해 2008년 3월 10일부터 5박 6일간 일행 16명과 함께 싱가포르, 홍콩에 다녀왔다. 싱가포르는 서울과 비슷한 면적에 인구가 600만 명이 채 안 되지만, 1인당 국민소득은 5만 달러가 넘는다. 세계 1위의 항만 시설과 금융시장, 세계에서 기업하기 제일 좋은 국가로 알려져 있다. 싱가포르에서 배로 1시간 걸리는 쇼핑과 휴양지로 유명한 인도네시아 바탐, 그리고 홍콩과 경계지역인 중국 광둥성에 있는 신흥 산업도시인 심천도 들렸다.

싱가포르 창이 공항에 내리자 고온다습 지역답게 더운 느낌이 들었다. 그래도 교통흐름이 좋아 시내로 진입하기는 쉬웠다. 물류로 성공한 나라답게 항만에는 수많은 배가 떠 있었다. 대한민국의 HANJIN 마크가 새겨진 선박도 꽤 눈에 띄었다. 외국에 나가면 모두가 애국자가 된다고 한다. 나도 HANJIN 마크의 선박과 SAMSUNG 광고판을 보니 가슴이 뿌듯하고 우쭐해졌다. 연수를 하면서 강원도 물류가 발전한 모습은 과연 어떨까 하는 고민을 하였다.

11. 물류 선진화 전략

싱가포르는 동아시아와 서아시아를 잇는 교통의 중심지에 위치한 도시국가로 우리에게 너무나 잘 알려져 있는 나라이다. 이 나라가 살아가는 방법은 바로 물류다. 여기에 금융이 결합돼 싱가포르는 오늘날 세계적인 금융과 물류의 허브 국가로 우뚝 서 있다. 이 싱가포르를 지난 3월 다녀왔다. 인도네시아 빈탄으로 가기 위해 싱가포르 항을 떠난 지 40여 분이 지났는데도 정박 중인 선박들이 섬같이 떠 있어 이 나라가 물류 강국임을 실감케 했다.

창이 공항에서 시내로 진입하는데 교통흐름이 아주 좋았다. 싱가포르는 자동차 소유에 대한 욕구와 도로를 이용하는 자동차의 균형을 유지하는 정책을 펴고 있다. 차량 보유를 통제하기 위해 자동차 할당 제도인 VQS(Vehicle Quota System)를, 차량 사용 통제 방식으로 혼잡통행료(Congestion Pricing)를 징수하여 교통량을 줄이고 있다. 이는 세계인들이 싱가포르의 항만과 공항, 금융시설을 편리하게 이용할 수 있도록 한 배려이다.

이 나라는 대다수 국민이 공용어인 영어에 능통하여 공항과 항만을 이용하는 세계 각국의 물류 관계자들과 의사소통하는데 전혀 문제가 없다. 또한 싱가포르는 경쟁력 높은 물류 정보시스템을 가지고 있다. 항만 물류 정보시스템인 포트넷(Portnet)은 항만운영공사가 운영하는 항만과 선사·화주·운송업자 등 모든 이용자를 온라인으로 연결해주며, 이 때문에 서류 없이 업무처리가 가능하다. 무인톨게이트 시스템은 컨테이너 트레일러가 터미널에 도착하면 운전기사와 컨테이너, 차량정보를 확인하여 들여보내는 시스템으로 트럭 당 소요시간이 25초밖에 걸리지 않는다. 이러한 서비스 때문에 싱가포르 항만공사는 화주의 요구에 정확히 맞춰주는 시스템을 갖췄다 하여 '따라잡는 부두(catch up port)'라는 닉네임을 가지고 있다.

봄 이야기

싱가포르의 물류 산업 성공은 우리나라가 동북아 물류 중심지로 거듭나는 것에 많은 시사점을 준다. 공항, 항만 등 국제 물류 거점 시설을 확충하고 DHL, FedEx 등 세계적인 물류 기업을 유치하는 전략이 무엇보다 중요하다. '세계의 공장'인 중국과 일본에 인접해 있는 지리적 이점을 살릴 수 있는 정책을 개발하고, 물류 시설과 물류 시장·제도를 수요자 입장에서 획기적으로 개선하여 국가 물류비를 줄여 경쟁력을 높여야 한다. 민간과 정부가 공동으로 참여하는 기구를 구성함으로써 국가 물류 정책을 통합적으로 조정·통제하여 정책의 일관성과 효율성을 높일 필요가 있다.

새로운 항공 수요를 창출하기 위한 공항 복합도시와 공항 물류 단지를 개발하여 인천국제공항을 더욱 활성화하고 경부고속철도 2단계 사업 등을 차질 없이 추진함으로써 국제적 수준의 효율적인 물류 네트워크를 구축하는 것도 시급하다.

물류 산업은 화물의 운송·보관·하역·포장 등을 통해 제조업의 경쟁력 제고와 소비자 편의 증대에 기여하고 고용창출이 큰 산업이므로 지방정부에서도 적극적인 관심을 가져야 한다. 중앙고속도로 철원 연장 사업, 원주~강릉 복선 전철화 사업, 동춘천~양양 고속도로의 조기완공, 원주와 양양 공항 및 동해항 컨테이너선 활성화 등은 우리 강원도가 해결해야 할 숙제이다.

(강원도민일보, 2008년 4월 14일 월요일)

물류 선진화 전략에서 제시했던 원주~강릉 복선 전철화 사업은 원주 만종역에서 시작해 강릉을 종착역으로 하는 경강선을 말한다. 이 사업은 총 120.7㎞인 원주~강릉 구간이 2018 평창 동계올림픽을 대비하기 위해 2017년 12월 22일 개통됨으로써 실현되었다. 만종역에서 강릉역까지는 40분대, 강릉역에서 청량리역까지는 86분, 강릉역에서 서울역까지는 114분이 걸린다.

　　동춘천~양양 고속도로는 서울~양양 구간까지 포함하여 2017년 6월 30일에 전 구간 완전 개통되었다. 인제군 기린면 진동리와 양양군 서면 서림리 사이를 관통하는 인제양양 터널은 총길이가 10,965m로 국내에서 가장 길고, 전 세계에서 11번째로 긴 도로터널이다. 서울에서 양양까지의 주행시간이 종전의 2시간 10분대에서 1시간 30분대로 단축되었다.

　　원주공항은 올해 3월 31일부터 원주에서 제주로 가는 항공편을 주 7회에서 11회로 증편 운영하고 있다. 양양을 거점으로 한 플라이 강원이 올 3월 5일 자로 국토교통부로부터 국제 항공 운송사업 면허를 받음으로써 양양 공항 활성화와 일자리 창출 및 지역발전이 기대된다.

　　동해항 컨테이너선 활성화는 신규 컨테이너 항로 개설을 위해 지속적으로 노력하고 있으며, 중앙고속도로의 철원 연장도 강원 북부 균형발전에 꼭 필요한 사업이기에 꾸준히 추진되고 있어 조만간 좋은 결과가 나오리라 기대한다.

　　스마트폰, 인터넷 등의 사용이 활성화되기 전까지는 편지가 중요한 통신수단이었다. 80년대 초 군 생활을 할 때는 '군사우편'이 많았다. 군 장병이 군사우편을 활용하면 요금이 할인되었고, 편지봉투에는 스탬프로 '군사우편'이란 도장이 찍혀 배달되었다. 군 생활 중에는 부모님, 연인 등 가까운 사람들로부터 오는 편지를 받는 것이 가장 큰 위안이었고, 즐거움이었다. 내무반에서 선임 하사가 "편지 받아가라."고 호명하면 마치 큰 벼슬을 한 기분이었고, 편지를 받지 못하면 풀이 죽었다. 마찬가지로 군에 간 아들이나 서울로 간 자식들의 소식이 든 편지를 부모님은 학수고 대하며 기다렸다.

글을 읽고 쓰지 못하는 분들을 위해 집배원이 편지를 읽어주기도 하고 대신 써주기도 했다. 한때 집배원을 사랑을 전달하는 '사랑의 전령사라고 불렀을 정도다. 지금은 통신수단으로서의 편지는 크게 줄고 홍보, 고지서 우편물이 대부분이다. 특히 법원 우편물은 배달절차가 까다롭고 이해 관계가 얽혀있어, 잘못 배달했을 시 송사에 휘말려 어려움을 겪는 경우도 있다. 대부분의 아파트에서는 입주자 보호를 위해 출입카드를 쓰게 하고, 산골 구석구석에는 별장이나 펜션이 늘어나 배달환경이 많이 나빠졌다. 밖에서 일을 해야 하므로 날씨의 영향도 크게 받는다.

눈이나 비가 내리는 날, 춥거나 더운 날은 몇 곱절이나 힘들다. 강풍이 불면 이륜차가 흔들려 위험하고, 요즘처럼 미세먼지가 심한 날에는 마스크를 쓰고 일을 해야 하므로 여간 불편한 게 아니다.

우리 사회의 작은 배려가 갈수록 나빠지는 배달환경에 처한 집배원에게 큰 힘이 될 수 있다.

12. 집배원에게 힘이 되는 작은 배려

올해는 1988년 서울올림픽 이후 30년 만에 2018 평창 동계올림픽이 2월 9일부터 25일까지 강릉과 평창에서 성공리에 개최된 역사적인 해이다.

서울올림픽은 세계의 변방이던 'KOREA'를 지구촌 중심으로 옮겨 놓은 역사적인 사건이었다. 마찬가지로 이번 동계올림픽도 '강원도'가 대한민국의 중심으로 자리매김하고 세계의 이목을 끄는 계기가 되었다.

우리나라는 국민소득 3만 달러, 인구 5천만 명을 넘는 국가를 뜻하는 '30-50클럽'에 금년 가입할 가능성이 높다고 한다. 2018년이 우리 강원도, 대한민국이 대도약 하는 변곡점이 될 듯하다.

이런 기대와 달리 안타까운 일도 많았다. 지난해 연말 29명의 사망자를 낸 제천 스포츠센터 화재사고에서 인명피해를 키운 것이 불법주차 때문이었음에도, 새해 첫날 해돋이 손님들이 무단으로 세워놓은 차 10여 대가 경포 119안전센터 앞을 가로막아 소방대원들이 차에 남겨진 전화번호로 일일이 연락해 차를 옮기도록 하느라 40여 분을 허비한 끝에 구급차 등이 센터로 복귀하는 기막힌 일이 벌어졌다.

우리나라는 급속한 경제 성장을 하다 보니 결과지상주의 등 이기주의가 만연해 있고, 배려가 부족하다

배달환경은 갈수록 나빠지고 있다. 강원도 통계현황을 보면 2015년 인구수는 1,564천 명으로 10년 전의 1,521천 명과 큰 차이가 없으나, 세대수는 685천 세대로 2005년의 574천 세대보다 19.3%나 증가하였다.

1인 가구, 2인 가구가 증가하여 배달해야 할 곳이 그만큼 늘어났고, 배달도 어렵게 되었다.

우정사업 본부 연도별 물량자료에 따르면 2016년 편지는 36억 통으로 10

봄 이야기

년 전의 47억 통보다 23%가 줄었으나, 소포는 2억2천만 개로 10년 전의 9천만 개보다 1.3배나 늘어났다. 소포는 무겁고 부피가 크므로 배달하기가 편지보다 훨씬 어렵다.

우리 사회의 작은 배려가 집배원에게는 큰 힘이 되고, 수취인에게도 이익이 될 수 있다.

첫째, 우편번호와 연락처, 주소를 상세히 기재하면 신속·정확하게 배달할 수 있고 수취인은 SNS로 배달 안내 서비스도 받아 볼 수 있다.

둘째, 우체통에는 편지만 넣고 우편함을 자주 정리하면 우편물 분실과 개인정보 유출을 막을 수 있다.

셋째, 장기간 집을 비울 경우 미리 우체국에 알려주면 우편물을 최대 15일까지 보관하고 있다가 그 이후 배달해 드린다.

넷째, 이사를 갈 때 미리 주소지를 변경하면 새로운 주소지에서 우편물을 즉시 받아볼 수 있다.

다섯째, 견고하게 포장하여 보내면 간혹 발생하는 파손·훼손을 예방할 수 있다.

또한 우편물을 가득 싣고 바쁘게 다니는 우편 차량이나 이륜차에 대한 양보 운전은 수취인이 보다 신속하게 우편물을 받아볼 수 있게 할 뿐 아니라 내 이웃의 소중한 생명도 보호해준다.

가족, 동료 등 알고 지내는 사람에게 마음을 열고 배려하는 것은 쉬운 일이나 모르는 사람에게 친절을 베풀고 배려하는 것은 쉬운 일이 아니다.

그런데 상대방의 입장에서 생각해 보고 배려하다 보면, 그 배려가 곧 내게 돌아와 결국 나를 위한 것이 될 때가 많다. 2018 평창 동계올림픽은 자원봉사자 등 많은 사람들의 배려하는 마음이 있었기에 성공할 수 있었다.

이처럼 우리가 겪는 많은 갈등의 해결도 배려에서 답을 찾을 수 있다고 생각한다.

(강원도민일보, 2018년 4월 17일 화요일, [화요시선])

비상소집이 있던 날이다. 집에서 사무실까지 가려면 한 시간 거리를 걸어야 하므로 평소보다 이른 시간에 집을 나와 바삐 걸었다. 사무실까지 가는 길에는 신호등이 있는 횡단보도가 십여 개 정도 있다. 시간이 빠듯하여 횡단보도 두 곳을 적색 신호가 켜져 있음에도 무단으로 건넜다. 한 곳에서 탈이 났다. 횡단보도를 건너는데 신호대기 중이던 차가 경적을 크게 울렸다.

건너고 나서도 얼굴이 후끈거리고, 창피했다. 하루 종일 그 기분이 떠나지 않았다. 그 운전자가 나를 형편없는 놈이라고 얼마나 욕을 했겠는가. 조금만 기다리면 되는 것을 그걸 못 참고 잘못된 행동을 했다. 교통법규를 잘 지키겠다는 나 자신과의 약속을 전에 여러 번 했으나, 지금까지 잘 못 지켰다. 앞으로 교통법규를 꼭 지키겠다는 결심을 다시 했다.

시내 거리에서 '기초 질서 지키기' 플래카드를 종종 보고 캠페인도 볼 수 있다. 기초 질서는 말 그대로 기초적으로 지켜야 할 질서다. 길을 건널 때 횡단보도나 육교를 이용하기, 껌이나 침을 함부로 뱉지 않기, 불장난하지 않기, 새치기하지 않기, 담배꽁초 함부로 버리지 않기 등이 모두 기초 질서에 속한다. 기초 질서가 잘 지켜지지 않는데, 하물며 다른 법질서는 잘 지켜지겠는가.

우리나라의 법질서 준수 지수는 OECD 국가의 평균에서 크게 떨어진다. 법과 질서를 잘 준수하면 경제 성장률이 연간 1%포인트가량 더 높아질 수 있다는 보고서도 있다. 우리나라 유치원에서는 영어, 덧셈, 뺄셈 등 지식교육에 중점을 두나, 선진국의 유치원은 교통 현장에서 횡단보도 건너기, 교통 신호 지키기 교육을 가장 우선 한다고 한다.

몇 년 전 미국 오바마 대통령의 정치적 멘토이자 당시 83세의 노인이던 찰스 랭글 의원이 뒤로 손이 묶인 채 경찰에 연행되는 사진을 보고 참 많은 생각을 했다. 무려 22선의 하원 의원인 랭글 의원은 이민법 개정을 촉구하는 도로점거 농성에 동참했다가, 우리나라로 치면 집시법과 도로교통법 위반으로 현장에서 바로 연행된 것이다. 감사업무를 하면서 이 사진을 교육 자료로 여러 차례 활용했다.

시위자들의 고성, 도로 무단점거 등 불법사례가 자주 있는 우리나라에서 이러한 법 집행이 가능할까 하는 생각을 하자 회의감이 들었다. 국민의 준법정신을 함양하고 법의 존엄성을 진작하기 위해 만들어진 법의 날(4월 25일)을 앞두고 '기초 질서'에 대한 단상(斷想)을 써 보았다.

13. 나부터 지키는 기초 질서

걸어서 출근하려면 교통 신호등이 있는 횡단보도 십여 곳을 지나야 한다. 왕복 6차선 이상 도로에서는 적색 신호등이 켜졌을 때 횡단보도 건너는 것을 엄두조차 내지 않으나, 왕복 4차선 이하 도로에서는 운행 중인 차량이나 주위에 사람이 없으면 적색 신호임에도 그냥 건너고 싶은 유혹을 느끼고, 실제 건너는 경우가 꽤 있다. 건넌 후에는 어김없이 법을 어겼다는 자책감에 빠진다. 조금 늦더라도 교통 신호를 지켜야 한다는 다짐을 여러 차례 하였으나 잘 지키지 못하고 있다.

제 눈의 티는 못 보면서 남의 티만 보는 격이나 특히 교복을 입은 학생이 교통 신호를 따르지 않고 무단횡단하는 모습은 안타까운 생각을 들게 한다. 학생은 법을 잘 지키리라는 기대감과 이들이 우리 사회를 이끌어가야 할 미래의 주역이라는 생각 때문이다.

하계 휴가철이 되면 해수욕장은 쓰레기로 몸살을 앓는다. 새벽에 해수욕장을 돌아보면 밤새 피서객들이 버린 폭죽, 캔, 음식 등으로 난장판이다. 아침 바다를 먼저 찾는 이는 피서객이 아니라 쓰레기를 치우는 분들이다.

쓰레기 투기, 자연훼손, 교통 신호 위반 등 기초 질서가 잘 지켜지지 않고 있다. 기초 질서는 일상생활에서 흔히 범하기 쉬운, 경미하지만 법익의 침해 행위로 경범죄처벌법과 도로교통법에 그 행위 유형들이 규정되어 있으며, 법률상의 용어나 학문적으로 정의된 개념이 아니라 실무상의 용어이다. 기초 질서가 잘 지켜지지 않는데 법질서가 잘 지켜지기를 기대하기는 어렵다.

미국의 범죄학자 조지 켈링과 정치학자 제임스 윌슨이 명명한 '깨진 유리창 이론'은 유리창이 깨진 자동차를 거리에 방치하면 사람들은 배터리나 타이어 같은 부품을 훔쳐가는 것은 물론이고 차를 파괴한다는 이론으로, 일상

봄 이야기

생활에서 일어나는 가벼운 범죄를 제때 처벌하지 않으면 결국 강력 범죄로 이어질 수 있다는 것이다.

1994년 루돌프 줄리아니 뉴욕 시장이 깨진 유리창 이론을 적용하여 당시 범죄의 온상이었던 지하철 내의 낙서를 모두 지우도록 하자 시민들은 범죄 소탕은 하지 않고 낙서나 지우냐며 강하게 비난했다. 지워도 지워도 낙서는 다시 생겨났고, 모든 낙서를 지우는 것에 수년이나 걸렸다. 그런데 이 과정에서 범죄율이 3년 만에 무려 80퍼센트가 줄어들었다고 한다.

우리나라가 선진국으로 진입하고 국가 경쟁력을 강화하기 위해서는 경제력 수준에 걸맞은 신뢰, 준법의식 등 선진 시민의식 배양이 절대적으로 필요하다. 하지만 대한민국의 법질서 준수 지수는 OECD 국가의 평균보다 크게 떨어진다. 우리의 법질서 준수 지수가 OECD 국가의 평균만 유지한다면 경제 성장률이 1%는 더 올라갈 수 있다는 주장도 있다. '나 하나 꽃피어 풀밭이 달라지겠느냐고 말하지 말아라. 네가 꽃피고 나도 꽃피면 결국 풀밭이 온통 꽃밭이 되는 것 아니겠느냐.'라는 시처럼 나 한 사람의 행동이 큰 의미가 있고, 세상을 바꿀 수도 있다고 믿는다.

기초 질서! 나부터 준수하면 우리 사회의 기초 질서도 잘 지켜지리라 기대하면서, 불편할 수도 있지만, 앞으로는 교통 신호를 철저히 지킬 것을 다시 다짐해본다.

(2019년 4월 13일, 토요일에 쓰다)

오월에...

요즘은 좀 더워졌으나, 한해 중 오월이 가장 생활하기에 적합한 온도와 날씨이기에 이 시기를 계절의 여왕이라 부른다. 5일은 어린이날, 8일은 어버이날, 11일은 입양의 날, 21일은 부부의 날이 있기 때문에 5월을 가정의 달이라 부르기도 한다.

'첫사랑, 젊은 날의 추억'이라는 꽃말을 가진 라일락을 나는 특히 좋아한다. 말로 표현하기 어려운 진하고 독특한 라일락 향기가 너무 좋아 오월이 더 기다려진다. 이 꽃향기는 매일 맡아도 질리지 않는다. 라일락 꽃을 꺾어다 사무실과 집에 꽂아놓고 수시로 향기를 맡기도 한다.

80년대 초 유행한 '…라일락꽃 피는 봄이면 둘이 손을 잡고 걸었네. 꽃 한 송이 입에 물면은 우린 서로 행복했었네. 라일락꽃 지면 싫어요. 우린 잊을 수가 없어요…'라는 '라일락 꽃' 노래도 참 좋아한다. 이 노래를 흥얼거리며 라일락의 향기를 맡으면 마음은 유리같이 맑아지고, 동심으로 돌아간다. 몸과 마음이 순화되고, 영혼이 깨끗해진다. 라일락 꽃을 꺾어주면서 아내에게 사랑을 고백하기도 했다. 라일락 없는 오월은 내게 상상하기 어렵다.

14. 5월의 의미

4월과 5월! 참 좋은 달이자, 바쁜 달이다. 그러나 올해에는 우리 지역에서 발생한 산불로 많은 시민들이 마음 아파했다. '각종 기념일 등에 관한 규정'을 찾아보니 47개의 기념일 중 40%인 19개의 기념일이 이 시기에 몰려 있다. 여기에 봄 날씨라 활동하기 좋다 보니 기관, 단체, 각종 모임의 행사도 많다. 그러기에 바쁠 수밖에 없을 것도 같다.

자체 춘계 체육행사를 지난 14일 가졌는데, 그 날 행사가 겹친 직원들은 이 모임 저 모임 참석하느라 꽤 분주하게 오갔다. '4월과 5월을 내게 주면 나머지 달은 모두 네게 주마.'라는 스페인 격언이 있다. 그만큼 아름답고 좋은 계절이라는 의미일 것이다. 우리는 5월을 계절의 여왕이라 하여 계절 중의 최고로 여긴다.

그 5월도 이제 얼마 남지 않았다. 농부에게는 이 시기가 무척 중요하다. 미처 씨앗을 심지 못했다면 5월 중에는 심어야 가을에 수확을 기대해볼 수 있다. 작은 텃밭을 가꾸다 보니 농심을 조금은 이해할 것 같다. 도시 사람들이 즐겨 찾는 주말농장에는 종묘상 등에서 파는 모종을 사다 심으면 된다. 굳이 농사짓는 절기를 모르더라도 괜찮다. 그러나 씨앗을 심을 때는 다르다. 씨앗을 심는 시기를 알아야 하고, 그 시기에 잘 맞춰 심어야 가을에 수확이 가능하다. 소위 하는 말처럼 철이 들어야 하고, 철을 알아야 한다.

'철들다'를 국어사전에서는 '사리를 분별하여 판단하는 힘이 생기다'라고 정의한다. 그러나 철의 원래 어원은 계절의 변화를 가리키는 말(겨울철, 봄철 등)로, '철들다'는 제철에 들어섰거나 농사지을 때를 제대로 안다는 것이다. 봄철에 씨앗을 뿌리고, 여름철에 김매고, 가을철에 수확하는 것을 안다는 것이다. 철이 없는 어리석은 사람을 '철부지'라고 한다. 씨앗을 뿌리는 등 농

봄 이야기

사를 짓는 때를 모르니까(不知) 어리석다는 것이다. 옛날에는 농사가 생활의 대부분을 차지했기에 농사와 직결된 곡우, 망종 등 24절기를 이해하면 철이 들었다고 하며, 어른으로 인정을 받았다.

봄철에 씨앗을 뿌려야 하는데, 그 씨앗 뿌리는 시기를 놓치면 농사에 실패하기 쉽다. 4월과 5월에는 봄일을 시작한다는 청명(淸明), 본격적인 농사가 시작되는 곡우(穀雨), 농사일이 바빠지는 입하(立夏), 만물이 점차 생장하여 가득 찬다는 소만(小滿)이 있다. 농부는 이 절기를 잘 이해하여 씨앗을 심고 가꾸어야 한다. '철들다'는 것이 농부에게만 해당되거나, 4월과 5월이 농부에게만 소중하다거나 하지는 않을 것이다. 4월과 5월은 개인이나 조직에도 중요하다.

상반기가 불과 한 달여 밖에 남지 않은 현시점에서는 상반기 계획이 제대로 진행되고 있는지 돌아보고, 미흡한 부분은 6월에 보완을 해야 1년의 목표관리를 정상적으로 할 수 있다.

사람의 인생으로 보면 4월과 5월은 공자께서 학문의 기초가 확립되었다고 한 30대의 이립(而立), 즉 청장년(靑壯年)기쯤에 해당되리라.

가을의 풍성한 수확을 위해 씨를 뿌리고, 인생의 성공을 위해 기초를 다지는 5월이 되기를 기대한다.

(강원도민일보, 2017년 5월 25일 목요일 [목요단상])

강릉에서 생활할 때 '재소자처(在所者處)'란 말을 자주 떠올렸다. 걷기에 좋은 곳이 많아 자주 걷다 보니 자연스레 이 말이 생각난 것 같다. 뜻은 '사람은 어디 있느냐에 따라 운명이 결정된다'는 것이다. 사람은 서울로 보내고, 말은 제주로 보내라는 속담이 이 말을 잘 설명한다. 서울이 예나 지금이나 정치와 경제, 문화의 중심지이니 사람은 서울에서 자신의 운명을 더 나은 쪽으로 개척할 수 있고, 말은 말이 많은 제주로 가야 잘 먹고 잘 살 수 있다는 것이다.

직장 생활을 하는 동안 서울에서 근무할 수 있는 기회가 몇 차례 있었다. 하지만 나는 서울에서 살지 못할 것 같았다. 그게 나였고, 나의 한계였다. 서울 근무가 고생스러웠겠지만 승진기회도 더 있었을 테고, 애들이 서울로 유학하는 번거로움도 피할 수 있었을 텐데 하며 나중에는 후회도 했다.

내가 재소자처의 의미만 그때 깨달았어도 '서울 입성'을 선택했을 것 같다. 이를 반면교사로 후배들에게는 큰 곳, 넓은 곳으로 가라는 말을 입버릇처럼 한다.

강릉은 걸을 곳이 많아 걷기 마니아가 되었다. 봄, 여름, 가을에는 다섯 시부터, 겨울에는 다섯 시 반부터면 걷기를 시작해 아침에 두세 시간을 걸었다.

사람은 환경의 영향을 많이 받는다.

15. 재소자처(在所自處)

　인간의 성품이 선하다는 성선설로 널리 알려진 맹자는 중국 전국(戰國) 시대(BC 403 ~ BC221) 사람이고, 그의 어머니는 '맹모삼천지교'의 교훈을 우리에게 남겼다. 처음 살던 곳에서 공동묘지 근처로 이사를 하였는데, 이곳에서 맹자의 장사 지내는 놀이를 목격한 맹자의 어머니는 이사를 했다. 그런데 하필 그곳이 시장 근처였다. 맹자가 이곳에서 물건을 사고파는 장사꾼 흉내를 내면서 노는 것을 본 맹자의 어머니는 다시 글방 근처로 이사를 하였다. 마침내 글공부에 열중한 맹자는 유가(儒家)의 뛰어난 학자가 되어 아성(亞聖)이라고 불리게 되었다.

　다음은 전국시대 초(楚), 위(魏), 연(燕) 등 칠웅(七雄) 중 6국을 소멸시켜 진시황으로 하여금 중국 최초의 통일된 나라를 건설하게 하고, 봉건제 대신 중앙집권적인 군현제(郡縣制)를 실시하게 한 공이 있으나 분서갱유(焚書坑儒) 등으로 역사적인 비난을 면치 못하는 재상 이사(李斯)의 하급관리 시절 이야기다.

　이사가 어느 날 아침 관청의 뒷간에 볼일을 보러 갔는데, 배춧잎 같은 더러운 음식쓰레기를 뒤지던 비쩍 마른 쥐가 두려운 눈을 꿈쩍거리며 부리나케 도망가는 것을 보았다. 뒷간에서 나와 백성에게 나누어 줄 쌀가마니 수량을 조사하기 위해 곳간을 들어갔는데 포동포동하게 살이 찐 쥐들이 도망도 가지 않고 눈을 부릅뜨고 자기를 노려보는 것이었다.

　이사는 같은 쥐임에도 왜 다른 모습과 행동을 보일까 하는 궁금함을 가진 끝에 '사람이 어질다거나 못났다고 하는 것은, 비유하자면 이런 쥐와 같아서 자신이 처해 있는 곳에 달렸을 뿐이다(人之賢不肖 譬如鼠矣 在所自處耳).'라는 생각을 하게 되었다. 이에 이사는 즉시 살고 있던 초나라를 떠나 순자(荀子) 밑에서 제왕학을 공부하고 갖은 어려움을 이겨낸 끝에 재상이 될 수 있었다. 맹자도, 이사도 자신이 처한 불리한 환경을 벗어나 새로운 위치에서 노력하여 꿈을 이루었다.

사냥에서 중요한 것은 잡아야 할 짐승이 어떤 길로 다니는지, 어디에 많이 나타나는지 등 소위 길목을 알아내 기다려야 한다는 것이다. 축구 경기에서 훌륭한 골잡이의 요건은 공이 올 곳, 골을 넣을 수 있는 곳을 잘 찾아낼 줄 아는 것이며, 리바운드볼을 잘 잡는 농구 선수가 되려면 백보드나 림을 향해 던진 공이 어디로 흘러나올지 잘 판단하여 그 자리에 위치하는 것이 중요하다.

한때는 정보통신 강국으로 불렸을 뿐 아니라 1995~2007년에는 총 3,790억 달러의 무역흑자를 창출하여 외환위기를 극복하는 데 큰 힘이 되었던 우리나라 정보통신기술(ICT) 산업의 국내 총생산(GDP) 기여도가 2001년 8.7%, 2005년 6.7%, 2012년 4.3%, 2015년 2.2%로 계속 낮아지고 있다는 자료를 보면 큰 걱정이 아닐 수 없다.

요즘은 ICT를 기반으로 거의 모든 산업이 융합하는 4차 산업혁명이 화두다. 인공지능(AI), 가상현실(VR), 증강현실(AR), 5세대 이동통신, 사물인터넷(IoT)으로 대표되는 신기술이 ICT를 중심으로 융합해 생활과 산업 전반에 엄청난 변화를 줄 것이라 예측되고 있다.

재소자처(在所自處)! 이 말은 사람에게만 해당되는 것이 아니다. 대한민국은 4차 산업에서 다시 한번 국운융성을 꾀해야 한다.

(강원일보, 2017년 5월 9일 화요일 [강원포럼])

강릉은 걷기에 좋은 곳이 많다. 강릉에서 봄이 가장 먼저 온다는 춘 갑봉(春甲峰), 강릉 향교인 명륜당 뒤에 있다 하여 이름 붙인 당두공원, 이 산에 꽃이 많이 피어 멀리서 보면 마치 꽃이 산 위에 떠 있는 것 같 다는 화부산(花浮山), 두산동에 있는 월대산 등을 자주 걸었다. 강릉 사 람들도 잘 알지 못하는 위촌리에 소재한 신암(腎巖), 여보암(女寶巖)도 가 보았다.

하지만 무엇보다도 강릉에서 주문진까지 걸어서 왕복한 것이 가장 기 억에 남는다. 지금까지 살아오면서 하루에 가장 먼 거리를 걸었다.

16. 가장 긴 거리를 걷다

[강릉~주문진, 38.128km]

오늘은 제19대 대통령 선거일인 2017년 5월 9일 화요일. 법정 공휴일이다. 5월 4일에 사전투표를 했기에 집에 가지 않고 강릉에 머물렀다. 무엇을 할까 생각한 끝에 주문진까지 걸어가 보기로 했다.

오늘 걸은 강릉에서 주문진항까지의 길은 강릉 바우길 5구간(바다호숫길) 중 일부 구간(경포대~사천해변공원)과 12구간(주문진 가는 길)에 해당한다. 새벽에 일어나 등산용 가방에 물 1병, 떡 몇 조각, 마스크와 책, 우산을 넣고 5시에 관사에서 나왔다. 허균·허난설헌 기념관을 거쳐 경포해변 중앙공원에 도착했다.

잠시 해변을 돌아보고 20여 분을 걸으니 사근진 해변이다. 경포해변과 지척이다. '사근진'이란 이름은 옛날 이곳에 사기를 팔러왔던 사람이 그냥 눌러앉아 생활하면서 고기도 잡고 사기도 팔았다 하여 '사기장사가 살던 나루'라는 뜻으로 붙여진 이름이다. 사근진 해변을 거쳐 다시 걸으니 순긋해변, 순포해변이 나왔다.

길 옆 벤치에 앉아 물 한 모금과 떡 한 조각으로 요기를 하니 집 생각이 났다. 아내는 텃밭에서 일하겠지 하는 생각에 전화를 했더니 역시 밭에 있단다. 김매고 마늘에 비료를 주는 중이란다. 나는 쉬고 있는데 집에서 일하는 아내를 생각하니 미안한 마음이 일었다.

다리도 아프고 돌아가고 싶은 생각이 간절했으나, 내가 오늘 이 길을 걷지 않으면 언제 다시 강릉에서 주문진까지 걸어볼 수 있을까 생각을 하니 계속 걸을 수 있었다.

이날, 걷는 와중에 간간이 비가 내리기도 하고 생각보다 훨씬 먼 거리라

봄 이야기

수십 번은 포기할까 하는 갈등을 느꼈다. 그래도 솔숲길을 만나고, 모래밭 위를 걷고, 파도 소리를 들었기에 끝까지 걸을 수 있었다.

연곡 솔향기 캠핑장에 들어서니 솔숲이 우거진 가운데 캠핑존, 자동차 캠핑존, 캠핑 트레일러 존도 보였다. 본격적인 캠핑 시즌이 아님에도 이용객이 꽤 있었다. 돗자리만 하나 깔면 그대로 힐링이 될 것 같았다.

지난해 팔월, 이곳에서 우리 직원들로 구성된 음악동아리 '에버리치 밴드'가 피서객을 위해 음악 공연을 하여 큰 호응을 얻은 바 있다. 올해도 공연을 계획하고 있단다. '에버리치 밴드'는 강릉 우체국은 물론 강릉시의 큰 자랑이다.

다시 걷기 시작하니 몇 달 전에 끝난 드라마 '도깨비'의 촬영지인 영진해변이 나왔다. 드라마에 한번 나오면 사람들이 많이 찾는 명소가 된다. 꽤 많은 관광객이 '도깨비' 촬영지 안내판과 바다를 배경으로 사진을 찍고 있었다.

영진해변부터 주문진 수산시장 가는 길은 해안도로로 인도가 좁거나 아예 없는 구간도 있어 걷기에 불편했다. 주문진에 도착하니 10시 10분이다. 이렇게 멀리 걸어오다니. 나 자신이 참 대단하다는 생각이 들었다.

자장면을 먹고 싶어 중국 음식점을 찾았으나 보이지 않아 가까운 편의점에 들어가 컵라면과 김밥을 샀다. 아침 식사를 거르고 요기만 해서인지 컵라면과 김밥이 꿀맛이었다. 비가 내려 우산을 꺼내 쓰고 자판기 커피를 마시면서 걸으니 머리가 맑아졌다. 지금까지 살아오면서 후회되는 일과 앞으로 어떻게 살아야 할지에 대한 생각도 했다.

가장 후회되는 일은 공부에 열정을 다해보지 못한 일이다. 자연스레 앞으로 해보고 싶은 일 중의 하나는 공부가 되었다. 정치, 심리, 철학, 역사 등을 공부해 보고, 책도 쓰고 싶다. 우선은 이 분야의 책을 읽어볼 생각이고 방송대 입학도 생각하고 있다.

　경험상 걸으면 많은 생각을 하게 되고, 또 걸으면서 하는 생각은 뚜렷하다. 가끔 신문에 글을 기고하는데, 기고문의 주제와 내용을 걸으면서 얻을 때가 많다.

　"무엇보다 걸으려는 욕망을 잃지 말라. 매일같이 나는 걸으면서 행복한 상태가 되고, 걸음을 통해 모든 질병으로부터 벗어난다. 나는 걷는 동안 가장 좋은 생각들을 떠올렸다."고 덴마크의 철학자 키르케고르가 말했다.

　독일 철학자 니체는 "걷지 않고 떠오르는 생각을 믿지 말라"고 했다. 많은 철학자들이 걷기를 통해 정신적 치유와 위안을 얻었다. 걷기를 통해 사색을 즐겼고, 창조적인 결과를 만들어냈다.

　돌아가는 길은 목표의 반을 해냈다는 자신감과 성취감 때문인지 훨씬 덜 힘들었다. 한적한 길에서는 노래도 부르고 시도 암송했다.

　'파초'로 유명한 초허 김동명 시인이 이곳 출신이다. '파초와 호수의 시인'으로 알려진 초허는 우리나라의 대표적 전원파 시인이면서 일제 강점기에 망국의 한을 노래한 '민족시인'이다. '내 마음은 호수요. 그대 노 저어 오오. 나는 그대의 흰 그림자를 안고…'로 시작하는 '내 마음은'이란 시도 많은 사람들이 좋아한다.

　'호수'도 좋아하는 시다.

　'여보. 우리가 만일 저 호수처럼 깊고 고요한 마음을 지질 수 있다면, 별들은 반딧불처럼 날아와 우리의 가슴속에 빠져주겠지….'

　경포해변에 오니 마침 그네 의자가 비어 있다. 주위에 사람들이 별로 없는지라 그네 의자에 누워 가져갔던 책 '열국지'를 꺼내서 20여 쪽을 읽었다. 기강지복(紀綱之僕, 벼리기·벼리강·어조사지·종복, 최고로 훈련되어 군율과 기본이 잡힌 정예 용사)고사가 나오는 부분이었다. 진목공(秦穆公)이 여러 해를 방랑하다

봄 이야기

진(秦)나라에 온 진(晉)의 공자 중이(重耳)를 극진히 대접한 뒤 딸 회영과 혼인시키고 정예용사 3천 명을 주어 진(晉)나라로 돌아가 왕위에 오르게 했다. 이때 정예용사 3천 명을 기강지복이라 불렀다. 여기서 우리가 흔히 쓰는 사회 기강, 군대 기강, 공직 기강 등의 기강(紀綱)이란 말이 여기서 유래되었다.

　기강은 규율과 법도를 뜻하는 말로 '근무자세', '근무 태도'로 순화하여 부르고 있다. 벼리 기(紀), 벼리 강(綱) 한자도 재미있다. 벼리란 그물의 위쪽 코를 꿰어놓은 줄로, 잡아당겨 그물을 오므렸다 폈다 하는 역할을 한다. 벼리는 그물 자체가 아니라 '그물을 제어하는 역할을 하는 부분'이기에 아주 중요하다. 사람이 벼리를 당기면 벼릿줄이 그물코를 옭아매어 그물에 고기가 잡힌다. '기강을 확립한다'는 것은 벼릿줄이 팽팽해지도록 벼리를 당기는 것이다. '벼리다'는 무디어진 연장의 날을 불에 달궈 두드려서 날카롭게 한다는 뜻을 가지고 있다.

　지친 다리를 쉬고 경포호수를 지나 관사로 돌아오니 오후 2시 50분이었다. 38.128㎞를 9시간 50분 동안 걸었는데, 총 걸음 수가 54,469보(步)였다. 평생 동안 가장 많이 걸은 날이다. 강릉에서 주문진을 걸어서 다녀왔다니… 장하다! 정말 장하다!

　앞으로도 이날을 잊지 못할 것이다. 두고두고 이야기할 것 같다.

(2017년 5월 10일, 수요일에 쓰다)

강릉에서 걷기를 하면서 강릉 바우길 13구간(향호바람의 길, 주문진해변 주차장~향호저수지, 수변호~향호공원~주문진해변 주차장, 총 15㎞)을 딱 한 번 동료 과장과 함께 걸었다.

지난해 현충일에 마침 그 과장도 집에 가지 않아서 둘이서 걷고 막국수를 먹었던 일이 있다. 그날 외에는 모두 혼자 다녔다. 국장이 함께 가자고 하면 가기 어려운 상황임에도 어쩔 수 없이 가야 하는 경우가 아직은 종종 있을 수 있다. 나는 이런 부담 주는 것을 아주 싫어한다.

공자의 제자 자공이 평생 동안 실천해야 할 한마디의 말을 알려달라고 하자 공자가 '그것은 바로 용서의 서(恕)다. 자신이 원하지 않으면 다른 사람에게도 하지 말아야 한다(己所不欲 勿施於人).'라고 말했다.

자신이 하기 싫은 일은 다른 사람도 마땅히 하기 싫어할 것이기 때문에, 내가 원하지 않는 일을 남에게 강요해서는 안 된다는 말이다. 서로의 입장을 이해하며 용서하는 마음으로 다른 사람의 인격을 존중해야 한다. 그래서 남에게 피해를 가급적 주지 말아야 한다는 생각에 알리지 않고 혼자 다녔다. 또 혼자 걷는 것이 나만의 사색을 하는데 좋기도 하다.

강릉 시내에 있는 모든 초·중·고·대학교까지 걸어 보는 테마 걷기도 해 보았다. 시민들이 시설을 이용할 수 있게끔 대부분의 학교가 새벽에 운동장을 개방했으므로 교정을 둘러 볼 수 있었다. 여러 사정으로 빠지는 날도 있기에 이 테마 걷기를 마치는데 무려 세 달이 걸렸다. 철쭉, 라일락 등이 핀 5월의 교정이 가장 아름다웠다. 2018년 5월 '부처님 오신 날'에 강릉 바우길 5구간과 순포늪지를 걸었다.

17. 강릉 바우길 5구간, 순포늪지 여행

바우는 바위의 강원도 사투리다. 강원도와 강원도 사람을 친근하게 부를 때 감자바우라고 부르듯, 바우길은 자연적이며 인간 친화적인 트레킹코스다. 강릉 바우길은 일반구간 17구간, 울트라 바우길 등 특별구간 4구간으로 이루어져 있다. 체계적으로 걸어보지는 못했다.

2018년 5월 22일 화요일, '부처님 오신 날'이 샌드위치 휴일이라 집에 가지 않고 '바다호숫길'인 5구간과 순포늪지를 걷기로 했다.

코스는 사천해변공원을 기점으로 경포대를 돌아 허균·허난설헌 기념공원, 송정해변을 거쳐 남항진 해변까지로 총 거리는 16㎞다. 배낭에 물 한 병, 사탕 몇 알, 떡 몇 조각, 책 한 권을 넣고 다섯 시에 관사를 나와 남대천을 향했다. 사천해변공원을 기점으로 하지 않고 남항진 해변부터 시작하자고 생각했다. 솔바람다리로 가는 길에 아카시아 꽃향기가 대단했다. 먹거리가 모자랐던 보릿고개 시절을 보낸 내게는 아카시아 꽃을 따 먹었던 기억이 있다. 꽤 달았다.

남항진 해변에서 낚시하는 사람들을 많이 보았는데, 고기를 잡은 사람들은 별로 없었다. 군사시설 보호구역이었으나 2009년 6월 시민에게 개방된 죽도봉에 올랐다. 높지는 않지만, 정상에 서면 안목항과 강릉 시내가 훤히 내려다보인다. 내려오면 바로 안목항이다. 모자를 푹 눌러쓰고 벤치에 앉아 물 한 모금과 떡 한 조각을 먹고 책을 폈다. 휴일이라 꽤 많은 사람들이 오갔다. 사람들이 오가는 곳에서 책 읽는 것이 어울리지 않을 수도 있으나, 가끔 작은 일탈도 괜찮다는 생각을 하며 용기를 냈다.

최인호의 장편소설 『상도』였다. 조선의 거상 임상옥의 철학인 '재상평여수 인중직사형(財上平如水 人中直似衡)'이 마음에 와 닿았다. 임상옥이 가포집(稼圃

集)에 남긴 말로, 작가가 책에서 과거의 임상옥과 주인공 김기섭 회장을 연결하는 고리로 삼았다. '재물은 평등하기가 물과 같고 사람은 바르기가 저울과 같다.' 즉, 물과 같은 재물을 독점하려 하다가는 물이 넘쳐 그 재물에 의해 망할 수 있고, 저울과 같이 바르지 못하면 언젠가는 잘못될 수 있음을 가르치고 있는 것이 아닌가 싶었다. 이 구절을 생각하다 보니 어느새 한 시간이나 지났다.

짐을 챙겨 마스크까지 하고 송정해변 쪽으로 걸었다. 솔향(松鄕)답다. 온통 소나무다. 강문해변에 다다르니 9시 30분이다. 느리게, 생각도 하고, 책도 읽어가며 솔숲 모래밭을 걷다 보니 심신이 절로 힐링 된다. 커피를 즐기지는 않으나 분위기가 좋아 가끔 카페를 가는데, 카페에 들려 주스를 한 잔 마시고 나왔다.

중앙해변공원에 도착. 느린 우체통 앞에서 아내와 딸에게 엽서를 한 장씩 써 보냈다. 내년 이맘때쯤 받아볼 것이다. 내년에는 내가 강릉에 있을까, 아니면 다른 곳에 있을까 생각하니 그것도 재미있다. 꼭 지난해 이맘때쯤 갔던 길인 사근진, 순긋 해변을 지나 사천해변까지 갔다. 바우길 5구간 걷기를 마쳤다. 11시 30분이다.

물회로 유명한 ○○횟집에서, 따뜻한 국물을 먹는 것이 좋겠다는 생각에 우럭 미역국을 먹었다. 우럭 미역국은 맛도 좋고 가격도 1만 원으로 싼 편이라 자주 먹는다. 아침은 대충 요기만 했기에 맛이 아주 좋았다. 돌아오는 길에는 순포늪지를 한 바퀴 돌았다. 산책로가 잘 조성되어 있고 사람들이 많지 않아 산책하기에 아주 좋았다. 연인과 걷기에 제격일 듯싶었다. 다섯 시에 친구와 만나기로 약속한 장소로 갔다.

이 친구는 학생 가르치는 것이 좋아 행정직 공무원을 하다가 그만두고 늦은 나이에 지방 야간대학에 입학해 외판원 등을 하며 주경야독했다. 출발은

봄 이야기

늦었으나 성실성과 능력을 인정받아 남들보다 빨리 교감, 교장이 된 친구다. 소위 대단한 출세를 한 것은 아니지만, 자신의 소중한 꿈을 이뤄냈다는 면에서 이 친구의 사례를 격려 모임 자리 등에서 몇 번 소개했다.

마침 지방 공무원을 하다가 퇴직한 친구가 합석하여 셋이서 삼겹살에 소주를 한잔하고, 앞으로 더욱 잘 살라고 휴지를 한 박스 사서 들고 친구 집을 방문했다. 집 구경하고 이야기꽃을 피우다 보니 아홉 시가 훌쩍 넘었다. 비가 옴에도 한 시간여의 거리를 우산을 쓰고 걸어서 관사까지 왔다.

시청에서 퇴직한 친구는 고교 졸업하고 나서 처음 만나는 데도 무척 반가왔다. 3년 동안 같은 교정에서 공부했다는 것이 40년 세월의 간극을 메우고도 남았다.

오늘은 53,121보! 총 37.184㎞를 걸었다.

살면서 두 번째로 많이 걸은 날이다.

(2018년 5월 23일, 수요일에 쓰다)

2008년 우편 물류 업무 담당 과장을 할 때이다. 우편 관련 홍보를 하면 평가를 받는데 유리했다. 무엇을 주제로 쓸까 고민하다가 우편 서비스의 공공성에 착안했다.

치안, 국방 등의 공공재는 당장은 내 돈으로 구입하는 것이 아니기에 공짜로 인식할 수 있지만, 우리가 알다시피 결코 공짜가 아니다. 국민의 세금으로 제공되므로 우리는 공공재를 아껴 써야 한다.

우편 서비스는 사적재가 아닌 공공재이기에 우리 모두가 아껴야 한다는 논지의 글을 썼다. 아껴야 한다는 의미는 이용을 줄이자는 것이 아니라 비용을 줄이는 것에 이용자 모두가 협조해야 한다는 뜻이다.

가령 우편물을 기계로 분류하는 작업은 규격 봉투를 사용했을 때에나 가능한 일이다. 규격 봉투를 사용하지 않거나 빨강이나 파랑 등의 원색 또는 어두운 색깔의 봉투를 사용하면 기계로 구분이 불가능하여 사람이 손으로 구분해야 하므로 비용이 추가로 들어가게 된다. 이 글이 신문에 실리고 나자 많은 분들이 새로운 사실을 알았다며 격려 전화를 주셨다.

언론의 힘을 느낄 수 있었다.

봄 이야기

18. 우편 서비스는 공공재

재화와 서비스는 배제성과 경합성을 가지고 있느냐에 따라 크게 민간재와 공공재로 나뉜다. 우리가 매일 소비해야 하는 빵, 음료수 등은 배제성과 경합성이 있으므로 민간재이다. 대표적인 순수 공공재는 국방이나 치안 서비스 등으로 그리 많지 않다. 대부분이 비배제성과 비경합성 중 하나만 성립하는 준공공재이다.

공공재는 배제성이 없기 때문에 시장에 맡겨두면 무임승차 문제가 발생해 사회가 원하는 수준보다 못한 결과물이 생산될 가능성이 크므로 정부가 개입한다. 정부는 시장에 직접 공급하거나 유인을 제공하기도 하고, 규제를 하기도 한다.

우편 서비스는 크게 택배와 신서(서장, 엽서, 신문 등 정기간행물) 사업으로 나눌 수 있다. '물류 산업의 꽃'인 택배시장 규모는 매년 증가하여 올해 3조 원에 이를 것으로 예상하고 있다. 성장 여력이 크다는 민간 택배업계의 분석 때문인지 자금력을 갖춘 대기업들이 가뜩이나 경쟁이 심한 '레드오션'인 택배시장에 속속 진입하고 있다. 우체국에서 제공하는 택배 서비스는 국가가 경영하고 있으나 배제성과 경합성을 모두 가지고 있기 때문에 공공재의 범주에 넣기에는 무리다.

반면 수익률이 낮은 신서(信書)는 우체국에서만 취급하고 있다. 250원이면 편지 한 통을 전국 어느 곳으로나 보낼 수 있다. 우편 요금 감액 대상인 신문이나, 잡지, 서적 등 정기간행물 류는 이보다 훨씬 낮은 요금으로 우편 서비스를 이용할 수 있다. 이러다 보니 민간에서는 수지를 맞추기 어려워 신서 시장에 진입을 하지 않고 있다. 따라서 신서 사업은 국가가 경영하며, 우편 요금은 물가 등 국가 경제에 끼치는 영향이 크므로 공공요금으로 관리된다.

신서 사업은 공공재라 할 수 있다. 원가 상승 요인이 있더라도 공공요금인 우편 요금 인상은 물가안정을 해칠 수 있으므로 제한된다.

여기에 이용자의 협조가 있으면 원가인 물류비용도 줄이고 배달 서비스도 크게 향상시킬 수 있는 두 가지 방안을 제안하고자 한다. 규격 봉투 사용과 우편번호 바로 쓰기가 그것이다. 이 같은 올바른 우편 이용 문화가 조성되면 이용자는 빠르고 정확한 배달 서비스를 받을 수 있고, 우정 사업은 물류비를 절감할 수 있는 일석이조의 효과가 있다.

우편물이 발송인으로부터 수취인에게 배달되기까지는 여러 단계의 작업을 거쳐야 한다. 우편물 기계 분류 작업은 규격 봉투를 사용했을 때 가능하다. 가령 규격 봉투보다 작거나 큰 것을 사용하고, 빨강이나 파랑 등 원색 또는 어두운 색깔의 봉투를 사용하면 기계로 구분이 불가능하여 사람이 손으로 구분해야 한다. 행정기관에서 사용하는 봉투나 시중에서 판매하는 흰색 봉투를 규격 봉투로 보면 된다.

우편번호는 우편물 분류작업을 자동화하고 배달 업무를 신속히 수행하기 위한 기본 코드이다. 주소에 맞는 우편번호를 써야지, 맞지 않는 우편번호를 쓰면 기계는 우편물을 그 잘못 적은 우편번호를 관할하는 배달 우체국으로 구분해 보낸다. 배달을 위해 집배원이 구분하는 과정에서 이러한 우편물이 발견되면 실제 주소지를 관할하는 배달 우체국으로 다시 보내야 하므로 불필요한 과정이 반복되어 배달이 늦어질 수밖에 없다.

비규격 봉투를 사용한 우편물 등 기계로 분류할 수 없는 우편물은 별도의 인력을 투입해 분류해야 한다. 또한 우편번호를 잘못 기재한 우편물은 작업과정을 몇 단계 더 거치게 되어 추가 비용이 발생한다. 지난해 강원체신청에서 기계로 분류하지 못하고 수작업으로 처리한 우편 물량이 2,000여만 통에 이른다. 여기에 투입된 인건비가 2억 1천여만 원이다.

봄 이야기

이용자가 규격 봉투를 사용하고 우편번호를 정확히 기재하면 쓰지 않아도 될 비용인 것이다.

공공재의 공급과 관리에는 많은 비용이 수반되고, 그 부담은 국민의 몫이 된다. 따라서 공공재는 아껴 써야 할 재화이다.

앞서 언급한 규격 봉투 사용과 우편번호 바로 쓰기의 혜택은 이용자인 국민에게 돌아간다. 이런 올바른 우편 이용 문화의 정착을 위해 우체국에서는 제도를 보완하고 지속적으로 홍보 활동을 전개해야 한다. 아울러 우편 이용자들께서도 규격 봉투 사용과 우편번호 바로 쓰기 운동에 적극 참여하여 주실 것을 기대한다.

(강원도민일보, 2008년 5월 27일 화요일 [이 아침에])

수많은 기관이나 단체가 봉사 활동에 나서지만, 우체국만큼 다양한 공익사업을 하는 기관은 흔치 않다. 올해 들어서만 벌써 다섯 번이 넘는 공익사업을 펼쳤다. 설을 맞이해 복지관과 장애인 단체를 찾아 성금을 전달했고, 삼월에도 두 곳을 찾았다. 사월에는 다문화 가정을 돌보는 이주민 센터와 장애인을 돌보는 천사들의 집에 다녀왔다.

　이주민 센터에서는 수녀님 두 분과 여러 이야길 나누고 센터 곳곳을 둘러보았다. 센터는 정갈하게 정리되어 있었고, 활동 모습을 찍은 사진이 게시판에 붙어 있어서 보았는데 이주민들이 우리 사회에 쉽게 적응할 수 있도록 참 다양한 방법으로 돕고 있었다. 센터를 잘 운영하고자 하는 수녀님들의 열의와 진정성을 엿볼 수 있어 행복했다.

　천사들의 집에서는 신부님들과 시설 복지 서비스나 재가 복지 서비스에 대해 유익한 이야기를 나누었다.

　설, 추석 등 특정 시기에 사회공헌활동이 집중적으로 이루어지고 있는 것은 고쳐져야 한다.

　오른손이 하는 일을 왼손이 모르게 하라는 말도 있긴 하나, 미덕은 알리는 것이 좋다는 생각 끝에 오래전에 쓴 '우체국의 사회 안전망 역할'을 읽어보았다.

봄 이야기

19. 우체국의 사회 안전망 역할

IMF 경제위기 이후 '사회 안전망'이란 말이 자주 쓰이고 있다. 사회 안전망은 사실상 사회 보장과 거의 같은 의미이며, 개인 차원에서는 생활유지 수단을 결여한 사회 구성원이 자력만으로 생활을 유지하지 못할 때 의존할 수밖에 없는 사회적 장치, 즉 최종적인 의존처다. 그리고 국가나 지방 정부 차원에서는 자력으로 생활을 유지할 수 없는 사회 구성원을 정상적인 사회 활동이 가능할 때까지 최소한의 생활 유지를 할 수 있도록 도와주는 준비 또는 수단을 의미한다.

인구학자들은 2026년경 우리나라의 노인 인구 비율이 20%를 넘을 것으로 예상하고 있다. 이러한 초고령사회를 대비하려면 촘촘한 사회 안전망 인프라가 구축되어야 할 것이다. 우리나라 사회 안전망의 제도적 장치로는 국민연금, 의료보험, 실업보험 및 산재보험 등이 있다.

당연한 말이지만 제도적 장치만 가지고 실업과 빈곤의 보편적 사회문제를 해결하기에는 턱없이 부족하다. 우체국에서는 이같이 미흡한 사회 안전망을 확충하기 위해 다양한 공익사업을 전개하고 있다.

첫째, 우체국 예금의 공익적 역할에 대한 국민의 기대에 부응하기 위하여 도내 소년·소녀 가장, 무의탁 노인, 생활형편이 어려운 장애인 등 사회 소외계층 39명에게 월 10만 원 상당의 생필품을 지원하고 있다. 지난 4월에는 저신용자의 자립과 경제활동을 지원하기 위해 7~10등급의 저신용자에게 연 7%의 특별 우대 금리를 주는 '우체국 새봄자유적금'을 선보여 많은 호응을 얻고 있다.

둘째, 우체국 보험 공익사업으로 도내 소외계층 45명에게 월 10만 원씩 연 5,400만 원을, 소년·소녀 가장 4명에게 장학금으로 연 1,500만 원을 지원

한다. 또한 올 1월 4일부터 근로 빈곤층의 상해 위험을 보장하고자 우체국 공익 재원을 활용하여 1만 원의 보험료만 내면 가입할 수 있는 소액 서민보험 제도인 '만 원의 행복보험'이 출시돼 1,700여 명이 혜택을 받고 있다.

셋째, 다양한 사회 공헌 활동을 전개한다. 지난해에는 1년간 8,500명의 봉사자가 장애우 체험학습 지원봉사, 자매결연 가정 및 복지시설 대상 사랑의 김장 나누기, 따뜻한 겨울나기를 위한 연탄배달 등 지역사회 공헌활동에 참여했다. 또한 자발적으로 모금된 1억 3,200만 원의 성금이 어려운 이웃을 위해 사용되었다. 올해는 참여 인원 1만여 명, 성금 1억 5,000만 원을 목표로 하고 있다.

문화 활동을 통한 지역사회 기여 방안도 모색하고 있다. 그룹사운드 강릉 우체국 '에버리치 밴드'는 경포해수욕장이 개장할 때마다 매년 정기공연을 가져 관광객으로부터 인기를 얻고 있으며, 사회복지 시설을 수시로 방문하고 연주하여 어려운 이웃에게 용기와 희망을 주고 있다. 음악 동아리인 화천 사내 우체국 '사음사모'는 몇 년째 인근 군부대에서 위문공연을 펼쳐 장병들로부터 찬사를 받았으며 군의 도민화에 기여하고 있다.

1998년 아시아 최초로 노벨 경제학상을 수상한 인도 벵골 출신 경제학자인 아마르티아 쿠마르센이 전한 "사회 안전망을 확충하고 빈곤층을 비롯한 소외계층이 경제활동에 참여할 수 있는 기회를 꾸준히 확장해야만 사회 전체의 성장 잠재력이 강화된다."는 메시지는 우리에게 많은 점을 시사한다.

(강원도민일보, 2010년 5월 26일 수요일)

봄 이야기

작년 이맘때쯤 강릉 경포해변 느린 우체통 앞에서 아내와 딸에게 보내는 엽서를 써서 넣었다. 일 년 후에 배달된다는 안내문이 기억나 5월을 맞이한 뒤 슬슬 엽서가 도착할 때가 되었다고 생각해 기다렸는데 며칠 전 드디어 아내한테서 "당신 편지 보냈느냐. 고맙다."란 전화가 왔다.

퇴근을 하고 집에 오니 저녁상이 평소와 달리 푸짐했다. 고기와 생선에 봄나물까지 한 상 거하게 차려져 있었다. 아내는 거듭 고맙다며 엽서를 앨범에 끼워 넣었다.

고맙다는, 사랑한다는 엽서 한 장이 사람의 마음을 이렇게 따뜻하게 하는 힘을 가졌구나 생각하며, 앞으로도 가끔 편지를 써야겠다는 다짐을 했다.

지난해 3월 25일 결혼한 아들에게 지금까지 보관하고 있던 앨범과 책을 보내주려고 책장을 정리하던 와중에 한 다발의 손편지가 나왔다. 지금은 잘 쓰지 않는 편지지인 양면 괘지에 쓴 편지도 있고, 예쁜 종이에 쓴 편지도 있었다. 어떤 편지는 색이 바랬고, 너덜너덜하기도 했다.

아내와 사귈 때 주고받은 편지, 아들이 군에서 보낸 편지, 나와 아내가 군 생활하는 아들에게 보낸 편지, 공부하느라 고생하는 딸에게 힘내라고 보낸 편지 등을 다시 읽어보니 감회가 새로웠다. 모두 손편지로 진심이 묻어났고 사랑 냄새가 났다. 낡았지만 버릴 수 없었다.

아들의 편지를 모아 아들에게 보내고 나니 잠깐이나마 허전한 생각이 들었다. 지금은 손편지를 거의 쓰지 않고 문자, 이메일 등 편리함만 추구한다. 그러나 손편지만이 가지는 매력은 변함없으리라 믿으며, 손편지의 향수에 빠져보았다.

20. 손편지의 향수

문명이 발달하면서 우리 주위에서 사라지는 것들이 있다. 스마트폰의 연락처 저장 기능과 플래너를 이용하기 시작하면서 전화번호, 스케줄 등을 적던 수첩을 쓰는 사람을 지금은 거의 볼 수 없다. 길거리나 동네 슈퍼마켓 등에서 쉽게 볼 수 있었던 공중전화 부스를 요즈음은 보기가 쉽지 않다. 휴대전화가 유선전화를 빠르게 대체하고 있다. 집에서도 주로 휴대전화를 쓰고 유선전화는 거의 사용하지 않는다.

카메라는 사진 전문가에게나 필요하게 되었다. 신용카드, 인터넷뱅킹이 널리 보급되면서 수표 사용도 계속 줄어들고 있다. 우리에게 익숙했던 물건들이 스피드와 편리함을 갖춘 새로운 것들에게 자리를 내주고 있다. 그런 문명의 이기(利器)에 의해 밀려나는 것 중의 하나가 바로 '손편지'다.

며칠 전 아내로부터 칭찬을 받았다. 무뚝뚝하고 아내에게 살갑게 대하지도 않는 터라 웬일인가 싶었다. 뜬금없이 우편엽서 이야기를 하며 정성이 깃든 엽서를, 그것도 1년 전에 보낸 엽서를 지금 받았는데 기쁘지 않겠냐고 오히려 아내가 반문을 했다.

그제야 생각이 났다. 지난해 이맘때, 새벽에 경포해변을 걷다가 필기구와 예쁜 엽서가 비치된 느린 우체통이 눈에 띄어 아내한테 고맙다는 내용의 편지를 써서 우체통에 넣었다. 우체통에는 꼭 1년 후에 수취인에게 배달된다는 안내 문구가 적혀 있었다. 그 후에 잊고 있었는데 1년이 지나 배달된 것이다. 기쁘고 신기하기는 필자도 마찬가지였다.

80년대까지는 겨울이 오면 학교에서 군 장병에게 위문편지를 쓰게 했다. 필자도 위문편지를 여러 번 써 보았고, 또 받아도 보았다. 추운 겨울, 힘든 내무반 생활에서 편지를 받는 것은 큰 즐거움이었고 위안이었다. 선임하사

봄 이야기

가 군사 우체국에서 가져온 편지를 나누어 줄 때 받을 편지가 있느냐 없느냐에 따라 희비가 갈렸고, 편지를 받으면 잘 보관했다가 조용할 때 혼자서 읽었던 추억이 있다.

편지 중의 으뜸은 역시 연애편지다. 초안을 잡아 몇 번씩 고쳐 쓰기도 했고, 50대 이상이신 분들은 좋은 글귀를 인용하기 위해 명언집이나 편지 쓰기 교본을 뒤지던 경험이 분명 있을 것이다. 이러한 손편지를 요즘은 잘 쓰지 않는다. 속도와 편리함을 이유로 손쉽게 이메일이나 SNS로 하고 싶은 말만 간략하게 써서 보낸다.

그러나 손편지는 휴대폰, 이메일, SNS 등 다른 매체가 가지지 못한 여러 가지 장점을 가지고 있다. 일단 편지에는 정성이 깃들기에 읽는 상대에게 정감을 준다. 때문에 손편지는 자신의 진심을 표현할 수 있는 가장 좋은 수단이다. 또한 책에 있는 좋은 글귀를 편지글에 인용하면 훨씬 품위 있는 편지가 되기에 책을 읽는 동기를 부여해주며, 내면의 생각을 말이 아닌 글로 표현하므로 생각하는 힘을 길러준다. 인터넷과 스마트폰 등 가상공간과 친해지고 대화가 줄어들고 있는 요즈음, 편지를 통해 소통한다면 무엇보다 정서 순화에 큰 도움이 될 것이다.

5월은 어린이날, 어버이날, 스승의 날, 부부의 날, 성년의 날 등이 있는 가정의 달이다. 사랑하고 존경하는 부모님과 스승, 아들과 딸, 남편과 아내에게 정성이 깃든 편지를 써본다면 훨씬 의미 있는 가정의 달이 되지 않을까 하는 생각이 든다.

(강원일보, 2018년 5월 23일 수요일 [문화단상])

여름 이야기

유월이...

2018 평창 동계올림픽의 성공적인 개최를 기원하고 우표 문화 확산을 위한 '2017 강원 우표 전시회'가 천년의 축제, 강릉 단오제 기간인 2017년 5월 29일부터 6월 1일까지 나흘간 강릉시청 1층 전시장에서 개최되었다.

 '강원 우표 전시회'는 원주, 춘천 등 주요 도시에서 매년 돌아가며 개최한다. 2017년도에는 평창 동계올림픽을 앞두고 강릉에서 강릉 우체국과 강릉 우편 문화 연구회가 공동으로 주관하여 개최했다.

 통상적으로 우표 전시회는 내빈들과 오찬을 하기에 오전 11시경 개막식을 갖는다. 시청이 곧 전시장이니만큼 시장이 개막식에 참석해야 하는데, 이날 오전에 강릉시 최대 행사인 단오제 개막식이 있어 시간이 겹쳤고, 결국 우표 전시회 개막식 시간을 조정해야 했다.

 고민 끝에 내빈들과 오찬을 먼저 하고 오후에 개막식을 갖도록 했다. 개막식에서는 공동으로 행사를 주관한 강릉 우편 문화 연구회장이 개식을 하고, 내가 인사말씀을 했다. 주최자인 강원지방 우정청장과 강릉 시장이 축사를 했다. 인사말씀은 내가 썼기에 쉽게 외울 수 있었다. 네다섯 개 단락의 앞부분만 잘 기억하면 원고를 보지 않고도 이야기할 수 있다.

 이날도 원고 없이 인사말씀을 했다. 후에 지역기관장 모임에서 우표 전시회에 참석했던 기관장들이 원고 없이 어떻게 인사말씀을 하느냐고 물었다. 나는 우체국장이 우체국 행사에서 우체국 관련 이야기를 하는데 왜 원고를 보고 해야 하느냐고 대답했다.

 내가 원고 없이 인사말씀을 하게 된 것은, 다른 기관이나 단체가 개최한 행사에 내빈으로 참석해 축사나 격려사 등을 들을 때 대개 직원이 써준 원고를 읽는 모습을 보게 되었고, 그게 아주 부자연스럽게 보였기 때문이다.

 물론 원고에 없는 말을 했을 때 문제가 생길 수 있는 중요한 행사라면 당연히 원고대로 읽어야 하지만, 그렇지 않은 행사에서는 원고를 보지 않고 이야길 하는 것이 믿음도 가고 자연스럽다.

전시회의 성공 기준으로는 첫째가 관람 인원이 있다. 전시회에 많은 분이 관심을 갖고 찾아주시면 성공했다고 할 수 있다.

둘째는 개막식에 주요 인사들이 얼마나 많이 참석하느냐이다. 오후 두 시에 열린 개막식에 주요 기관장은 물론 사회단체장들께서 대부분 오셔서 자리를 빛내 주셨다. 시·군 총괄 우체국장들도 대부분 참석했는데, 자리가 모자라 메인석에 앉지를 못할 만큼 참석자가 많았다.

기념우표 전시회가 성황리에 끝나고 직원 및 우편 문화 연구회원들과 간담회를 가졌다. 성과를 돌아보고 결산하는 자리였는데, 근래 우표 수집 인구가 크게 줄어 걱정이라고 이구동성이었다.

옛날에는 취미활동으로 우표수집만 한 것이 없었으나, 지금은 다양한 취미활동을 할 수 있는 상황이라 이해는 되나 우표 수집 인구가 줄어드는 것에 대해서는 아쉬움을 금할 수 없다.

21. 작은 네모 속의 큰 세상

'사월과 오월을 내게 주면 나머지 달은 모두 네게 주마'란 서양 속담이 있다. 우리는 오월을 계절의 여왕이라고 한다. 동서와 고금을 떠나 일 년 중 가장 아름답고 소중한 달이 오월이다. 이처럼 좋은 때의 막바지인 5월 29일부터 나흘간 '2018 평창 동계올림픽 성공 개최'를 기원하고 우표문화 발전을 위한 '2017 강원 우표 전시회'가 솔향과 예향, 문향으로 이름난 우리 지역에서 열렸다. 다른 지역보다 강릉에 우표 수집 애호가들이 많고, 전시장이 시청사 1층이라 어느 우표 전시회 때보다 관람하신 분들이 많았다.

우편 요금 수납의 수단으로 만들어진 우표는 작은 네모에 담을 대상을 생략과 축소를 통해 시각화하므로 축소 예술의 꽃이라고 한다. 따라서 우표는 단순히 우편 요금 증표를 넘어 전 세계의 사회, 역사, 문화, 문명을 함축하게 된다. 우표를 보면 그 나라의 정치, 경제, 예술 수준을 어느 정도 알 수 있다. 저개발국가의 우표를 보면 윤곽이 약간 뭉개져 보이는 등 어딘지 모르게 조잡하다는 느낌이 든다.

유럽의 경우 인구 10명당 3명이 우표를 수집하고 있으며, 우표 수집 취미를 '취미의 왕'이라고 부르고 있다. 우리나라 우표 수집가는 1970년대에는 30만 명을 넘었으나 지금은 좀 줄었을 것으로 추정된다. 아주 작은 습관이 인생을 바꿀 수 있듯이, 어떤 취미활동을 하느냐가 그 사람의 습관을 바꾸고 인생을 바꿀 수 있다. 특히 젊었을 때 어떤 취미를 갖느냐는 더더욱 중요하다.

우표를 수집하면 이로운 점이 많다. 우선 많은 지식과 정보를 얻을 수 있다. 가령 이번 우표 전시회의 주요 테마인 동계올림픽 관련 우표 자료를 정리하다 보면 올림픽의 역사, 개최지, 종목 등을 공부하게 되고, 미술에 관심이 있는 사람이 피카소에 관한 우표를 모아 정리하다 보면 그의 인생, 작품 세계를 자연스레 알게 될 것이다. 우표 수집가로 유명했던 미국의 32대 루즈벨트 대통령은 "우표에서 얻은 지식이 학교에서 배운 지식보다 오히려 더 많다."고 했다.

또 정리정돈 하는 과정에서 체계적으로 사고하는 습관을 기를 수 있고, 목표를 향한 끈질긴 노력과 인내심을 습관화시켜준다. 관찰력이 증진되고, 연구심이 배양되며, 심미안도 갖게 된다. 이외에도 모으는 기쁨과 감상하는 즐거움을 주고, 근면한 생활습관에도 도움이 된다. 가족이 함께 우표를 수집한다면 공통의 주제로 대화를 나누게 돼 화목한 가정을 만드는데도 기여할 수 있다. 게다가 시간이 지나면서 가치가 상승하므로 저축수단이 될 수도 있다.

이 같은 좋은 점이 있음에도 근래 들어 우표 수집 인구가 늘지 않고 오히려 줄어드는 것 같아 안타깝다. 이번 전시회를 계기로 보다 많은 분들께서 우표를 수집·연구하는 우표 문화에 더욱 관심을 갖고 우취〈?〉 저변이 확대되기를 기대한다.

우표! 작은 네모이지만 그 속에는 아주 큰 세상이 있다.

(강원도민일보, 2017년 6월 14일 수요일 [수요마당])

우리나라에서는 1967년 6월 24일 경제기획원 조사통계국에 컴퓨터가 최초로 도입되었고, 1987년 6월 30일 전국 전화 자동화가 완성되었다. 이를 기념하고 우리가 산업화에는 늦었지만 정보화는 앞서가야 한다는 인식을 기초로 정보사회에 대한 국민의 인식을 높이고, 전체 국민이 정보기기를 활용할 수 있는 능력을 배양하기 위해 우체국 상급 부처였던 체신부가 1988년에 유월을 '정보문화의 달'로 제정하였다.

우체국에서도 '농어촌 컴퓨터 교실', '정보화 경진대회', '인터넷 플라자' 등을 2000년대까지 운영함으로써 지역 정보화에 앞장 섰다. 기념 우표 전시회도 유월을 전후하여 많이 개최하였다. 우체국 근무를 하면서 이때가 가장 보람 있었던 것 같다.

우체국 사업의 큰 축은 우편, 예금, 보험 세 가지이다. 금융사업의 목적은 첫째, 우체국으로 하여금 간편하고 신용 있는 예금·보험 사업을 운영하게 함으로써 금융의 대중화를 통하여 국민의 저축 의욕을 북돋우고, 둘째, 보험의 보편화를 통하여 재해의 위험에 공동으로 대처하게 함으로써 국민 경제 생활의 안정과 공공복리의 증진에 이바지하는 것이다.

관련 법률에 따라 국가가 우체국 예금과 우체국 보험 계약에 따른 보험금 등의 지급을 책임진다. 2011년 2월 저축은행 영업정지 사태가 발생했을 때 안전성이 중요하게 인식되어 우체국 예금이 많이 늘었다. 2011년 우체국 예금과 우체국 보험을 총괄하는 금융영업 실장을 했는데, 어려운 분들을 위해 우체국에서 다양하고 체계적인 활동을 하고 있는 것을 보고 반갑기도 하고 놀랍기도 했다.

22. 우체국 금융과 사회 안전망

사회 안전망이란 세계은행이 차관 제공과 함께 구조조정을 요구하면서 그로 인해 야기되는 실업 및 생계 곤란자 양산이라는 부작용을 완화시키기 위한 것으로, 최소한의 인간다운 생활을 보장하는 장치로서 1980년대부터 사용되기 시작한 용어이다. 사회 안전망 구축은 국가가 주도적인 역할을 담당해야 하나 우리나라는 국가가 차지하는 비중이 선진 복지국가들에 비해 낮은 편이다. 국가가 다하지 못하는 사회 안전망 역할의 일부를 공공 조직이나 민간 기업들의 사회공헌 활동을 통해 해결하고 있는 실정이다.

국민의 저축의욕을 북돋우고, 보험의 보편화를 통하여 재해의 위험에 공동으로 대처하게 함으로써 국민 경제 생활의 안정과 공공복리의 증진에 이바지함을 목적으로 하는 우체국 금융이 도내에서 다양한 사회 안전망 역할을 해내고 있다.

첫째, 소외계층을 지원하는 다양한 예금 상품을 개발해 보급하고 있다. 지난해 4월에는 저신용자의 자립을 돕기 위해 연 7%의 특별 우대 금리를 주는 우체국 새봄자유적금을, 올 5월에는 저소득층이 적은 돈으로 목돈을 마련할 수 있도록 기본 이율의 2배를 주는 '우체국 더불어 자유적금'을 선보여 경제활동을 지원하고 있다.

둘째, 보험의 보편화를 통해 각종 재해로부터 서민을 보호하고 있다. 복지 재정의 한계를 보완하고 보험의 사회 보장적 기능을 확대하기 위한 소액 서민 보험 제도인 '만 원의 행복보험'은 우체국의 공익 재원으로 보험료를 지원해준다. 1년에 만 원만 납부하면 불의의 사고를 당했을 때 보험금을 지급받는다. 지금까지 5~6백 명이 가입하여 혜택을 받고 있다.

셋째, 소외계층에게 각종 보험을 무료로 가입시켜 줌으로써 생활안정을 돕고 학업을 지원하고 있다. 가정 형편이 어려운 소년·소녀 가장에게 중·고교 매년 50만 원, 18세가 되었을 때는 200만 원을 지원하는 등 1인당 총 500만 원의 장학금과 질병이나 재해로 입원 시 입원비를 지급하는 '청소년 꿈보험' 수혜자가 6명이다. 앞으로도 한부모 가정 자녀 5명에게 질병 또는 재해 시 입원비와 수술비를 지급하는 '꿈나무 보험' 사업과 생활이 어려운 장애인을 위한 암 치료비 지원 사업을 벌일 계획이다.

넷째, 자원봉사 활동과 생활비 지원 사업을 전개하고 있다. 지역 사정을 잘 알고 봉사 정신이 강한 집배원 등 직원을 '우체국 한사랑 나누미'로 위촉하고 여성 가장, 장애인 등 불우이웃과 자매결연을 맺어 수시로 방문하면서 자원봉사 활동을 전개하고 있다. 또한 소년·소녀 가장, 조손 가정 아동, 무의탁 노인 등 생활이 어려운 이웃 51명에게 매월 10만 원 상당의 생활보조비 또는 생필품을 전달하고 있다.

다섯째, 전화금융 사기 예방 활동을 벌여 도민의 소중한 재산을 지켜내고 있다. 올해는 지금까지 10건의 전화금융사기를 예방하여 1억 5천만 원의 소중한 재산을 보호했다. 주부, 노인 등 상대적으로 사기에 취약한 분들을 대상으로 찾아가는 전화금융 사기 피해 예방 서비스를 지속적으로 벌이고 있고, 피해 사례와 예방 요령을 재미있고 알기 쉽게 만화로 제작, 우체국에 비치하여 많은 관심을 끌고 있다.

전국 우체국의 55%가 수익성이 낮은 농어촌이나 도서벽지에 설치되어 있고 지역주민의 손과 발 역할을 하고 있다. 생활 금융이고 서민 금융인 우체국 금융의 지역사회 안전망 역할을 더욱 강화할 계획이다.

(2011년 6월 21일, 화요일에 쓰다)

유월은 순국선열과 호국영령의 숭고한 희생정신을 기리며, 국민의 호국·보훈 의식 및 애국정신을 함양하기 위해 호국보훈의 달로 정해져 있다. 2017년 6월 6일 수요일, 현충일이 샌드위치 휴일이라 집에 가지 않고 강릉에 머물렀다. 하루의 휴일을 어떻게 보낼까 생각하다가 걷기로 했다. 평소에는 바닷가를 걸었기에 이날은 바닷가 반대쪽으로 방향을 잡았다.

여섯 시에 관사를 나와 내곡동을 지나 9시경 장현 저수지에 다다랐다. 가뭄이 심해 저수지 수위가 많이 낮았다. 제한 급수까지 고려하고 있다니 큰 걱정이다. 저수지 둑에 앉아 배낭에서 떡과 물을 꺼내 요기를 했다.

한동안 쉬고 구정면 사무소 쪽으로 나오니 10시였다. 현충일 추념식을 위한 사이렌이 울렸다. 사이렌 소리를 듣는 순간, 아차! 사무실에 조기(弔旗)를 게양했는지 염려되었다. 전에는 오후 여섯 시에 국기를 내렸다가 다음 날 아침에 국기를 게양하기에 현충일에 조기 게양을 잊지 않고 할 수 있었다.

그러나 지금은 상시 국기가 게양되어 있으므로 조기 게양을 잊어버리기 쉽다. 돌아오는 길에 사람들이 많이 오가는 ○○마트에 조기가 게양이 되어 있지 않아 들어가서 아이스크림을 하나 사고 조기 게양을 부탁하기도 했다.

국가 주요 기관 및 단체는 어떠한지 꼼꼼하게 살펴봤다. 역시 조기를 게양하지 않은 사례가 꽤 있었다. 전화를 해서 조기 게양을 부탁하고 싶은 생각도 있었으나 참았다.

다음 날 조기 게양을 하지 않은 주요기관에 전화를 해서 정중하게 상황을 설명을 해주었더니 다들 고맙다며, 앞으로 그런 일이 없도록 하겠다고 했다. 모처럼 시민 정신을 발휘했고, 또 듣는 사람이 수긍해 기분이 좋았다. 그리고 눈에 띄는 것이 국기 게양대가 셋인데, 셋 모두 높이가 같은 경우도 있고 가운데 게양대가 양옆의 게양대보다 높은 경우도 있었다.

대한민국 국기법의 국기게양·관리 및 선양에 관한 규정을 보니 게양대가 셋일 때 가운데가 국기 게양대이고, 국기 게양대는 다른 게양대보다 높게 설치하도록 규정되어 있었다. 이날부터 다닐 때 국기 게양대를 쳐다보는 것이 습관이 되었다. 안타깝게도 세 개의 게양대 높이가 같은 관공서가 아직도 많았다. 글로 알리고 싶어 써 보았다.

23. 국기 게양, 나라 사랑의 시작

어제는 현충일이었다. 작은 가방에 떡 몇 조각과 물 한 병을 넣고 관사를 나와, 영동 지방의 수호신인 고승 범일국사의 탄생지이자 보물 85호인 굴산사지부도가 있고 많은 인재를 배출한 학마을로 향했다.

워낙 가뭄이 심하다 보니 제대로 자라지 못하는 밭작물이 많이 보여 가슴이 아팠다. 장현저수지 둑에 앉아 만수위 밑으로 훨씬 내려간 물을 안타깝게 바라보면서 나만의 기우제를 지내고 다시 걸었다.

걷다 보니 면사무소에 조기가 게양되어 있었다. 내가 다니는 직장에는 조기를 걸었는지 염려가 되어 담당 팀장에게 확인한 결과, 염려했던 대로 조기 게양을 하지 않은 관서가 꽤 있었다며 모두 연락을 취해 게양하도록 했다고 했다. 돌아오는 길에 국기 게양 실태를 관심 있게 보았다.

아파트 등 가정에는 태극기를 게양한 것이 마치 숨은 그림 찾기를 하는 것처럼 드물었다. 말로만 듣던 태극기 게양에 대한 시민들의 무관심을 확인했고, 아쉬운 마음을 금할 수 없었다.

전장에 나가 조국을 위해 적과 싸우다 돌아가신 호국영령들의 고귀한 애국정신을 기리고 명복을 비는 것은 국민의 도리다. 이것의 첫 걸음이 현충일 등에 국기를 게양하는 일이 아닐까.

국기에 대한 인식 제고 및 존엄성 수호를 통해 애국정신을 고양하는 것을 목적으로 하는 '대한민국 국기법'에 의하면 대한민국의 국기는 태극기이다. 따라서 국기와 태극기는 같은 말이다.

그리고 국기의 게양일, 게양 방법 등을 자세하게 명시하고 있다. 잘 지켜지지 않고 있는 것 중의 하나가 게양대이다. 그 실태를 보면 게양대가 세 개인 경우, 게양대 높이가 같은 곳도 있고 중앙의 게양대가 좌우의 게양대보다 높은 곳도 있다.

　게양대를 세 개 설치하는 경우에는 중앙의 국기 게양대를 다른 기의 게양대보다 높게 설치하는 것이 맞다. '대한민국 국기법 시행령'에 의하면 국기 게양대를 포함하여 게양대를 2개 설치하는 경우, 또는 국기 게양대와 유엔기·외국기를 상시 게양하기 위한 게양대를 같이 설치하는 경우 외에는 국기 게양대를 다른 기의 게양대보다 높게 설치하도록 규정하고 있다.

　또한 게양대 총수가 홀수인 경우에는 국기게양대를 중앙에 설치하고, 짝수인 경우에는 앞에서 바라보아 중앙에서 왼쪽 첫 번째에 설치하게 되어 있다. 이러함에도 세 개의 게양대 높이가 같게 설치된 사례를 주위에서 자주 볼 수 있다.

　지난가을에 수확한 양식은 바닥이 나고 보리는 미처 여물지 않아 식량 사정이 매우 어려운 5~6월을 뜻하던 '보릿고개'라는 말은 이제 사전에서나 찾아볼 수 있고, 배고픔보다는 비만을 걱정해야 하는 지금이다.

　6~70년대 꿈꾸던 마이카 시대는 이미 오래전에 실현되었고, 보통사람들의 외국여행은 더 이상 이야깃거리가 아니다. 우리나라는 근대 이후 민주화와 산업화에 모두 성공한 보기 드문 나라로 평가받고 있다.

　이제 우리나라가 더욱 발전하려면 무엇보다 공공의식이 선진화되어야 하고, 애국심과 올바른 국가 정체성의 함양이 필요하다.

　태극기 게양! 애국의 시작이고 표현이자 실천이다.

(2017년 6월 7일, 수요일에 쓰다)

'시작과 끝' 어느 쪽이 더 중요할까. 시작 없이 끝은 있을 수 없고, 끝이 없는데 시작이 무슨 의미가 있겠는가. 이 질문은 우문에 불과하다. 시작과 끝 모두 중요하다. '시작이 반이다', '초선종선(初善終善, 시작이 좋아야 끝이 좋다)'은 시작의 중요성을 뜻하는 말이다.

작심삼일(作心三日)이란 말도 본래는 선(先) 삼일 후(後) 작심, 즉 3일 동안 생각한 후에 결심을 한다는 뜻이었으나 지금은 선(先) 작심 후(後) 삼일, 즉 결심이 3일을 가지 못한다는 뜻으로 쓰이고 있다.

셰익스피어는 많은 우여곡절 끝에 사랑을 성취하는 내용의 희곡 '끝이 좋으면 다 좋아(All is well that ends well)'를 써 좋은 출발이 긍정적인 결과를 가져옴을 설파했다. 노자는 '끝을 신중히 함을 처음과 같이 하면 패하는 일이 없다'고 했고, 영국 속담에 '마지막에 웃는 자가 가장 잘 웃는다'는 마무리를 잘 하라는 격려와 경고의 말이다.

유시유종(有始有終)! 시작이 있으면, 끝이 있기 마련이다. 유월이 지나면 한 해의 반이 지나는 것이다. 연초에 작심했던 계획이 유월까지 잘 진행되면, 하반기에도 잘 이어져 좋은 성과를 낼 수 있다.

그러나 유월까지 잘 되었으니 이후에도 잘 되리라 과신을 하면 오만해져 일을 그르칠 수 있다. 일이 상반기까지 잘되었을 때, '이제 겨우 한 분기 지났는데…' 하는 생각을 한다면 일을 그르치는 경우는 없을 것 같다는 생각이 들었다.

24. 반어구십(半於九十)

　중국 전국시대(戰國時代) 이야기다. 진(秦) 무왕(재위 BC310 ~ BC307)은 나라가 강해지자 점차 자만심에 빠졌다. 그러자 한 신하가 무왕에게 간(諫)했다.

　"저는 왜 대왕이 제(齊)와 초(楚) 두 나라를 가벼이 여기고 한(韓)을 업신여기는지 모르겠습니다. 왕자(王者)는 싸움에 이겨도 교만하지 않고, 패자(覇者)는 맹주가 되어도 쉽게 분노하지 않는다고 했습니다. 이는 잘못된 것입니다.

　〈시경(詩經)〉에 '처음은 누구나 잘 하지만 끝을 잘 마무리하는 사람은 적다'는 말이 있습니다. 선왕(先王)들은 시작과 끝을 다 중요하게 여겼습니다. 역사에는 처음에 잘하다가도 마무리를 잘하지 못해 멸망한 경우가 많습니다. 오왕(吳王) 부차도 회계(會稽)에서 월왕 구천에게 항복을 받고 애릉에서 제(齊)를 대파하였지만, 황지의 회맹에서 송(宋)에 무례하게 굴다가 결국은 구천에게 사로잡혔습니다.

　'100리를 가는 사람은 90리를 절반으로 여긴다(행백리자 반어구십 行百里者 半於九十)'라고 했습니다."

　'길을 감에 처음 90리와 나머지 10리가 같다.'

　무슨 일이든 처음은 쉽고 끝맺기가 어려움을 시사하는 말이다. '시작이 반이다'는 시작의 중요성을, '행백리자 반어구십'은 마무리의 어려움과 중요함을 강조하는 말이다.

　며칠 전 동창 녀석이 밴드에 올린 '목수 이야기'를 읽었다. 일생을 목수로 살아온 사람이 나이가 들어 은퇴를 결심했다. 사장은 그 목수의 실력을 알기에 함께 더 일하기를 부탁했으나 목수의 마음을 돌릴 수는 없었다. 사장은 마지막으로 집 한 채를 지어달라는 부탁을 했다.

　목수는 사장의 청을 거절할 수 없어 집을 짓기 시작했지만 이미 마음이 떠난 목수에게 집짓기는 귀찮기만 하였다. 목수는 단지 빨리 집을 짓고 떠나겠다는 생각으로 조잡한 자재와 실력 없는 인부를 쓰고 공정도 제대로 지키지 않았다. 대충 집을 지은 목수는 사장에게 이제 집을 다 지었다며 떠나겠다고 했다.

사장은 떠나려는 목수에게 집 열쇠를 주면서 "이 집은 그동안 열심히 일해 준 것에 대한 보답으로 자네에게 주는 것이니 어서 받게."라고 했다. 열쇠를 받아든 목수의 심정이 어땠을까. 아마 '최선을 다해 신경 써서 잘 지을걸' 하며 크게 후회했을 것이다. 평생을 집 걱정하지 않고 좋은 집에서 살 수 있는 기회를 '이제는 끝인데' 하는 안일한 생각으로 놓쳐버린 것이다.

처음에는 잘 될 것 같아도 세상사는 만만치 않다. 자만하다 보면 작은 일을 놓치고, 예상치 못한 상황이 발생해 큰일을 그르칠 수도 있다. 이러지 않으려면 90 리를 가고서도 이제 겨우 반쯤 갔다는 각오로 임해야 한다. 그런데 사람의 마음은 목표의 절반을 지나면 해이해지기 십상이다.

모든 일에는 처음이 있다. 처음이 있으면 끝도 있기 마련이다. 바람직한 것은 처음이 좋아야 하고, 그 첫 자세가 끝까지 이어져야 한다. 사람의 진가(眞價)는 떠난 다음 제대로 평가된다고 한다. 마무리의 중요성을 잘 알고 있으나 유종의 미를 거두기란 쉽지 않다.

직장도 들어왔으면 언젠가는 떠나야 한다. 특히 정년이나 임기가 정해져 있어 직장을 떠나야 할 때라면 〈시경(詩經)〉의 반어구십(半於九十)이나 '은퇴한 목수 이야기'를 되새겨 볼 필요가 있다.

(강원도민일보, 2018년 6월 18일 월요일 [세상보기])

칠월에...

칠월 하면 '내 고장 칠월은 청포도가 익어가는 시절, 이 마을 전설이 주저리주저리 열리고…'로 시작되는 이육사의 시 '청포도'가 떠오른다. 본명은 원록, 독립운동을 하던 중 조선은행 대구지점 폭파사건으로 투옥되었을 때 그의 수인(囚人)번호가 264번이어서 호를 육사(陸史)로 지었다고 한다.

일제 강점기의 대표적인 저항 시인인 이육사는 평생 치열한 민족정신으로 독립운동에 매진했고, 잦은 옥고로 인해 몸이 쇠약해지면서 날카로운 펜으로 일제와 싸웠던 항일 투사였다. 광야, 절정 등 육사의 작품마다 민족혼이 배어있다.

십여 년 전 칠월로 기억한다. 어느 회식자리에서 '국화 옆에서'란 시를 담아 누가 건배사를 하는데 잘 어울리고 참 멋있게 보였다. '한 송이의 국화꽃을 피우기 위해 봄부터 소쩍새가 그렇게 울었던 것'처럼 우리 모두가 열심히 노력해 오늘의 결과를 얻었다며, 고맙다는 말을 했던 것으로 기억한다.

그날 이후 시를 외워보기로 마음을 먹었다. 우선 중·고등학교 교과서에 나오는 시부터 모았다. 생판 모르는 시보다는 외우기가 쉬웠으나, 결코 만만치 않았다. 김소월, 윤동주, 김동명, 한용운 등 널리 알려진 시인들의 시부터 시작하여 정호승, 나태주 등 현대 시인들로 천천히 범위를 넓혔다.

놀라웠던 것은 노래로 자주 들었던 '못잊어'(못잊어 생각이 나겠지요…), '부모'(낙엽이 우수수 떨어질 때 겨울에 기나긴 밤…), '나는 세상 모르고 살았노라'(가고오지 못한다는 말을 철없던 내 귀로 들었노라…), '엄마야 누나야'(엄마야 누나야 강변 살자…), '진달래꽃'(나보기가 역겨워 가실 때에는…), '초혼'(산산이 부서진 이름이여…) 등이 모두 김소월의 시에 곡을 붙인 것이란 사실이었다.

그렇다고 수험생처럼 책상에 앉아 외울 수는 없었기에, 걷는 시간을 활용하기로 했다. 시 수십 편을 종이에 써서 가방과 주머니에 넣고, 출퇴근 때 꺼내 읽으며 걸었다. 그냥 걷기만 하면 지루할 수 있는데, 한 시간여 걸리는 출·퇴근길이 시 암송으로 즐거워졌다. 사람들이 없는 곳에서는 크게 소리를 내어 읽기도 했다.

아들과 딸이 서울에서 생활했기에 한 달에 두 번은 운전을 하여 서울에 다녀왔다. 지금도 한 달에 한 번은 서울에 갔다 온다.

차에서 아내와 이런저런 이야기도 많이 나누었지만, 시도 많이 암송했다. 40편 정도 암송하다 보면 목적지에 닿는다. 이렇게 외운 시가 벌써 80편은 된다. 올해까지 100편은 외워볼 작정이다. 짧은 문구에 의미를 함축시키는 시인들이 참 놀랍다.

가장 즐겨 암송하는 시 중 하나가 '내 인생에 가을이 오면 나는 나에게 물어볼 이야기들이 있습니다. 내 인생에 가을이 오면 나는 나에게 사람들을 사랑했느냐고 물을 것입니다…'로 시작하는 '내 인생에 가을이 오면'이라는 시다.

이 시는 작자가 '윤동주인가 아닌가'로 논란이 많다. 나는 이 분야에 지식과 정보가 부족하여 논란에 끼어들 자격이 안 된다. 누가 좀 속 시원하게 정리를 해주었으면 좋겠다.

시를 쓸 재주는 없지만 앞으로도 좋은 시를 계속 암송하고 사랑할 것이다.

앞서 언급했듯, 시를 회식의 건배사 등 각종 모임에서 이야기 소재로 쓰면 정말 좋다.

25. 시를 활용한 스토리텔링 & 건배사

<새로운 만남의 자리>

정채봉의 '만남'

'…가장 아름다운 만남은 손수건과 같은 만남이다. 힘이 들 때는 땀을 닦아주고, 슬플 때는 눈물을 닦아 주니까…'

오늘 우리는 새로운 만남을 하고 있습니다. 우리 서로 힘이 들 때는 땀을 닦아주고, 슬플 때는 눈물을 닦아 주도록 합시다. 손수건과 같은 만남을 위하여!

<송별식 자리>

정호승의 '호수'

'얼굴 하나야 손바닥 둘로 폭 가리지만, 보고픈 마음 호수만 하니 눈 감을 밖에.' 그동안 '희로애락'을 함께 했는데 헤어진다 생각하니 이 시와 같은 심정입니다.

정호승의 '사랑'도 잘 어울린다.

'꽃은 물을 떠나고 싶어도 떠나지 못합니다. 새는 나뭇가지를 떠나고 싶어도 떠나지 못합니다. 달은 지구를 떠나고 싶어도 떠나지 못합니다…'

이 시처럼 저는 여러분을 떠나고 싶어도 떠나지 못하는 심정입니다. 비록 몸은 여러분 곁을 떠나지만 마음만은 언제나 여러분과 함께 하겠습니다. 그동안 감사했습니다.

<현재가 중요, 새로운 자리로 옮기는 직원 격려>

구상의 '꽃자리'

'반갑고 고맙고 기쁘다. 앉은 자리가 꽃자리니라. 네가 시방 가시방석처럼 여기는 너의 앉은 자리가 꽃자리니라….' 지금의 자리, 옮기는 자리 모두 비슷합니다. 내가 앉은 자리가 꽃자리입니다. 다른 자리도 내가 앉은 자리만 못 합니다. 앉은 자리에서 최선을 다합시다.

<의지와 분발을 다짐하는 자리>

양광모의 '멈추지 마라'

'비가와도 가야할 곳이 있는 새는 하늘을 날고, 눈이 쌓여도 가야할 곳이 있는 사슴은 산을 오른다….' 지금 우리의 어려운 업무 환경을 잘 이겨내고, 가야할 곳 '1위, 목표달성'을 위해 힘을 모읍시다.

<인내하고 노력을 구하는 자리>

세실 프란시스 알렉산더의 '모든 것은 지나간다'

'모든 것은 지나간다. 일출의 장엄함이 아침 내내 계속되진 않으며, 비가 영원히 내리지도 않는다. 모든 것은 지나간다. 일몰의 아름다움이 한밤중까지 이어지지도 않는다….' 현재의 어려움도 곧 지나가고 밝은, 더 나은 미래가 올 것이니 희망을 갖고 열심히 해봅시다.

\<용기를 북돋우고, 격려하는 자리\>

도종환의 '흔들리며 피는 꽃'

'흔들리지 않고 피는 꽃이 어디 있으랴. 이 세상 그 어떤 아름다운 꽃들도 다 흔들리며 피었나니, 흔들리면서 줄기를 곧게 세웠나니….'(이 시를 전부 암송해도 좋고, 일부 인용해도 좋다.) 아름다운 꽃도 흔들리며 피는 것처럼 우리가 가는 길도 꽃처럼 흔들리며 갈 수는 있으나, 결국은 우리가 목표했던 길을 갈 수 있으리라 믿습니다.

\<단합 강조하는 자리\>

도종환의 '담쟁이'

'저것은 벽 어쩔 수 없는 절망의 벽이라고 말할 때 담쟁이는 서두르지 않고 앞으로 나아간다. 물 한 방울 없고 씨앗 한 톨 살아남을 수 없는 저것은 절망의 벽이라고 말할 때 담쟁이는 서두르지 않고 앞으로 나아간다….' 물 한 방울 없고 씨앗 한 톨 살아남을 수 없는 절망의 벽에서도 담쟁이는 앞으로 나아갑니다. 우리도 어렵지만 이 상황을 지혜롭게 이겨내고 앞으로 나아갑시다.

\<소소한 행복을 이야기하는 자리\>

나태주의 '행복'

'저녁 때 돌아갈 집이 있다는 것. 힘들 때 마음속으로 생각할 사람이 있다는 것. 외로울 때 혼자 부를 노래가 있다는 것.' 우리 모두는 행복을 찾습니다. 돌아갈 집이 있고, 마음속으로 생각할 사람이 있고, 혼자 부를 노래가 있으면 행복하다는 이 시처럼 행복은 멀리에 있지 않고 바로 우리 곁에 있습니다.

<만남의 반가움, 고마움의 표현 자리>

나태주의 '선물'

'하늘 아래 내가 받은 가장 커다란 선물은 오늘입니다. 오늘 받은 선물 가운데서도 가장 아름다운 선물은 당신입니다.' 오늘 여러분을 만난 것이 제게는 가장 아름다운 선물입니다. 반갑습니다.

(이처럼 상황에 따라 적절히 고치면 멋진 스토리텔링이 된다.)

<희망과 격려, 특히 어르신을 위한 자리>

터키의 혁명적 서정 시인이자 극작가인 나짐 히크메트의 **'진정한 여행'**

'가장 훌륭한 시는 아직 쓰여 지지 않았다. 가장 아름다운 노래는 아직 불려 지지 않았다. 최고의 날들은 아직 살지 않은 날들'. 이 시처럼 어르신들께서는 앞으로 가장 아름다운 노래를 부르시고 생애 최고의 날들을 사셔야 합니다. 인생은 이제부터입니다.

<퇴임식 자리>

고운의 '그 꽃'

'내려갈 때 보았네. 올라갈 때 보지 못한 그 꽃.'(아주 짧은 시이지만 이해하기 쉬우면서도 의미는 깊다.) 지금까지 바쁘게 살아오다보니 주위를 챙겨보는 것이 부족했습니다. 앞으로 예쁜 꽃도 구경하고, 친구도 찾아보고, 하고 싶은 일도 하면서 살아가겠습니다.

정호승의 '**사랑**'은 송별식 자리에도 좋고, 퇴임식 자리에서도 좋다.
'꽃은 물을 떠나고 싶어도 떠나지 못합니다. 새는 나뭇가지를 떠나고 싶어도 떠나지 못합니다. 달은 지구를 떠나고 싶어도 떠나지 못합니다. 나는 너를 떠나고 싶어도 떠나지 못합니다.' 이 시처럼 나의 몸은 여러분을 떠나지만 마음은 여러분을 떠나지 못합니다. 언제나 여러분과 함께 하겠습니다.

< 내 탓이라고 하고 싶은 자리 >

조지훈의 '**낙화**'
'꽃이 지기로소니 바람을 탓하랴…'(이 시의 첫 구절, 또는 전체를 암송해도 좋다.) 꽃이 지는 것이 바람만의 탓이겠습니까. 모두 제 부덕의 소치입니다. 양해하여 주시고, 저부터 달라지겠습니다. 심기일전하여 우리의 길을 갑시다.

< 성과를 치하하는 자리 >

서정주의 '**국화 옆에서**'
'한 송이 국화꽃을 피우기 위해 봄부터 소쩍새는 그렇게 울었나보다.' 한 송이 국화꽃을 피우기 위해 봄부터 소쩍새가 울고, 천둥이 먹구름 속에서 울었듯이 올해의 성과는 여러분께서 지난 한해 열심히 노력해 주신 결과입니다. 감사합니다.

장석주의 '대추 한 알'도 괜찮다.

'저게 저절로 붉어질 리는 없다. 저 안에 태풍 몇 개, 저 안에 천둥 몇 개, 저 안에 번개 몇 개가 들어서 붉게 익히는 것일 게다.' 우리의 성과는 저절로 이루어진 것이 아니라고 생각합니다. 대추 한 알이 붉어지기 위해서 태풍, 천둥, 번개가 들어갔듯이 올해의 성과는 우리의 땀과 노력, 희생의 대가입니다. 여러분 고맙습니다.

(2018년 7월 15일, 일요일에 쓰다)

2016년 7월 1일 자로 강릉으로 발령이 났다. 이후 2년을 이곳에서 생활했다. 대관령이란 울타리가 강릉의 독특한 문화를 형성하게 만든 것이 아닐까 생각하게 된다. 강릉 시민은 전통을 존중하고 자존심이 강하다. 이 같은 정신이 매년 열리는 천년의 축제 강릉 단오제와 관노가면극을 이어온 바탕이 되었다.

살아보니 무엇보다 자연 풍광과 인심이 좋다.

KTX 경강선 시대가 열리고 영동고속도로의 확장 및 포장, 서울양양고속도로의 조기 개통으로 강릉은 변화의 바람이 거세다. 2018 평창 동계올림픽 대회 기간을 포함하여 지난 2년간 변화의 시기를 맞이한 강릉에서의 근무가 내게는 큰 선물이었다. 이 기간 동안 강릉 곳곳을 다녀보았다.

문화 유적지로는 허균·허난설헌 기념공원, 오죽헌, 선교장, 김시습 기념관, 김동명 문학관, 경포대를 몇 번씩 다녀보았다. 시내의 학교 교정도 모두 걸었다. 월대산, 춘갑봉, 화부산, 당두공원, 남산, 그리고 이름 모를 야트막한 산도 많이 올랐다. 경포호변에서 멸종위기 야생식물 2급으로 지정되어 있어 보호종인 가시연꽃, 코스모스도 자주 보았고, 남항진항부터 주문진항까지 이어지는 여러 곳의 해변도 두루 걸어 다녔다.

강릉에 부임하는 기관장들은 두 번 운다고 한다. 부임할 때 서울에서 가족과 멀리 떨어져야 해서 아쉬움에 울고, 갈 때는 정이 들어 차마 발걸음이 떨어지지 않아 운다고 한다.

스마트폰에 깔아놓은 만보기를 보니 지난해 오월에는 집에 가는 휴일을 빼고 하루 평균 22,000여 보를 걸었고, 유월에는 21,000 여 보를 걸었다. 뛰지 않고 하루에 걸은 걸음 수로는 상당히 많다. 하루 세 시간 이상 걸었다.

대체적으로 2년 근무하면 다른 곳으로 옮기기에, 2년 차가 되자 혹 발령 나지 않을까 하는 염려 때문에 더 열심히 걸어 다녔던 것 같다.

예상했던 대로 지난해 7월 1일 자로 원주로 자리를 옮겼다. 강릉을 떠날 때 지인 몇 분에게 '지독하게 강릉을 사랑하고 갑니다.'라는 문자를 보냈는데, 그때의 심정을 참 잘 표현했다고 생각한다. 두 달간 걸으면서 강릉의 지리(地利)를 보고 감동해서 쓴 글이다.

26. 강릉의 지향(地鄕)

'호반의 도시' 하면 춘천, '건강도시' 하면 원주가 떠오른다. 강릉을 상징하는 단어로는 솔향(松鄕), 문향(文鄕), 예향(藝鄕), 수향(壽鄕), 선향(禪鄕) 등이 있다.

소나무가 많으니 솔향이고, 율곡 이이 선생과 허균 등 허씨 집안의 다섯 문장가와 수많은 근·현대 문학가 및 시인을 배출했으니 문향이다.

시·서·화에 모두 능했던 신사임당과 최고의 유선시(遊仙詩) 작가였던 허난설헌이 있었기에 예향이고, 천년의 축제 '강릉단오제'와 무언극인 '강릉관노가면극'이 수향의 모체가 되었으며, 굴산사를 중심으로 선종 불교의 본산인 사굴산문을 개창한 범일국사가 여기에서 태어났고 활동했기에 선향으로 불린다.

이곳 오향(五鄕)에서 생활한 지 일 년이 지났다. '하늘 아래 내가 받은 가장 커다란 선물은 오늘입니다.'라는 시구(詩句)처럼, 그동안의 시간이 내겐 큰 선물이었다.

유행하는 골프도 하지 않고, 그저 건강관리를 위해 걷기를 한다. 다른 곳에서도 많이 걸어보았지만, 강릉처럼 걷기에 좋은 지역은 없는 것 같다. 관사에서 빠르게 삼십 분만 걸으면 바닷가다.

해변을 따라 조성된 솔숲길을 걸으면 콧노래가 절로 나오고 자연스레 힐링이 된다. 옆이 바다이니만큼 파도 소리도 들을 수 있고, 바닥이 모래나 흙이라 다리와 발도 대만족이다.

걷기 열풍으로 지자체마다 제주 올래길 등 걷기에 좋은 길을 만들어 놓았으나 우리 지역에 있는 바다 옆의 솔숲길만한 길이 있을까. 솔숲길에 취해 안목해변에서 시작하여 강문, 경포, 사근진, 순긋, 사천해변을 당일치기로 걷기도 했다. 월대산, 화부산, 남산, 대관령 치유의 숲과 솔향 수목원도 부담 없이 걸을 수 있는 곳이다.

경포호와 생태저류지, 순포늪지를 걸으면 4계절의 변화를 느낄 수 있다. 봄에는 벚꽃과 유채꽃 등이 장관이고, 여름에는 습지의 진흙 속에서 자라면서도 청결하고 고귀한 연꽃뿐만 아니라 멸종위기 야생동식물 2급인 가시연꽃과 다양한 모양의 호박을 볼 수 있다.

가을에는 코스모스가 생태저류지 주변에 흐드러지게 핀다. 코스모스의 키는 대개 1~2m이나 이곳의 코스모스는 어른의 무릎 정도인 '키 작은 코스모스'로 색다른 느낌이 든다. 겨울에는 백색의 눈꽃 길을 걸으면서 삶을 돌아보고 명상에 잠길 수 있다.

강릉에서 가장 일찍 봄이 온다고 하는 도심 속의 야트막한 야산인 '춘갑봉'을 걷는 것도 좋다. 걷기 마니아는 17개의 일반구간과 울트라 바우길 등 4개의 특별구간으로 구성된 '강릉 바우길'을 걸으면 강릉의 자연을 제대로 이해하고 즐길 수 있다. 이 길은 330여 킬로미터에 이르기에 충분한 체력과 시간이 있어야 한다.

김춘수 시인이 '내가 그의 이름을 불러주기 전에는 그는 다만 하나의 몸짓에 지나지 않았다. 내가 그의 이름을 불러주었을 때 그는 나에게로 와서 꽃이 되었다'고 했듯이, 어떤 이름을 붙여주고 부르느냐는 참으로 중요한 문제다. 어떤 사물에 명칭을 붙일 때는 그 사물의 정체성을 담아야 한다. 강릉은 지리(地理)의 편리함과 이로움인 지리(地利)가 있다. 이만한 지리(地利)가 있는 곳이 어디 있을까? 오향(五鄕)에다 지리의 이로움을 뜻하는 지향(地鄕)을 더하면 어떨까 하는 생각이 든다.

(강원일보, 2018년 7월 11일 수요일[문화단상])

1981년 7월 2일 목요일은 내 인생에서 잊을 수 없는 날 중 하나이다. 바로 군에 입대한 날이기 때문이다. 한창 무더울 때였다. 춘천에서 32사단이 있는 조치원까지 버스를 타고 갔다. 주민등록번호를 잊을 리도 없지만, 남자는 주민등록번호는 잊어도 군번은 안 잊는다는 이야기가 있을 정도로 군 생활의 기억은 생생하다.

지금도 군 생활 이야기라면 몇 시간은 가뿐하게 할 수 있다. 아마 사회에서 경험하지 못하는 독특한 문화를 체험했기 때문일 것이다. 그때는 대학에서 교련 과목을 이수했는데, 1년을 마치면 2개월, 2년을 마치면 4개월, 3년을 마치면 6개월을 복무 기간에서 단축시켜 주었다. 군 생활에서 6개월이면 참으로 긴 시간이다. 전역은 빨랐지만 소위 왕고참 생활은 하지 못했다.

훈련 기간이 한여름이라 여간 고생이 아니었다. 더위에 지쳤는지 훈련을 받다가 정신을 잃고 쓰러지기까지 했다. 별 탈은 없었는데, 지금까지 살면서 딱 한 번 있었던 악몽이다. 6주간의 훈련을 마치고 전방근무를 하게 되었다. 젊은 혈기의 남자들만 모였으니 그 분위기가 어땠을까. 분위기가 살벌했던 때도 꽤 있었다. 이등병 시절 일석점호 시간이 두렵기까지 했다.

입버릇처럼 하는 이야기가 하나 있다. 우리가 애국 애국하지만, 군에서 2, 3년 근무하면 진짜 몸으로 애국을 실천한 것이라고.

공무원시험에서 합리적인 군 가산점 제도는 검토할 필요가 있다는 생각이다.

27. 군 생활 네 추억

군 생활 중 있었던 일화 네 가지만 소개하고자 한다.

첫째는 훌륭한 선임병을 만난 것이다. 대학 3년을 마친 나도 늦었지만, 졸업을 하고 입대한 그 선임은 나보다 두 살이 많았다. 이 분은 졸병일 때 내무반에 앉아 있는 법이 없었다. 빗자루 들어 바닥 쓸고, 침상 닦고, 식판 씻고… 참 부지런한 분이었다. 걸음걸이도 빨랐다. 선임이 부르면 관등성명까지 철저히 대니 선임이 미워하려 해도 미워할 수가 없었다.

둘이 있을 때 좀 쉬지 왜 이렇게 바쁘게 생활하느냐고 물어봤다. 그 분 대답이 선임이 자기보다 서너 살 아래인 동생뻘인데, 싫은 소리를 듣기 싫어서라고 했다. 말이 싫은 소리지 욕설, 모욕적인 말, 구타까지도 있을 수 있는데 이런 험한 일을 당하지 않으려면 자기 몸을 부지런히 움직여야 한다는 말을 들었다.

궂은일에 앞장서고 선임에게 깍듯이 예의를 갖추니 곧 모든 부대원이 인정하고 대접해주었다. 그분을 롤 모델로 삼고 많이 따라 하려고 노력했다. 전역하고 총무처에서 나는 행정직, 그분은 검찰직 면접시험을 치를 때 우연히 만났고, 춘천에서 근무했다는 소식을 들었음에도 아쉽게도 만나지는 못했다. 틀림없이 성공한 인생을 살고 있으리라 생각된다.

둘째는 잠에 관한 이야기다. 지금도 잠이 많은 편이지만 젊었을 때도 잠이 많았다. 초저녁에 일찍 잠들고, 새벽에 일찍 깬다. 오십 분 훈련하고 십 분 쉬는 시간에도 철모를 땅바닥에 깔고 잠에 떨어졌다. 그때 선임들이 나를 보고 저 ××는 엉덩이만 땅에 대면 잠을 잔다고 놀렸다. 휴면시간이 부족한 게 원인이었을 것이다. 보초가 중요한 임무라 낮에도 밤에도 보초를 섰다. 밤 10시~12시에 근무하고 잠깐 잤다가 다음날 새벽 4시~6시에 근무한 적도 드물게 있었다.

최전방이 아니기에 외부 침입보다는 간부 순찰에 더 관심이 있었다. 80년대에는 다섯 시에 국기 강하식이 있었다. 한번은 참호 보수작업을 끝내고 보초를 섰기에 피곤하여 잠깐이었지만 졸았던 것 같다. 그때 마침 국기 강하식을 하느라 애국가가 흘러나와 옷매무새를 단정히 하고 철모 쓰고 총을 잡고 애국가가 울리는 방향으로 경건한 자세로 서 있는데, 오! 참모(대령) 한 분이 순찰 중이었다. 매뉴얼대로 "근무 중 이상 무!" 하고 큰소리로 인사를 했더니 근무 잘하고 있다면 격려해 주셨다.

국기 강하식이 아니었다면 어땠을까 생각하면 지금도 아찔하다. 나태한 모습을 지적당하고 최소한 군기 교육대는 갔을 것이다.

야간 보초는 현역 1명, 방위 1명 등 2인 1조로 근무를 섰는데, 마침 새벽 4시~6시에 근무하던 날이었다. 좀 졸았던 것 같다. 6시에 근무교대를 하려고 장비를 챙기는데, 철모가 보이지 않았다. 초소가 경사진 곳이라 혹 밑으로 굴렀는지 사방을 뒤졌으나 찾을 수 없었다. 일등병이었을 때인데, 철모 없이 내무반에 들어오니 걱정이 태산이다. 혹시나 하며 소대장실에 들어갔더니 침상 밑에 내 철모가 있었다.

소대장이 순찰을 돌다 수하(誰 누구 수·何 어찌 하, 어두워서 상대편의 정체를 식별하기 어려울 때 경계하는 자세로 상대편의 정체를 알기 위해 아군끼리 약속한 암호를 확인하는 일)를 하지 않으니 초소에 와 철모를 가져간 것이었다. 혼은 나겠지만 철모를 찾았으니 살았다는 생각에 앞으로 군 생활을 좀 더 잘해야겠다는 다짐을 했다. 고맙게도 크게 혼나지는 않았다. 이후 내 '철모' 사건은 보초 근무 정신교육 때 근절해야 할 사례로 자주 인용되었다.

셋째는 신고식에 관한 이야기다. 지금도 중대장 등 직속상관에게는 신고를 하겠지만, 내무반에서 선임에게 하는 신고식은 없어지지 않았을까. 있다

하더라도 1980년대의 신고식을 지금 한다면 가혹 행위로 처벌을 받을 것이다. 신병이 내무반에서 하는 신고식은 여러 형태가 있었지만 하나만 기억을 더듬어 본다.

일병이었을 때다. 신병이 둘이 왔는데, 내무반에서 신고식이 진행되었다. 내무반원이 모두 침상 주위로 집합했다. 이때의 신병은 고양이 앞의 쥐라고 해도 크게 틀리지는 않을 것이다. 신병의 긴장감은 최고조에 달하고 내무반원 모두는 어떤 일이 벌어질까 궁금했다.

침상에서 선임병 둘이 새끼줄을 잡고 벌려 섰다. 무릎 높이 쯤 내리고 그 밑을 포복으로 기어가라고 했다. 군기가 바짝 든 신병은 새끼줄에 닿지 않게 납작 엎드려서 포복으로 지나갔다. 지나가면 선임병은 새끼줄을 허벅지 높이로 올리고 닿지 않고 새끼줄을 건너라고 명령했다. 새끼줄 높이를 아래위로 조절하면서 힘들게 하는 신고식이다. 마지막에는 신병의 눈을 감게 하고, 새끼줄을 치운 상태에서 선임병이 말로 지시를 했다.

눈은 뜰 수 없고, 새끼줄은 없는지를 모른다. 새끼줄이 없는데도 말로 닿는다, 닿는다 하면 신병은 고개를 숙이고 최대한의 낮은 자세로 기어갔다. 신병은 새끼줄이 있는 것으로 생각하고 행동하니, 그 상황이 웃음을 유발했다. 사람은 선한 모습도 있고, 악한 모습도 있다. 야누스의 두 얼굴이라 해도 틀리지 않을 듯싶다. 그래서 사람이리라. 내가 그렇게 악하지는 않은데, 그 상황에서 웃었고 재미있어 했다. 마음 아파하고, 격려했어야 했는데 그러질 못한 것에 대하여 지금이나마 용서를 구한다. 신병이여! 미안했소. 어쨌든 군 생활은 내가 조국에 가장 애국한 시간이었다.

넷째는 낚시에 관한 이야기다. 나는 어렸을 때 낚시를 해보았지만, 고향을 떠난 후에는 거의 하지 않고 있다. 군 생활하고 낚시하고 무슨 관계가 있을까 하는 의아한 생각이 먼저 들 것이다. 내가 근무했던 중대에는 3개의 소대가 있었는데 소대 단위로 돌아가면서 파견을 나갔다. 파견을 가면 밥과 반찬을 다른 부대에서 배급받아 가져와서 소대원들과 함께 먹었다.

제법 높은 야산을 하나 넘어다녀야 했는데, 다행히 파견 기간이 여름이었다. 밥과 국을 물지게에 지고, 또 한 사람은 반찬을 메고 와야 했기에 2인 1조로 밥을 날랐다. 힘은 들었지만 재미도 있었다.

밥과 국, 반찬을 가지고 오면서 한 번은 쉬어야 했다. 산 정상 부근 시원한 나무그늘에서 잠시지만 쉬는 시간은 꿀맛이었다. 특히 고깃국이 나오는 날이면 나무를 꺾어 젓가락으로 만들고 고기를 건져 먹고 갔다. 고기라고 해봐야 비계가 많은 돼지고기와 닭고기였다. 이 고기 건져 먹는 것을 일명 '낚시질'이라 했다. 훔쳐 먹는 사과가 맛있다고, 몇 젓가락 건져 먹는 기쁨을 어디다 비길 수 있을까.

고기반찬은 양이 적어 먹으면 바로 표가 나기에 손을 못 댔다. 배를 좀 채운 후 밥과 국 지게를 지고 내무반에 도착하면 으레 고기를 건져 먹었으려니 한다. 소대원 모두가 그 같은 행동을 했으니 후임이 그렇게 해도 그것을 가지고 혼을 내지는 않았다. 지금은 너무 먹을 것이 많아서 문제지만, 그때는 배고픈 시절이었다. 참 아련한 추억이다.

(기억을 더듬어 2018년 7월 8일에 쓰다)

'지금까지 인류가 남긴 업적 가운데 최고로 위대한 업적의 35%는 60대, 23%는 70대, 그리고 6%는 80대 이상에 의하여, 즉 64%가 60세 이상의 노인에 의해 성취되었다'는 조사가 있다. 괴테가 파우스트를 완성한 것은 80세가 넘어서였고, 베르디, 아이든, 헨델 등이 불후의 명곡을 완성한 것도 70세가 넘어서였다고 한다.

공자는 논어 위정편에서 '사람은 50이 되면 하늘이 내려준 천명을 알 수 있고(知天命), 60이 되면 남의 의견을 순순히 받아들이고(耳順), 70이 되면 마음이 하고자 하는 바를 행해도(從心所欲) 법도에 벗어나지 않게 된다'고 하였다.

공자께서는 '칠십이종심소욕 불유구(七十而從心小欲 不踰矩, 일흔이 되어서는 무엇이든 하고 싶은 대로 하여도 법도에 어긋나지 않는다)'가 일생동안 이루고 싶었던 목표가 아니었을까 하는 생각이 든다. 그렇지만 사람은 나이가 들어가면서 노욕(老慾)이 생기고 이기주의도 강해지는 것을 마땅히 경계해야 한다.

2016년 초 치악산에서 가장 가까운 아파트로 이사를 했다. 거실문을 열면 치악산의 아름다운 모습이 눈앞에 펼쳐진다. 아파트에서 사무실까지 오갈 때 원주천에 있는 인도교를 건너는 길이 있다. 소하천 정비 사업으로 많이 깨끗해져 물고기도 많고, 강태공도 꽤 있다.

인도교를 건널 때 다리 중간쯤에서 물고기 떼를 보는 것이 재미있다. 그런데 이 물고기가 꼭 무리 지어 다녔다. 물고기가 많이 모이면 검게 보였다. 바로 옆에 다른 물고기가 없는데도 꼭 무리 지어 모이는 이상한 풍경을 자주 보았다.

왜 이렇게 무리 지어 다닐까. 한번은 궁금하여 마침 옆에 있는 어르신 한 분에게 여쭤보았다. 할아버지 말씀이 고기도 살기 위해서라고 했다.

물고기 무리와 좀 떨어진 곳에서 큰 새 한 마리가 물에서 먹이를 찾고 있었다. '뭉치면 살고, 흩어지면 죽는다.'는 말이 생각났다. 물고기가 흩어져 있으면 바로 새의 먹이가 되나, 뭉쳐 있으면 그만큼 먹이가 될 확률이 낮아진다는 것이다.

할아버지가 왜 이 말씀을 하셨는지, 근거가 있는 말씀인지는 정확히 모른다. 그러나 그럴 수도 있겠다는 생각이 들었다. 할아버지의 지혜가 묻어나왔다.

28. 노마지지(老馬之智)

건강을 위해 걷는 습관을 가진 지 꽤 오래되었다. 새벽에 맑은 정신으로 걷다 보면 전날 있었던 일을 되새겨 보고 당일 할 일을 짚어볼 수 있어 좋다. 물론 돈도 들어가지 않는다. 걷기는 심폐기능 향상, 면역력 증가, 심장질환 예방, 스트레스 및 불안감 해소에도 좋다고 한다. 계절을 느낄 수 있는 것도 좋다. 길가에 연산홍이 흐드러지고 라일락이 향기를 내뿜더니, 지금은 코스모스가 피고 있다. 도시 생활에 계절의 변화를 느끼기가 쉽지 않은데 걷기가 내게 이런 축복을 주고 있다.

얼마 전 냇가를 걷다가 물고기가 물이 검게 보일 정도로 모여 있는 것과 그 조금 하류에 흰색의 큰 새가 먹이를 열심히 찾는 모습을 보았다. 물고기가 그렇게 많이 모인 것을 본 적이 없어 의아한 생각을 가지고 있었는데, 마침 연세가 지긋한 할아버지가 근처에 계셨기에 와 달라고 부탁해서 물고기가 어찌 저리 많이 모일 수 있느냐고 여쭤보았다.

할아버지께서 하시는 말씀이 "그들도 살려고 그렇게 모인다는 것이다. 물고기가 따로따로 떨어져 있으면, 바로 새의 먹이가 될 수 있다."는 것이다. 경험과 삶의 지혜에서 나온 말씀이다. 물고기가 많이 모여 있는 모습을 보고 새가 두려워하는 것인지, 할아버지의 말씀이 어떤 과학적 근거가 있는지는 모르겠다. 그러나 뭉쳐 있으면 떨어져 있을 때보다 새의 먹이가 될 확률이 그만큼 줄어들 수 있겠구나 하는 생각을 했다.

그리고 '노마지지(老馬之智)'란 말이 떠올랐다. '늙은 말의 지혜'라는 뜻이다. 중국 춘추시대 다섯 패자(霸者) 중의 한 사람인 제환공이 전쟁을 마치고 귀국을 하는데, 성급한 나머지 지름길만 골라 강행군을 하다가 그만 길을 잃고 말았다. 이때 관포지교의 주인공 관중이 늙은 말 한 마리를 자유롭게 풀어놓았다. 늙은 말은 비록 달리는 힘은 없었지만, 오랜 경험과 뛰어난 후각으로 길을 찾아냈다. 제환공과 군사들은 그 뒤를 따라가며 무사히 귀국할 수 있었다.

'어르신 한 분이 돌아가시면 도서관 하나가 사라진다'는 말이 있다. 중국 속담에 '가유일로 여유일보(家有一老 如有一寶)'란 말도 있다. 이것은 노인을 단순히 공경의 대상으로 보는 것이 아니라, 노인이 가지고 있는 경륜이 얼마나 소중한지를 잘 보여주는 말이다. 가정과 마찬가지로 국가나 사회에도 지혜로운 노인이 필요하다.

특히 '어떤 분야에 오래 종사하여 나이와 공로가 많고 덕망이 높은 사람'을 우리는 원로(元老)라고 한다. 우리 주변에는 정계의 원로, 언론계의 원로, 경제계의 원로, 문학계의 원로 등 각계의 원로가 있다. 원로는 패기가 약할 수는 있지만, 삶의 경험과 지혜로 시행착오를 줄이고 사회가 필요로 하는 길을 찾아낼 수 있다.

어려운 때일수록 원로의 지혜와 경험이 필요하다.

(강원도민일보, 2016년 7월 26일 화요일)

나는 더위를 남들보다 덜 탄다. 땀도 많이 흘리지는 않는다. 그러기에 한여름에도 땀을 내려고 겨울옷을 입은 채 탁구를 치고 등산을 한다. 이렇게 해서라도 땀을 내면 기분이 좋아지고 상쾌하다.

나만의 피서법이 있다. 무더운 여름에 소설책을 가지고 찜질방에 간다. 고온인 방에 들어가 책을 읽으며 땀을 쫙 빼고, 바로 저온인 방으로 옮겨 땀을 식히며 책을 읽는다. 좋아하는 소설책도 읽고 체중도 줄이고 피서도 하기에 1석 3조다.

매년 더위가 심해지고 있다. 이제 겨울은 짧고 여름은 길다. 오월 중순부터 시작하는 더위가 구월은 지나야 꺾인다. 지난해 여름 워낙 더워 우체국 공중실 일부 공간에 찬 음료수, 발 마사지기 등을 비치하고 더위를 식힐 수 있도록 쉼터공간을 마련하여 시민들에게 개방하였더니 많은 분들이 이용하셨다.

우체국뿐만이 아니고 다른 공공기관도 무더위에 국민들이 불편하지 않고 부담감 없이 시설을 이용하실 수 있도록 배려할 필요가 있다는 생각이다. 지난해 처음으로 '무더위 쉼터'를 운영했는데, 올해에는 좀 더 잘 운영할 수 있는 계획을 갖고 있다. 물리적이 아니고 심정적으로 무더위를 이겨낼 수 있는 방법을 고민해 보았다.

29. 무더위를 이기는 지혜

지난 7월 초부터 시작된 무더위가 식을 줄 모르고 연일 기상 관측 이래 최고치를 경신하고 있다. 이 무더위가 올해만의 일이 아니라 앞으로 늘 상 겪어야 한다니 염려스럽기가 이만저만 아니다. 인공 강우와 인공 강설을 만들어내는 과학기술로도 이 무더위는 어쩔 수 없는가 보다. 온열 환자가 지속적으로 늘어나고 있다. 걷기 출퇴근을 고수하는 나도 요즘의 무더위에는 손을 들었다. 이번 여름에 차로 출근한 날이 벌써 손에 꼽을 정도가 되었다.

그러면 이 무더위를 어떻게 이겨낼까. 충분한 수분 섭취와 가벼운 식사, 염분과 미네랄 보충 등 먹기와 관련된 것, 헐렁하고 가벼운 옷을 입기 등 입기와 관련된 것, 야외활동을 자제하는 등 생활태도와 관련된 것도 있다. 인터넷에 '더위 이기는 법'을 검색하면 다양한 아이디어를 찾을 수 있다.

더위라는 물리적 현상에 물리적 수단으로만 대응하기보다 다른 방법을 찾아보면 어떨까. 군종에 따라 다르나 육군 복무 기간이 지금은 21개월이지만 80년대 초에는 33개월이었다. 군 생활 환경 개선을 위해 예나 지금이나 정부에서 많은 노력을 기울이고 있음에도 혈기왕성한 20대 초반의 젊은 남자들이 집단으로 생활하는 만큼 적응하기가 쉽지 않고 에피소드도 많다.

그 어려운 시간을 이기게 하는 가장 훌륭한 방법은 전역 예정일을 손꼽아 기다리는 것이었다. 전역이라는 목표가 힘든 군 생활을 이겨내는데 큰 힘이 되었다. 심지어 입대하는 날부터 전역 예정일을 목표로 생활하기도 했고, 선임이 되자 달력에서 지난 날짜를 지워가기도 했다.

심한 더위는 길어야 8월 말까지일 것이다. 8월 달력을 벽에 걸어놓고, 지나간 날짜는 지워보자. 지워지는 날짜가 늘어나고, 남은 날짜가 줄어드는 것을 눈으로 보면 많은 위안이 되지 않을까.

텃밭에 심었던 오이 잎이 노랗게 되어 떨어지고 벌써 노각이 되었다. 참외도 한 포기에 서너 개 익은 열매를 주더니 줄기가 시들해졌다. 여러 차례 물을 주었던 참깨도 이제 작은 알을 떨어뜨린다.

텃밭의 작물은 더위에 힘겨워하면서도 철 따라 바뀌고 있다. 우리가 더위에 힘들어하는 순간에도 절기는 가을을 향하고 있다. 가을이 시작된다는 입추(立秋)가 8월 7일이고, 더위가 그친다는 처서(處暑)가 8월 23일이다. 텃밭의 변화는 가을이 이미 우리 주위에 가깝게 다가왔음을 알려주고 있다. 일엽지추(一葉知秋)! 나뭇잎 하나가 떨어지는 것을 보고 가을이 왔음을 안다고 하지 않는가.

어떤 상황에서도 긍정과 부정은 함께 공존한다. 요즈음 더위가 대부분의 사람들을 힘겹게 하겠지만, 에어컨, 얼음, 선풍기 등 사업을 하는 사람들에게는 특수를 누릴 수 있는 좋은 기회다. 때문에 긍정적인 사람은 어떤 상황에서도 어려움을 이겨내고, 행복을 찾아낸다.

대추 한 알에도 태풍, 천둥, 벼락, 번개, 땡볕 내리쬐는 두어 달의 시간이 들어서서 붉어졌고 둥글어졌다고 어느 시인이 노래했다. 이 무더위로 대추 등 과일이 잘 익고 벼가 잘 여물겠구나 생각하면 어떨까. 또 자연의 위대함과 환경의 소중함을 깨닫는 기회로 삼는다면 올여름 무더위가 그리 나쁘지만은 아닐 것 같다.

(2018년 7월 28일, 토요일에 쓰다)

여름 이야기

딸월에...

7말 8초란 말처럼 팔월 초·중순까지는 여름 휴가철이 이어진다. 하지만 지금은 휴가를 계절에 구애받지 않고 연중 어느 때든 가는 경향이 있다. 휴가가 이렇게 분산되기 시작한 것은, 근래에 무더위가 심해진 탓에 더울 때는 시원한 사무실에서 근무를 하고 여행하기에 좋은 계절인 봄이나 가을에 휴가를 가는 경우가 많아졌기 때문이다.

아들과 딸이 어릴 때, 7월 하순부터 8월 초순 사이에 바닷가로 휴가를 매년 갔다. 우체국 직원 복지를 위해 운영하는 수련원이 전국 곳곳에 있다. 강원도에는 경포대, 속초, 거진 등 동해안에 상설 수련원이 있었고, 망상해변에도 임시 수련원을 운영했는데, 주로 이곳에서 여름 휴가를 보냈다. 물놀이기구만 준비해주면 바다에 들어가 아이들끼리 몇 시간이고 놀았다. 물놀이 후 수련원으로 돌아와 밥을 지어 먹는 것도 재미있었다. 아이들이 참 좋아했다.

그때는 두 아이 모두 자기도 나중에 꼭 우체국 직원이 되겠다고 다짐했는데, 지금은 둘 다 다른 길을 가고 있다. 아들은 중학생이 되자 여름 휴가 대열에서 빠졌고, 그 후 딸도 중학생이 되자 여름 휴가 대열에서 빠지며 아이들과의 여름 휴가는 추억으로 남게 되었다.

팔월은 무더위가 절정이라 운동 등 바깥활동이 어렵다. 가을을 독서의 계절이라 하지만, 오히려 여름에 시원한 실내에서 책을 읽거나 글을 쓰는 것이 좋다.

즐겨 읽는 책은 중국 고전이다. 7할의 사실과 3할의 허구로 쓰였다는 소설 삼국지의 시대적 배경은 중국 후한이 멸망한 후 위·촉·오가 정립(鼎立)했던 시기로, 184년 황건적의 난이 일어나 후한 왕조의 권위가 붕괴되기 시작하면서부터 서진의 무제(武帝)인 사마염이 280년 오나라를 멸망시켜 중국을 다시 통일한 시기까지이다. 등장인물이 많고, 크고 작은 전쟁이 복잡해 읽을 때마다 새로웠다. 특히 어떤 관점에서 읽느냐에 따라 감상이 달라진다. 업무를 총괄하는 총무과장을 하던 때인 2010년을 전후해서는 '소통'을 중시하면서 읽어보았다.

가장 뒤처졌던 유비가 위나라의 조조, 오나라의 손권과 자웅을 겨룰 수 있었던 것은 일급 참모인 제갈공명과의 원활한 소통을 통해 각종 전략과 전술을 구사했기 때문이다.

소설 삼국지의 큰 줄거리는 관도대전, 적벽대전, 이릉대전 등 세 개의 큰 전쟁으로 엮이는데, 이 세 전쟁의 승패는 물자와 의사소통이 원활했느냐에 따라 갈렸다.

지금도 고객, 유권자, 소비자 등 상대와 얼마나 소통을 잘하느냐가 기업이나 정치인의 흥망을 가른다. 소통의 중요함은 예나 지금이나 다름없다.

인간의 역사는 의사소통 수단이 발전해 온 역사라고도 할 수 있다. 낮에는 연기, 밤에는 불을 이용하여 나라의 중요한 일이나 위급한 일을 알렸던 의사소통 수단인 봉수와 파발을 거쳐 편지, 전화, 인터넷 시대를 지나 지금은 가상현실, 자율주행, 사물인터넷 기술 등을 구현할 수 있는 5G 시대에 접어들었다. 앞으로 소통수단이 어떻게 발전할지는 아무도 모른다.

30. 리더십의 기본은 소통능력

'삼국지'에는 인간의 흥망성쇠가 펼쳐져 있다. 중원의 주인이었던 황가(皇家)의 몰락, 천하를 놓고 다투는 영웅들의 전쟁, 그리고 그 속에서 이루어지는 수많은 인간 군상의 희로애락이 고스란히 담겨있다. 매해 소설 삼국지를 완독하기 시작한 지 꽤 오래되었다. 지금까지 열 번은 읽은 것 같은데, 읽을 때마다 새롭다. 그냥 읽기보다 어떤 관점을 가지고 읽으면 그 재미가 더하다. CEO의 관점에서 읽으면 조조, 유비, 손권 세 명의 군왕이 천하를 경영하는 경영적인 면모를 볼 수 있고, 인재 등용이나 용인술의 관점에서 보면 영웅들의 리더십 행태를 읽을 수 있다.

소설 삼국지의 큰 줄거리는 관도대전, 적벽대전, 이릉대전으로 이어진다. 전쟁에서 드러난 리더십을 훑어보는 것도 의미 있고 재미있다. 소설 삼국지에선 조조가 유비와 손권의 연합군에게 참패한 적벽대전에 최고의 의미를 부여하였지만, 사실은 조조와 원소가 한판 승부를 벌인 관도대전이 삼국지 판도의 분수령이었다.

관도대전에서 조조는 원소의 보급기지인 오소를 초토화함으로써 결정적인 승기를 잡았다. 원소가 병력이나 병참, 인재 면에서 앞서 있었으나, 대를 이은 명문거족으로 자만심이 높고 유능한 참모들과 소통이 부족하였으며 참모들을 제대로 부리지 못하여 패배했다. 조조는 이 전쟁에서 이김으로써 중원을 확보했다.

적벽대전은 영화와 게임으로도 우리에게 많이 알려져 있다. 위·촉·오 3국이 대립하던 서기 208년, 양쯔강 남안의 적벽에서 오의 손권과 촉의 유비 연합군 10만이 위나라 조조의 80만 대군을 격파한 전쟁이다. 조조는 능력 위주로 인재를 발탁하였으나, 유비나 손권에 비해 독선적이라 모사들의 말을 경청하는 데는 미흡했다. 조조의 이러한 리더십이 적벽대전에서 큰 화를 불렀다.

촉과 오는 CEO와 유능한 모사들이 머리를 맞대고 고육계(苦肉計), 사항계(詐降計), 연환계(連環計), 화공계(火攻計)의 아이디어를 냈으나, 위의 조조에게는 용기 있게 전략을 제기할 수 있는 인물이 적었다. 평소 상하 간에 소통이 부족했는데, 이게 적벽대전 패배의 원인이 되었다. 적벽대전 이후 손권이 강남을 지배하게 되었고, 유비는 형주를 얻음으로써 천하삼분의 형세가 확정되었다.

삼국지의 마지막 전쟁인 이릉대전은 앞의 두 전쟁에 비해 잘 알려져 있지 않다. 서기 221년 촉의 유비가 책사인 제갈량의 만류에도 불구하고 관우의 원수를 갚기 위해 오를 침공해 발발한 전쟁이다. 이 전투에서 유비는 육손의 화공으로 참패하고, 자책감과 슬픔, 허탈함이 겹쳐 223년 백제성에서 사망했다. 촉나라 입장에서는 두고두고 아쉬운 전쟁이었다. 평소에는 유비가 제갈량의 계책을 전적으로 수용하는 등 소통이 원활했으나, 이릉전투에서는 소통이 막혔고, 이는 유비의 패전으로 이어졌다. 소통 능력이 세 전투에서 승패를 갈랐다.

지금은 인터넷의 대중화를   아가지 못하는 사람을 의미하는 '모맹'이 유행어가 된 시대이다. 인터넷 환경은 웹1.0과 웹2.0 시대를 넘어 웹3.0 시대를 맞이하며 급변하고 있다. 웹1.0이 인터넷 상에서 정보를 모아 문자, 영상, 음성 등으로 보여주기만 하였다면, 웹2.0은 블로그, 위키디피아 같이 누구나 손쉽게 데이터를 생산하고 인터넷에서 공유할 수 있도록 한 참여·개방·공유가 특징이다.

일명 TGIF(트위터, 구글, 아이폰, 페이스북)와 함께 거론되는 웹3.0은 컴퓨터가 이용자의 패턴을 읽어내 사용자에게 꼭 맞는 서비스를 제공할 수 있는

지능형 웹으로 매우 유비쿼터스적이다. 요즈음 연예인에 이어 정치인, 기업 CEO들까지 트위터와 페이스북으로 지인 혹은 고객과 실시간으로 소통하고 있다. 웹 환경의 변화는 곧 소통 기술의 발전이다. 리더는 앞으로 소통에 더 깊은 관심을 가져야 한다. 동서와 고금을 넘어 리더십의 기본은 소통 능력이다.

(강원도민일보, 2010년 8월 12일 목요일)

여름 이야기

2년 전 무덥던 여름. 평소 뜻은 알지만 그 유래를 잘 몰랐던 절영지연(絕纓之宴), 결초보은(結草報恩), 관포지교(管鮑之交) 등의 고사성어가 가진 유래를 좀 자세히 알고 싶었다. 동해안에서 2박 3일간의 휴가를 마치고 도서관에 들러 열국지를 대출해 읽기 시작했다.

작가는 서양 문화를 이해하기 위해 그리스 로마신화를 읽어야 하듯이 동양 문화를 이해하기 위해서는 중국 고전인 열국지를 읽어야 한다고 했다. 열국지는 기원전 770년부터 진시황이 중국을 최초로 통일하는 기원전 221년까지인 춘추전국시대 550년간의 중국 역사를 소재로 삼은 대하 실록 소설이다.

우리가 잘 아는 고사성어 200여 개의 유래가 모두 재미있지만, 제나라 경공 시절의 사람을 중시하는 계명구도(鷄鳴狗盜)가 그 중 백미다. 닭의 울음소리를 잘 내는 사람과 개의 흉내를 잘 내는 좀도둑이라는 뜻이다.

다방면에 유능한 인재가 있으면 좋겠지만 그런 인재는 흔치 않다. 그러나 남의 눈에는 별 볼 일 없지만 자기 맡은 일에 충실한 사람, 각기 한 분야에 뛰어난 사람은 있다. 이런 사람을 찾아내 적재적소에 일을 맡기고, 능력을 발휘하게 하는 것이 리더가 할 일이다. 낭중지추(囊中之錐)란 말처럼 무슨 재주건 언젠가는 빛을 보고 크게 쓰일 날이 있다.

올 2월 1일 종료한 TV 드라마 '스카이(SKY) 캐슬'은 워낙에 인기드라마였던지라, 상인들이 매출 감소 때문에 빨리 끝나기만 기다렸을 정도였다. 부자들이 모여 사는 대저택과 우리가 명문대라고 하는 스카이(SKY : 서울대, 고려대, 연세대)의 뜻을 중의적으로 결합시켜 처음부터 주목을 끌었다.

아이들은 어려서부터 부모에 의해 명문대 입학을 강요받으나 결국은 'My Way(내 길을 간다)'한다는 드라마를 보면서, 사람마다 소질과 능력이 다르고 귀하다는 계명구도가 생각났다.

이어령은 문학평론가, 언론인, 작가, 대학교수, 장관까지 역임한 우리나라 최고의 지성이다. 책을 많이 읽지 못한 나도 『흙 속에 저 바람 속에』, 『축소지향의 일본인』 등 이어령의 수필을 읽은 적이 있다. 특히 최근에는 '360도 방향'이야기에 크게 공감했다. 360명이 한 방향으로 뛰면 1등은 한 명이지만, 그 소질과 능력에 맞게 360명이 360도 방향으로 각자 뛴다면 모두가 1등이 될 수 있다는 이야기다.

영국 프리미어리그에서 뛰고 있는 축구선수 손흥민의 활약과 인기가 대단하다. 그런데 한 팀 11명을 모두 손흥민으로 채운다면 어떻게 되겠는가. 과연 최고의 팀이 된다고 할 수 있겠는가. 팀에는 공격수도 필요하고, 수비수도 필요하고, 골키퍼도 필요하다.

다섯 손가락이 각자 자기 자랑을 했다. 첫째 손가락은 "사람들은 최고라는 표시를 할 때 엄지인 나를 치켜세우니 내가 최고야.", 둘째 손가락은 "무엇을 가리킬 때 나를 사용하니 내가 최고다.", 셋째 손가락은 다른 손가락을 쳐다보며 "내가 제일 크다.", 넷째 손가락은 "약혼이나 결혼같이 귀중한 사랑을 서약할 때 나를 사용한다."며 모두 자기 자랑을 했다. 그리고 네 개의 손가락은 가장 작은 다섯째 손가락에게 자랑거리가 없을 것이라고 생각했다.

이때 다섯째손가락이 당당하게 말했다.

"야, 나 없으면 병신이다."

이처럼 세상에 존재하는 것은 모두 나름대로 의미가 있다.

31. 계명구도(鷄鳴狗盜)

삼국지가 위·촉·오 세 나라의 이야기라면 열국지는 이름처럼 많은 나라가 등장한다. 그리고 관포지교, 절영지연, 결초보은, 와신상담 등 깊은 의미를 가지고 있는 고사성어도 많이 나온다. 읽으면서 가장 재미있었고 좋아했던 부분이 '맹상군과 식객 3,000명' 이야기다. 맹상군은 중국 전국시대 말기 제나라의 명재상으로 집에 찾아오는 손님이면 신분에 관계없이 다 받아들였다. 미천한 신분일지언정 한 가지라도 재주가 있으면 진심으로 대하니 그를 따르는 식객이 3,000명에 달했고 그의 거처는 인재집합소가 되었다.

진(秦) 소양왕이 이 소문을 듣고 맹상군을 정승으로 삼기 위해 초청하자, 맹상군은 식객 1,000여 명과 함께 진나라로 갔다. 그러나 상황이 바뀌어 맹상군은 억류되었고 목숨이 위태로워졌다. 위기를 벗어나기 위해서는 하얀 여우 털로 만든 옷인 '백호구(白狐裘)'가 필요했다.

맹상군이 걱정하자, 그날 밤 식객 중 하나가 개 탈바가지를 쓰고 개구멍으로 진나라 궁중의 창고에 들어가 백호구를 훔쳐왔다. 백호구를 미끼로 로비에 성공한 맹상군은 있는 힘을 다해 도망쳤고, 진나라의 마지막 관문에 도착했을 때는 한밤중이었다.

관문은 해가 저물면 닫고, 닭이 울면 열게끔 정해져 있었다. 진나라 군사가 맹상군을 잡으려 뒤쫓는 위급한 상황에서 식객 중 하나가 "꼬끼오…!" 하는 닭 울음소리를 내고 있었다. 이를 시작으로 마침내 사방에서 진짜 닭 울음소리가 나고 관문을 지키는 관리(官吏)가 닭 울음소리에 잠이 깨 문을 열어줘서 맹상군은 위기를 벗어날 수 있었다.

'닭의 소리를 내고 개 모양을 하여 도적질한다'는 뜻의 계명구도(鷄鳴狗盜)가 나온 유래다. 천한 재주를 가진 사람도 때로는 큰 성과를 내고 요긴하게 쓸모가 있음을 비유하는 말로 쓰이고 있다. 3,000명의 식객을 관리한 맹상군의 리더십을 들여다보자.

첫째, 사람을 중시했다. 맹상군은 아버지를 "재산이 부의 본질이 아니다. 부귀와 권력의 기초는 훌륭한 인물에 있다."고 설득하여 재산을 풀고 사람들을 자신의 주위로 끌어들였다.

둘째, 사람의 능력을 보았다. 객사에 1·2·3등의 등급을 매기고 1등 객사는 '그곳에 있는 사람은 모두 맹상군 자신을 대신할 만하다' 하여 대사(代舍)라 하고, 2등 객사는 '다행히 모든 일을 맡길 수 있다'는 뜻의 행사(幸舍)라 하고, 3등 객사는 '그저 심부름이나 시킬 수 있다'는 전사(傳舍)라 칭하고 식객의 능력에 따라 배치했다. 성과에 따라 객사 간 이동을 시켰음은 물론이다.

셋째, 언행에 위선이 없었다. 맹상군이 칸막이가 있는 곳에서 식사를 하자 식객들이 자기들보다 맛있는 음식을 먹는다는 의혹을 가졌으나 사실을 가려보니 똑같은 음식을 먹고 있었다.

넷째, 사람관리에 철저했다. 식객을 새로 받아들이거나 서로 이야기를 나눌 때 늘 서사(書士)를 배치하여 하는 말을 일일이 기록하게 하고 고향, 부모 등 인적사항을 적어두어 효율적으로 사람을 관리했다.

다섯째, 신뢰를 중시했다. 식객 중 하나가 자기의 지시를 어겼으나 끝까지 신뢰하여 제나라에서 추방을 당하는 위급한 상황에서 그 식객의 도움으로 재기에 성공할 수 있었다. 2,000여 전의 이야기지만 공감되는 부분이 많다.

식객이었던 노중련은 맹상군에게 "사람을 볼 때 단점보다 장점을 보아야 한다. 그래야 장점이 커지면서 단점이 작아 보인다."고 했다.

(2017년 8월 15일, 화요일에 쓰다)

여름 이야기

지금은 고스톱 치는 사람들이 많지 않지만, 몇 년 전까지는 크게 유행했다. 삼십 년 전의 일이다. 친구 넷을 불러서 밥과 술을 사고, 여관에서 고스톱을 쳤다. 그날 저녁 식사 대를 몽땅 땄던 기억이 있다.

밤을 새워가며 고스톱을 쳐본 적도 꽤 있다. 단골식당에서 간단히 저녁 식사를 마치고 작은 골방에서 고스톱을 치기도 했다. 고스톱을 잘 치는 사람을 '교장 선생님'이라고 불렀는데, 이런 분들은 판이 불리하다 싶으면 상대가 3점만 나게 풀어주고, 유리하다 싶으면 왕창 판을 불려서 딴다.

고스톱을 쳐보면 상대의 성격 파악이 가능하다. 나는 패가 어느 정도 갖춰지면 치는데, 어떤 사람은 확실한 패를 가져야 친다. 다타(多打) 다실(多失)이란 말처럼 많이 치면 돈을 잃을 확률이 그만큼 높아진다.

초상집에서는 고스톱을 치는 것이 다반사였고, 또 상주를 크게 위로하는 것으로 여겨졌다. 모포와 화투는 필수 준비물이었고, 어떤 때는 밤을 새워 치기도 했다. 하지만 지금은 이런 모습을 보기 어렵다.

고스톱을 치면서 많이 하는 말이 낙장불입(落張不入)과 운칠기삼(運七技三)이다. 낙장불입은 한 번 던진 화투는 다시 거두어들일 수 없다는 것이고, 운칠기삼은 돈을 따고 잃는 것은 기술이나 능력보다는 그날의 운에 좌우된다는 것이다.

고스톱을 쳐보면 운도 있어야 하고, 기술도 있어야 한다. 기술은 같은데, 어떤 날은 소위 뒷장이 잘 맞아 돈을 따고, 어떤 날은 뒷장이 맞지 않아 아무리 애를 써도 되지 않는다.

고스톱뿐만 아니라 살다 보면 다른 곳에서도 비슷한 경험을 많이 한다. 이때 중요한 것은, 운이 그냥 오는 것이 아니라 열심히 노력하는 사람에게 온다는 점이다.

우리나라 최고 기업 삼성의 창업주인 고(故) 이병철 회장도 운칠기삼이란 말을 즐겨 썼다고 한다. 일등 기업과 운칠기삼이 어울리지 않을 수 있으나, 사업이 운(運)7에 달린 것이 아니라 자신의 좌우명인 보보시도장(步步是道場), 즉 한 걸음 한 걸음 최선을 다하고 결과를 기다린다는 의미로 바로 기(技, 기술·노력)3이 사업의 성패를 결정한다는 것이다.

사람과의 관계를 잘 만드는 사람일수록 운이 좋다. 운을 가져다주는 것은 사람이며, 좋은 관계의 시작은 말이다.

희귀한 병을 앓고 있는 왕에게 사자의 젖을 마시면 좋아진다는 처방이 내려졌다. 어떤 사람이 사자의 젖을 구해 왕궁으로 가는데 자기 신체의 각 부분이 서로 중요하다고 다투는 꿈을 꾸었다.

발은 자기가 있어야 갈 수 있다 하고, 눈은 자기가 없다면 볼 수 없기에 발이 있어도 소용없는 일이라고 했다. 심장이 자기가 곧 생명이라고 하자 혀가 나서서 "말이 가장 중요하다. 내가 없다면 너희들은 아무런 일도 할 수 없다."고 했다. 발, 눈, 심장이 비웃으며 혀에게 건방지다며 질책했다. 마침내 사내가 왕궁에 도착하자 왕이 그것은 무슨 젖이냐고 물었다. 사내가 갑자기 "이것은 개 젖입니다."라고 하자 혀를 비웃었던 발, 눈, 심장이 그 순간 혀가 얼마나 중요한지를 깨닫고 얼른 사과했다. 그러자 혀가 다시 공손히 "폐하, 이것은 사자의 젖입니다."라고 했다.

이처럼 세 치 혀로 사람을 죽일 수도 살릴 수도 있다. 배려의 말, 격려의 말, 칭찬의 말이 운을 가져다준다.

'모사재인 성사재천(謀事在人 成事在天)'은 '일을 꾸미는 것은 사람이나 그것이 이루어지느냐는 하늘에 달려있다.'는 뜻이다. 성사재천만 믿고 모사재인, 즉 일을 하려고 조차 하지 않는다면 어떻게 일이 이루어지겠는가. 여기서 방점은 모사재인에 있다고 생각한다.

진인사대천명(盡人事待天命)!

매사에 최선을 다하는 자세가 우리를 성공의 길로 이끌 것이다.

32. 운칠기삼(運七技三)

몇 년 전까지 상가에서 쉽게 볼 수 있는 풍경 중 하나가 화투 놀이였고, 그래서 관습상 상가에서 벌어지는 화투 놀이는 도박으로 인식되지 않았다. 상주는 으레 담요 몇 벌과 화투 몇 목은 준비했고, 조문객도 화투 놀이를 하면서 함께 시간을 보내는 것을 예로 여겼다.

한 번 던진 화투짝은 다시 거두어들일 수 없다는 낙장불입, 초장 끗발은 개 끗발, 기술이나 실력보다는 그날의 운에 따라 승패가 결정된다는 운칠기삼 등의 어휘가 많이 사용되었다.

끗발 이야기는 '처음에는 잘 되더라도 나중에는 잘 되지 않을 수 있으니 긴장을 풀지 말고 끝까지 잘해야 한다'는 의미와 '초반에는 잘 안 되더라도 후반에는 잘 될 수 있으니 포기하지 말고 열심히 해보라'는 의미가 동시에 담겨 있다.

운칠기삼은 중국 괴이 문학의 걸작으로 꼽히는 포송령의 '요재지이(聊齋志異)'에 이와 관련된 내용이 있다. 한 선비가 자신보다 변변치 못한 자들은 버젓이 과거에 급제하는데 자신은 늙도록 합격하지 못하고 패가망신하자 옥황상제에게 그 이유를 따졌다.

옥황상제는 정의의 신과 운명의 신에게 술내기를 시키고, 만약 정의의 신이 술을 많이 마시면 선비의 주장이 옳고, 운명의 신이 많이 마시면 세상사가 다 그러한 것이니 선비가 받아들여야 한다는 다짐을 받았다.

결과는 공교롭게도 정의의 신이 석 잔을, 운명의 신이 일곱 잔을 마셨다. 옥황상제는 "세상사가 정의에 따라서만 행해지는 것이 아니고 운명의 장난에 따라 행해지기도 하되, 3할은 실력과 이치로 행해지는 만큼 운명만 믿지 말고 열심히 노력하라."며 선비를 꾸짖어 돌려보냈다.

인생에서 성공과 실패를 좌우하는 운과 실력의 역할이 7대3 정도 된다는 것을 암시하는 이 이야기에서 우리가 흔히 쓰는 '운칠기삼'이라는 말이 유래했다고 한다.

이 말을 많이 믿어서인지, 성공한 사람을 보고 운이 좋았다고 말하는 사람이 꽤 많다. 그러나 이는 자신의 실패에 대한 핑계이거나 남의 성공을 평가절하하는 구실을 찾고 싶은 심리일 수 있다.

운(運)을 국어사전서는 '이미 정해져 있어 인간의 힘으로는 어쩔 수 없는 천운(天運)과 기수(氣數)'라고 적어놓고 있다. 냉정하게 자신을 들여다보자. 나의 삶을 순전히 운이라고 할 수 있을까? 나의 삶에 운보다는 나의 의지와 노력이 더 영향을 주지 않았을까? 운에 의한 성공은 한두 번으로 그칠 뿐, 결코 오래갈 수는 없다.

아무리 운이 좋은 사람도 복권을 사지 않으면 당첨될 수 없다. 성공하려면 안목이 있어야 하고, 철저히 준비하고, 노력해야 한다. 운도 실력이란 말은 그래서 있는 것이다.

아이러니하게도 운칠기삼이기에 더 노력해야 한다. 실패를 해도 포기하지 말고 언젠가는 운이 따를 테니 그때까지 노력해야 한다. 노력은 운이 작용하는 힘을 줄여준다. 따라서 최선을 다하면 좋은 운을 끌어올 수 있다.

19세기 후반 미국의 유명한 시인이자 사상가인 랠프 월도에머슨의 "얄팍한 사람은 운을 믿고, 환경을 믿는다. 그러나 강한 사람은 원인과 결과를 믿는다."는 말을 되새길 필요가 있다.

(2018년 8월 22일, 수요일에 쓰다)

아들이 중학생일 때 부메랑 놀이를 자주 함께 했다. 물론 골목길에서는 할 수 없고, 넓은 운동장에서나 가능하다. 멀리 던졌는데도 다시 돌아오는 것이 신기했고, 아주 재미있었다.

　부메랑을 던지면 둥근 윗면이 편평한 아랫면보다 공기의 흐름이 빨라 압력의 차이에 의하여 날개의 위쪽으로 향하는 양력이 나타난다. 상하로 발생하는 양력 차가 부메랑을 떨어뜨리려 하지만 회전하기 때문에 실제로는 진행방향을 바꾸는 힘으로 작용하게 된다. 이것이 세차 운동인데 부메랑은 이 효과로 인해 연속적으로 진행 방향을 바꾸면서 큰 원을 그리고, 결국 던진 지점으로 돌아오게 된다.

　'윙윙윙윙 부메랑 헤이 돌아버려, 붐붐붐붐 네 마음 향해 슛하고 던졌는데…'로 시작하는 부메랑 노래가 꽤 인기가 있었다. 이처럼 우리 주위에서도 부메랑이라는 말을 자주 쓴다.

　인생이 부메랑이란 생각이 든다. 내가 뿌린 대로 거둔다. 내가 상대를 비난하고 모욕을 주면 언젠가는 내게로 돌아온다. 되로 주고 말로 받는다는 말은 우리나라식의 부메랑효과를 뜻하는 말에 다름 아니다. 부메랑 노래를 듣노라면 삶을 신중하고 겸허하게 살아야겠다는 생각이 든다.

　한 농부가 염소와 나귀를 기르고 있었다. 농부는 무거운 짐을 묵묵히 나르는 나귀를 사랑했다. 염소는 질투를 느껴 나귀를 해치려고 나귀에게 "짐을 싣고 가다가 넘어져라. 그러면 네 몸이 약해진 줄 알고 다시는 힘든 일을 시키지 않을 거다."라고 말하며 꾀었다. 그 말을 들은 나귀가 일부러 넘어지자 주인은 수의사를 데려왔다. 수의사는 나귀의 기력이 약해졌으니 염소의 간을 먹이면 낫는다고 알려줬고, 주인은 즉시 염소를 잡아 나귀에게 먹였다. 이처럼 시기와 질투는 부메랑이 되어 돌아온다. 콩 심은 데 콩 나고, 팥 심은 데 팥 난다.

철원 우체국장으로 2004년부터 1년 6개월간 근무했다. 첫 군 단위 우체국장이라 직원들과 소통도, 대외활동도 열심히 했다. 철원을 제2의 고향이자 마음의 고향이라 여겼고, 발령이 나 원주로 돌아올 때도 2년을 채웠으면 하는 아쉬움이 간절했다.

철원에서 인연을 맺은 분들이 그 후에도 우리나라 최고의 쌀인 '철원 오대쌀'을 보내주어 잘 먹고 있다. 이 쌀은 일교차가 큰 우리나라 최북단에서 생산되어 밥이 찰기가 있고 맛이 좋아 다른 지역에서 생산된 쌀보다 훨씬 비싸다. 나도 답례품을 보내지만, 이분들의 정성에는 못 미친다.

부메랑은 우리가 어떻게 살아야 할지 교훈을 준다.

33. 부메랑 같은 인생

부메랑은 오스트레일리아 원주민이 사냥이나 전쟁 시 목표물을 공격할 때 사용한 무기의 하나였다. 활등처럼 굽은 나무막대기인 부메랑을 목표물에 던지면 회전하면서 날아가고, 목표물을 맞히지 못하면 되돌아온다. 부메랑은 자신이 공격받을 수도 있는 위험한 무기였으며, '양날의 검'과 같은 것이었다. 지금은 부메랑이 신종 레포츠로 자리 잡아 A형, 삼각형, 십자형 등 다양한 모양의 제품이 있으며 즐기는 사람도 꽤 있다. 부메랑의 원리에서 유래해 '원래의 의도를 벗어나 오히려 부정적인 결과로 되돌아오는 상황'을 '부메랑 효과'라고 한다.

미국의 사회심리학자 웨슬리 슐츠가 캘리포니아 한 지역의 전력 소비량을 낮추려고 해당 가구의 소비량, 이웃들의 평균 소비량, 전력을 줄이는 팁이 있는 자료를 각 가정에 나눠주었다. 3주 후 소비량을 측정해보니, 전력 소비량이 많았던 가구들은 사용량을 줄였는데 소비량이 적었던 가구들이 전력을 더 소비함으로써 총 소비량은 오히려 늘어났다.

소비량을 낮추려 한 본래 의도와 달리 소비량이 낮은 가구에게 전력을 더 써도 된다는 정보를 준 꼴이 되자, 슐츠는 부메랑의 원리와 같다고 하여 이 현상에 '부메랑 효과'라는 이름을 붙였다. 실생활에서는 무분별한 개발로 인해 일어나는 환경 파괴가 인간에게 자연재해로 되돌아오거나, 선진국의 원조를 받은 개발도상국에서 만든 제품이 선진국의 제품과 경쟁하는 등 그 사례는 부지기수다.

중국 춘추전국시대 진(晉)나라 장군 위주가 전장에 나갈 때 아들 위과와 위기를 불러놓고 자기가 죽거든 애첩 조희를 개가시키라고 당부했다. 그런데 막상 위주가 집에서 병들어 죽게 되자 조희를 자기와 함께 묻어달라는 유언을 남겼다. 당시에는 귀인이 죽으면 그가 사랑하던 첩들을 함께 묻는 순장(殉葬) 풍습이 있었다. 큰아들 위과는 동생 위기가 아버지 위주의 유언을 고집하자 "임종 때 하신 말씀은 정신이 혼미해서 하신 말씀이다. 효자는 아버지가 정신이 맑을 때 하신 명령을 따르고 어지러울 때 하신 명령을 따르지 말아야 한다."며 조희를 개가시켜 주었다. 훗날 위과가 전장에 나가 진(秦)나라의 두회와 싸울 때 어떤 노인이 풀을 잡아매 두회가 탄 말의 발이 걸리게 만들자 두회는 결국 말에서 내린 채 싸웠다. 그 노인이 두회의 발도 풀로 잡아매자 두회가 넘어지면서 포로가 되었고, 그 결과 위과는 전투에서 이길 수 있었다. 그날 밤 꿈에 그 노인이 위과에게 나타나 "나는 조희의 아비입니다. 장군이 내 딸을 좋은 곳으로 시집보내준 은혜를 갚기 위해 도와드렸습니다."라고 했다. 결초보은(結草報恩)이라는 고사성어의 유래다.

위과가 조희를 개가시켜 준 것이 부메랑처럼 돌아와 조희 아비의 도움을 받음으로써 전쟁에서 이기는 결과를 가져왔다. 우리의 삶도 마찬가지 아니겠는가.

긍정적인 사고와 선한 말은 친구를 얻게 하고, 좋은 인간관계라는 선물을 줄 테지만, 부정적인 생각이나 질투, 증오 등은 몇 배나 커진 부메랑이 되어 우리에게 상처로 돌아올 수 있다.

나는 어떤 부메랑을 날렸을까. 내가 날린 부메랑으로 누군가가 상처받고 힘들지 않았는지 염려된다.

어떻게 살아야 할지 답이 나온다.

사랑, 이해, 배려 등 긍정의 부메랑을 날려야 한다.

(2018년 8월 26일, 일요일에 쓰다)

중국 춘추시대 오패(五霸) 중의 한 사람인 초나라 장왕 이야기가 재미있다. 장왕이 승전을 축하하고 장군들을 격려하기 위해 큰 연회를 베풀었다. 부하 장군들이 모두 들어와 자리에 앉아 술과 음식을 즐겼다. 장왕은 그가 총애하는 허희를 시켜 장군들에게 술을 한 잔씩 따르게 했다.

　　갑자기 바람이 불어 등불이 꺼지자 어떤 장군이 왕의 여자 허희의 허리를 끌어당겼다. 총명한 허희가 그 사람의 관 끈을 낚아채어 떼어내자 그 사람은 놀랐고, 허희는 장왕에게 귓속말로 이 사실을 고했다.

　　허희가 "대왕께서는 불을 켜고 그자를 잡아들이십시오."라고 하자, 장왕은 "불을 켜지 마라. 오늘 연회를 베푼 것은 장군들과 기쁨을 함께하기 위해서다. 장군들은 모두 머리에 쓴 관 끈을 끊고 마음껏 마시기 바란다. 관 끈을 끊지 않는 자는 내가 마련한 연회를 달갑지 않게 생각하는 것으로 간주하겠다."고 하여 장군들이 모두 관 끈을 끊어버리자 결국은 허희를 희롱한 장군이 누구인지 알지 못하게 되었다.

　　허희가 장왕에게 불만을 나타내자, 장왕은 "이 일은 부녀자가 관여할 일이 아니다.' 군주와 신하가 술을 마시며, 석 잔을 초과하면 예의가 아니다.'라는 말이 있다. 술을 마시게 되면 실수를 하는 것은 인지상정이다. 만약에 내가 무례한 자를 찾아내어 벌을 주었다면 너의 절개는 빛나게 되겠지만, 반대로 장군들의 마음을 상하게 했을 것이다."라고 답했고 허희는 탄복했다.

　　그리고 몇 년 후 전쟁에서 어떤 장수가 자기의 목숨을 돌보지 않고 열심히 싸워 장왕을 위기에서 건져내고 승리를 하는데 결정적인 역할을 했다.

　　장왕이 그 장수에게 후한 상을 주려하자 "신은 이미 대왕으로부터 후한 은혜를 입었습니다. 이번 싸움에서 그 은혜를 갚고자 했을 뿐입니다. 대왕께서 절영회(絶纓會)를 열었을 때 미인을 희롱한 사람이 저였고, 저는 그때 죽어야 할 목숨이었으나 대왕께서 살려 주셨습니다."라며 상을 사양했다. 관용을 이야기할 때 자주 인용되는 고사(古事)이다.

아프리카 어떤 부족의 범죄 처벌과정이 특이하다. 범죄자를 가운데 두고 부족 구성원이 차례로 돌아가면서 범죄자가 된 부족원이 그동안 베풀었던 선행을 하나씩 말한다. 그 사람에 대한 불만, 범죄행위에 대한 비판은 하지 않는다. 부족원 모두가 잘못을 한 부족원의 칭찬 거리를 다 찾아내면 의식이 끝나고 축제로 이어진다. 잘못을 저지른 부족원은 다시 부족의 구성원으로 되돌아온다.

이와 반대로 우리 주위에는 관용의 정신이 매우 미약하다. 모두 자신의 좁은 안목과 편견 때문이다. 지난해 여름, 에이미 추아 교수의『제국의 미래』를 읽었다.

추아 교수는 '인종, 종교를 따지지 않고 인재를 끌어들여 쓴 것이 몽골과 미국을 초강국으로 만든 비결'이라고 했다. 세계를 제패하려면 세계 일류 인재를 영입해 그들이 능력을 발휘하게 해야 하는데, 그러기 위해서는 관용의 정신이 있어야 한다는 것이다. 그가 말하는 관용의 실체는 '이질적인 사람들이 그 사회에서 생활하고 일하고 번영할 수 있도록 허용하는 것'이다.

또한 로마를 위대한 제국으로 만든 것이 관용이고, 로마를 멸망으로 이끈 것이 '불관용'이라고 규정했다. 추아는 '수천만에 이르는 이민자들의 활력과 재능을 유인하고 보상하고 활용했던 것이 미국을 성장과 성공으로 이끈 원동력'이라고 했는데, 참으로 공감한 책이었다. 이 책을 읽고 관용에 대해 많은 생각을 해보았다.

몇 년 전 8월 어느 날, 새로운 아파트로 이사를 하려고 청소를 했다. 새 아파트 청소를 해본 분들은 아시겠지만, 손댈 곳이 한두 곳 아니다.

더구나 나와 가족이 살집이기에 더더욱 할 일이 많았다. 천정과 벽에 붙은 먼지를 털어내야 하고 바닥도 쓸고 닦아야 한다.

청소를 끝내고 피곤한 몸으로 아내와 둘이 막 지하주차장에 주차를 하는데 딸의 전화가 왔다. 무척 다급한 목소리였다. 승강기를 타지 말란다. 딸이 조금 전 승강기를 탔는데 내리려 하니 문이 열리지 않아 큰 고생을 했고, 겨우 내렸단다. 불안하고 무서워서 혼났다고 울음 섞인 목소리로 말했다. 알았다고 대답하고 계단을 걸어 올라갈까, 승강기를 탈까 망설이는데 한 분이 승강기를 타기에 피곤하기도 하고 설마 하는 심정으로 탔다.

내리려고 하니 딸의 얘기와 같은 상황이 벌어졌다. 문이 조금 열렸다 닫히길 몇 차례나 했다. 딸은 나와 아내가 승강기에 갇혀있는 것을 보고 발을 동동 굴렀다. 간신히 문이 열리고 집에 들어오니 딸이 막 따졌다. 자기가 타시지 말라고 신신당부했는데 왜 탔느냐고 타박이 보통 아니었다. 딸이지만 잘못했다고 할 수밖에 없었다.

딸은 승강기 사고 시 안내 전화번호로 전화를 하여 승강기 고장 신고를 하고, '승강기 고장'이라고 쓴 종이를 들고 8층에서 1층까지 내려가 붙이고, 관리사무소에 뛰어가서 신고까지 했다. 한동안 야단법석이었다. 나는 딸의 과도한 대응이 좀 못마땅했다.

경비실이나 관리사무소에 알려주기만 하면 되지 요금 나오는 ARS 전화까지 할 필요가 있느냐고 했더니 딸은 승강기가 잘못되어 사람이 다치기라도 하면 어떻게 하냐고 따졌다. 딸의 생각과 행동이 맞으니 그냥 받아들이면 되는데, 부모로서 참 옹졸했다는 생각이 들었다. 딸에게 진지하게 사과했다.

처칠이 사관생도 시절의 일이다. 훈련소에서 외출할 때 자신의 방 앞에

'외출'이라는 푯말을 붙여놓아야 하는데, 어느 날 처칠은 잠깐 외출할 생각으로 푯말을 붙이지 않고 외출했다. 그런데 뜻밖에도 엄하기로 유명한 규율부장을 시내에서 만났다. 처칠은 바로 훈련소로 복귀하여 '외출' 푯말을 붙일 생각에 방 앞에 달려와 보니 푯말이 붙어 있었다.

규율부장이 처칠보다 먼저 훈련소로 돌아와 '외출' 푯말이 없는 것을 보고 붙여 놓았던 것이다. 처칠은 규율부장에게 심한 꾸지람을 들을 줄 알았는데, 호출도 꾸지람도 책망도 없었다. 오히려 훈련소에서 마주치자 규율부장은 씽긋 웃었다. 처칠은 이 일이 있고 나서부터 '정직'을 생각하게 되었고, 마침내 좌우명으로 삼았다.

만약 규율부장이 처칠을 불러 늘 하던 대로 심한 꾸중을 하고 벌을 주었다면 처칠에게 공감과 자극을 주지 못했을 것이다. 그러나 관용의 마음, 용서의 마음이 처칠에게 크나큰 자극을 주었던 것이다.

34. 관용(寬容)

네덜란드Netherlands는 낮은, 아래라는 뜻의 'nether'와 땅이라는 뜻의 'lands'의 합성어다. 실제로 이 나라는 국토의 4분의 1이 해수면보다 낮아 언제든 바닷물에 잠길 수 있다.

네덜란드 하면 어떤 이미지가 떠오를까. 아마 많은 이들이 풍차, 튤립, 우리나라 축구 대표팀을 2002 월드컵 4강으로 이끈 히딩크 감독 등을 마음속으로 그리지 않을까 싶다.

국사에 관심 있는 분이라면 1907년에 열린 만국평화회의에 을사조약의 부당함을 알리기 위해 세 분의 특사가 가셨던 도시인 헤이그가 있는 나라를 연상하실 것이다.

필자는 네덜란드 하면 '관용'이라는 단어가 가장 먼저 떠오른다. 프랑스의 태양왕 루이 14세가 종교적 관용 정책을 포기하면서 종교의 자유를 인정한 '낭트 칙령'을 폐지하는 대신 개신교를 불법화하는 '퐁텐블로 칙령'을 내리자 위그노(신교도)는 종교적 관용이 있는 네덜란드로 대거 모여들었다.

당시 기업인, 장인, 기술자의 상당수를 차지하고 있던 위그노의 국외 탈출로 프랑스 경제는 큰 타격을 입었다. 반면 관용적이고 개방적인 네덜란드는 위그노 난민을 적극적으로 받아들여 국가발전의 기회로 삼았다.

에이미 추아 예일대 교수는 고대 페르시아와 로마를 시작으로 동양의 당과 몽골, 서양의 네덜란드, 영국, 미국 등 세계 제국의 흥망사를 연구했다. 그리고 추아 교수는 2007년 출간한 『제국의 미래』에서 강대국의 핵심 동력으로 군사력과 경제력 외에 더욱 근원적인 요소로 '관용'을 꼽았다. 강국이 되기 위해서는 다양한 문화, 종교, 기술, 정보, 지식을 가진 인재가 모여야 하며, 관용은 바로 이러한 것을 묶어주는 접착제 같은 역할을 한다는 것이다.

요즘 한창 이슈인 층간 소음과 관련한 짤막한 글을 하나 소개한다.

어린아이를 슬하에 둔 신혼부부가 층간소음이 너무 싫어 아파트 꼭대기 층으로 이사해 행복하게 살았다. 평소 아이들에게 예의와 조심성을 가르쳤고, 별 다른 문제는 없었다. 그 부부가 며칠 동안 아이들과 부인이 외갓집에 가 있었는데, 집에 돌아오니 아래층의 노부부가 찾아와서 며칠째 아이들의 발소리가 들리지 않아 걱정했다고, 행여나 아이들이 아프지 않느냐고 묻더란다. 아이들의 아버지는 이 사건으로 깨달은 바가 컸고 아래층 노부부를 챙겨드리는 사이좋은 이웃이 되었다는 이야기다. 노부부가 보여준 관용과 사랑이 우리 곁의 갈등을 해소한 아름다운 예화다.

'관견지누(管見之累, 대롱으로 하늘을 보는 어리석음)'를 원효 스님은 경계했다. 가늘고 긴 대롱으로 보는 하늘은 좁게만 보인다. 하늘은 무한함에도 보이는 것만 하늘이라고 믿는다. 이에 반해 넓은 대롱으로 보거나 그냥 올려다보는 하늘은 훨씬 크거나 무한하다.

지식과 경험이 쌓이면 대롱이 굵어진다. 질시, 혐오, 증오보다는 대화, 타협, 이해, 배려가 있어야 건강하고 행복한 사회다. 지금 우리에게 가장 필요한 덕목 중 하나는 관용이다.

내가 옳지 않을 수도 있고, 누구도 완전할 수는 없다. 누군가의 잘못을 비난하고, 지적할 때 나는 그런 적이 없었는지 한번쯤은 돌아보아야 한다.

(2018년 8월 30일, 31일에 쓰다)

가을 이야기

구월에...

1983년 9월 4일! 26여 개월의 군복무를 마치고 전역을 한 잊을 수 없는 날이다. 군에 있을 때는 전역만 하면 무슨 일이든 할 수 있을 것 같다는 생각을 하지만, 막상 전역을 하고 나면 바로 현실에 부딪힌다. 대학 3년을 마친 상태라 1년 후에는 졸업이었다.

지금도 청년 실업률이 높지만, 그때도 지방 국립대 졸업생이 갈 수 있는 자리는 별로 없었다. 서울 유명 대학 졸업생이야 교수의 추천이나 실력으로 취직을 수월하게 할 수 있었지만, 지방대 졸업생이 갈 수 있는 곳인 은행, 농협과 같은 금융기관, 공기업이나 공무원 등은 꼭 필기시험을 거쳐야 했다. 게다가 일반 사기업도 추천받기가 어려웠다.

내 능력과 성격상 민간 기업에서 일을 잘 해나갈 수 없을 것 같아 명확한 목표는 아니었지만 신분이 안정적이고 연금이 있는 공무원이나 공기업에서 일을 해야겠다는 대략적인 생각을 갖고 있었다. 공부도 본격적인 것은 아니지만, 그쪽 방향으로 하고 있었다. 공무원 시험을 제외하고는 대체로 영어와 일반상식, 그리고 면접을 준비했다. 지금보다 영어에 대한 비중이 더하면 더했지, 덜하지 않았다.

전역을 하고 친구들을 만나려 대학도서관에 갔다. 지금은 영어 공부를 토익(TOEIC)책으로 많이 하지만, 그때는 토플(TOEFL, Test of English as a Foreign Language) 관련 책이 대부분이었다. 도서관 열람실을 다녀보니, 책상 위에 놓인 700~800쪽의 토플책들이 하도 많이 공부해서 너덜너덜하고 손때가 묻어 까무잡잡했다. 내가 26개월 군 생활하는 동안 다른 사람들은 참 공부를 많이 했구나 하는 생각에 부러움을 넘어 기가 질렸다.

그날 이후 대학도서관에 가는 대신 시립도서관이나 독서실, 집에서 공부를 했다. 입대 전에는 기술고시를 준비했는데, 전공이지만 적성에 맞지 않아 포기했다. 그 후 행정 분야 공부를 하다가 군에 갔고, 전역을 하고 나니 고시는 공부할 엄두가 나지 않았다.

목표를 1984년 7월에 있는 7급 공채 시험으로 정하고 공부를 시작했다. 정확히 10개월의 시간이 있었다. 대학교 4학년 생활과 시험 준비를 함께해야 했기에 그리 쉽지는 않았지만, 영어와 경제원론은 어느 정도 공부를 한 상태라 합격할 수 있었다. 9월에 면접을 마치고 최종합격을 하여 대학교 4학년 2학기를 편하게 보낼 수 있었다. 진로선택에서 큰 갈등이 없었던 것은 개략적인 방향이 잡혀 있었기 때문이다.

서울에서 공부하다가 방학이 되어 어떤 학생이 고향으로 돌아왔다. 아버지가 땀을 흘리며 밭을 가시는 것을 본 학생은 도와드리려고 소를 몰고 밭을 갈았다. 한참을 일하고 나서 돌아보니 자기가 간 밭고랑은 꾸불꾸불하지만 아버지가 간 밭의 고랑은 똑발랐다.

아버지가 이것을 보고 "처음 밭을 갈 때는 앞에 목표를 하나 세우고 나아가야 똑바로 갈 수 있다."고 하자, 학생은 반대편 둑에서 풀을 뜯고 있는 황소를 목표로 세웠다. 그러나 역시 고랑은 똑바르지 않았다.

아버지는 "황소가 자꾸 움직이니까 고랑이 구부러진다. 그러니 움직이지 않는 것을 목표로 삼아라."라고 충고했다. 학생이 반대편 쪽에 우뚝 솟은 포플러 나무를 목표로 삼았더니 비로소 똑바로 갈 수 있었다.

축구선수가 골대 없는 운동장에서 슛 연습을 제대로 할 수 있겠는가. 농구선수가 골대 없는 코트에서 농구공을 드리블하며 이리저리 뛰어다니면 아무런 성취감도 느끼지 못하듯이, 우리의 삶에서 목표가 없다면 삶의 의욕과 활력이 사라진다.

목적과 목표! 전문가가 아닌 우리는 별 차이 없이 쓰고 있다. 그러나 목적과 목표를 구분해 보면 목적은 '이루려는 일을 왜 하는가?'에 초점을 맞추고 있고, 목표는 '이루거나 도달하려는 실제적인 것이 무엇이냐?'에 초점을 맞추고 있다. 목적은 어떤 일을 하고자 하는 이유나 취지이고, 목표는 이루고자 하는 대상이나 결과물이다. 때문에 목적이 목표보다 상위 개념이다.

나이 든 추장이 아들 셋을 데리고 사냥을 갔다. 큰 나무에 독수리 한 마리가 앉아 있었다. 추장이 세 아들에게 앞에 무엇이 보이냐고 물었다. 첫째는 "파란 하늘과 나무가 보입니다."라고 답했고, 둘째는 "큰 나무와 독수리가 보입니다."라고 답했으며, 셋째는 "독수리의 두 날개와 그 사이의 가슴이 보입니다."라고 대답했다. 셋째가 목적과 목표를 정확히 알고 있는 것이다. 추장과 아들 셋이 산에 나온 목적은 사냥이고, 목표는 독수리를 잡는 것이다. 추장은 셋째에게 추장직을 물려줬다.

내 인생의 목적과 목표는? 자신 있게 대답할 수 있는 사람이 얼마나 될까. 이 물음에 대답할 수 있는 사람이라면, 삶을 허투루 산다는 말은 할 수 없을 것 같다.

현실적으로 목표가 있는 삶을 살 필요가 있음을 경험한 사례다.

대학을 졸업하고 군 복무를 마치고 공무원을 시작하면, 남자는 보통 이십 대 중·후반이 된다. 70~80년대에 고교 졸업 후인 20세를 전후해 9급 공무원을 시작했다면 40대 중후반에 5급으로 승진이 가능했다. 하지만 대학을 졸업하고 공무원을 시작한 사람들은 10년 가까이 늦게 시작하는 것이므로 5급으로 승진하는 것은 어렵다. 어떤 직급에서든 공무원을 하겠다는 확고한 목표를 가진 사람과 그렇지 못한 사람의 차이다.

지난해 3월 초순 눈 내리는 어느 날 새벽이었다. 우산을 받쳐 들고 모 초등학교 교정으로 갔다. 운동장에 하얀 눈이 쌓여 있었다. 누구도 걷지 않아 흰 눈으로 덮인 운동장에 발자국을 남기며 걷는 기쁨을 눈 위를 걸어본 사람은 안다. 운동장 입구에서 반대편으로 곧게 가겠다는 생각을 가지고 걸었다. 돌아보니 그게 아니었다.

하얀 눈 위에 남겨진 내 발자국은 지그재그 제멋대로였고, 그 모습이 참 보기가 싫었다. 반대편에 있는 소나무를 목표로 삼고 계속 주시하며 걸었다. 돌아보니 훨씬 반듯했다.

한 번뿐인 인생, 치열하게 살아야겠다는 생각이다. 그러자면 우선 목표가 있어야 하지 않을까 싶다.

35. 목표가 있는 삶

이야기 하나.

군종에 따라 다르긴 해도 육군 복무 기간이 지금은 21개월이다. 하지만 필자가 군 생활을 했던 80년대 초에는 33개월이었다. 군복무의 편의를 위해 예나 지금이나 정부에서 많은 노력을 기울이고 있지만, 혈기왕성한 20대 초반의 젊은 남자들이 집단으로 생활하는 만큼 적응하기가 쉽지 않고 에피소드도 많다. 그 어려운 시간을 이기게 하는 최고의 위안거리가 전역 예정일을 손꼽아 기다리는 것이었다. 전역이라는 목표가 힘든 군 생활을 이겨 내는데 큰 힘이되었다. 심지어 입대하는 날부터 전역예정일을 목표로 생활하기도 했고, 선임이 되면 달력에서 지난 날짜를 지워가기도 했다.

이야기 둘.

가출이 잦은 손자를 둔 할아버지가 있었다. 하루는 할아버지가 가출 며칠만에 집으로 돌아온 손자를 데리고 가까운 활터에 갔다. 할아버지는 손자가보는 앞에서 과녁 쪽 허공을 향해 화살을 쏘았다. 할아버지가 손자에게 화살을 찾아오라고 해서 손자는 과녁이 있는 곳에서 찾아보았지만 허공으로향해 날린 화살을 찾을 수 없었다.

할아버지가 손자에게 "누구나 과녁을 향해 화살을 쏘지만 모두 명중되는것은 아니란다. 하물며 과녁이 아닌 허공으로 화살을 날렸다면 어떻게 찾을수 있겠느냐."라고 하자, 손자는 할아버지에게 "그럼 허공으로 날아간 화살은 어떻게 찾을 수 있어요?"라고 물었다.

그러자 할아버지는 조용히 손자에게 "삶도 같다. 목표를 정하고 살지 않으면 먼 훗날 후회하게 된다."고 답했고, 손자는 고개를 끄덕였다. 이후 손자의생활이 달라졌다고 한다.

우리는 언제 행복할까. 아마 가장 많이 나올 답이 '자신의 꿈, 비전, 소망 그리고 목표를 이룰 때'가 아닐까 싶다. 반대로 가장 불행한 때는 '꿈을 잃었을 때', '목표가 좌절되었을 때'를 꼽지 않을까. 이러함에도 왜 목표에 대해 막연한 거부감을 가지거나 목표 없이 사는 것이 행복하다고 생각하는 이들이 있을까.

너무 큰 목표를 의식했기 때문이 아닐까 하는 생각을 해본다. 국가와 조직의 발전에 기여하는 것, 가문을 빛내는 것 같은 목표를 가질 수도 있으나, 나와 가족의 삶에 중요한 1주 1권 책 읽기, 1일 1시간 운동하기, 아이와 1일 1시간 놀아주기 등 일상적이고 소소한 목표도 있다. 이처럼 개인에게는 목표의 크기보다 의미가 더 중요하다.

목표가 있는 삶과 목표가 없는 삶은 큰 차이가 난다. 목표가 있으면 평소에도 활기차고 최선을 다하지만, 목표가 없으면 무위도식하고 허송세월을 보내기 쉽다. 칼 라일은 "목표가 없는 사람은 배의 방향을 조정하는 장치인 키 없이 바다 위에 떠 있는 배와 같다."고 했다.

목표는 구체적이고(specific), 측정할 수 있고(measurable), 달성 가능하고 (attainable), 현실적이고(realistic), 만져볼(tangible) 수 있어야 한다. 목표 수립 시 명심해야 하는 소위 스마트(SMART)원칙이다.

막연하게 '독서를 하겠다'와 '한 달에 다섯 권의 책을 읽겠다'는 두 개의 목표에서 어떤 목표가 더 실현 가능성이 높겠는가. 목표 달성이 어려운 것은 목표가 불분명하기 때문일 수 있다.

목표를 세우고 실천하다 보면 미래에 대한 불안감이 사라지고 자신감이 생긴다. 내 목표는 무엇인지 살펴보고, 목표가 명확하지 않거나 스마트하지 않다면 이참에 스마트한 목표를 세워보자.

(강원도민일보, 2018년 9월 12일 수요일 [수요광장])

2012 런던, 2016 리우데자네이루 올림픽 육상 여자 800m 금메달리스트인 남아프리카공화국 캐스터 세네냐의 굵은 목소리와 체격, 얼굴에 난 수염은 성 정체성 논란의 촉매제가 되었다. 세네냐는 검사결과 남성호르몬인 테스토스테론 수치가 일반여성보다 3배 정도 높게 나왔다.

국제육상경기연맹(IAAF)은 지난해 4월 형평성 문제를 들어 일부 종목(여자 400m, 여자 800m 등)에 출전하는 선수들의 테스토스테론 수치를 규제하는 새 규정을 발표했고, 세네냐는 이에 반발해왔다.

5월 1일 스위스 로잔에서 스포츠 중재재판소는 'IAAF가 신설한 테스토스테론 관련 규정이 합리적이다. 세네냐가 제기한 소송을 기각한다'고 전했다. 앞으로 세네냐는 여자 경기 일부 종목에 출전하려면 테스토스테론 수치를 기준치 밑으로 낮춰야 한다.

운동경기에서 남성이냐 여성이냐는 매우 중요하다. 경기 종목이 거의 대부분 남·여 종목으로 나누어져 있는 것은 이 때문이다.

정체성(正體性, identity)은 존재의 본질을 규명하는 성질이다. 정체성은 상당 기간 동안 일관되게 유지되는 고유한 실체로서, 자기에 대한 주관적 경험을 함의한다.

내게는 모임이 여럿 있는데 그중 하나가 '구월회'다. 고향을 떠난 친구들과 원주에서 만나는 모임인데, 벌써 30년이 넘었다. 모임 명칭을 정할 때 고향의 정서와 특색을 담자는 의견이 많았으나, 한 친구가 우리가 구월에 이 모임을 시작했으니만큼 '구월회'로 하자고 제안을 했고, 나도 동의를 하자 만장일치로 정해졌다. 지금까지 한 달에 한 번씩 만나고 있다. 지금 돌아보면 모임명칭을 잘 정했다는 생각이 든다.

지금은 잘 쓰이지 않으나 직장 생활을 하면서 듣기 싫은 상사의 말 중 하나가 '데리고 있었다'는 것이었다. 얼마나 가부장적이고 권위주의적인 표현인가. 싫어했던 말이기에 나는 한 번도 이 말을 쓰지 않았고, 대신 '함께 근무했다'고 하였다.

공과 사가 잘 구분이 되지 않고 상사를 존경하는 마음이 넘치는 '모셨다'는 표현도 썩 좋지 않다는 생각이다. 그냥 '○○○ 님과 함께 근무했다' 정도면 그렇게 큰 결례는 아닐 듯싶다.

주위에 보면 '~하도록 하겠다.'는 말과 글을 즐겨 쓴다. 내가 주체이면 결국에는 '내가 나를 하도록 하겠다.'는 꼴이 된다. '~하겠다.'라고 하면 간단하고 쉽게 의사소통이 되는데도 지나치게 완곡하고 정중한 표현을 사용하려다 보니 이렇게 된다. 그 결과 자신감이 없어 보이게 된다. 어떻게 생각해도 과공비례(過恭非禮)다. 이와 같이 명칭과 용어에는 쓰는 사람의 생각과 정체성이 담긴다.

출산준비 중 하나가 태어날 아이의 이름을 짓는 일이다. 나는 둘째 딸 이름을 직접 지었다. 작명소나 철학관을 가지 않고 돌림자(항렬자, 行列字)를 지키면서 의미를 담아 지었다.

물가의 귀한 옥돌처럼 귀한 사람, 훌륭한 사람이 되라는 소망을 담아 '민수(珉洙, 옥돌민·물가수)'로 지었다. 딸이 자라면서 남자 이름 같다며, 불편하다고 하여 개명을 했다. 나는 딸의 이름이 중성적이라 생각했는데 생각이 달랐다.

이처럼 정체성이 담기기에 이름 등 명칭이 중요하다. 중성적인 이름이 꽤 있지만, 이름을 들으면 대체적으로 남자인지 여자인지를 알 수 있다. '영자, 미자' 등을 남자 이름으로 잘 쓰지 않고, '철수' 등을 여자 이름으로 잘 쓰지 않는다.

보직이 없는 실무자에게 지금은 주무관이란 호칭이 잘 쓰인다. 80년대까지만 해도 사무실에서 '양(孃), 군(君), 주임, 주사, 차석, 박사' 등의 용어

가 난무했다. 차석을 '조리'라고도 불렀는데 왜 그렇게 불렀는지 이유를
여러 차례 알아보려 했으나 아직도 알지 못한다.

36. 명칭과 정체성(正體性)

1970~1980년대에는 미혼 여성을 흔히 'X양', '미스 X'로 불렀다. 80년대 중반에 직장 생활을 시작한 나는 '이건 아니다'라는 생각을 하면서도 주위 분위기에 따라 이름 대신 'X양'이라고 호칭하였다. 사회상을 반영하는 영화에서도 '미스 양의 모험'이라는 멜로물이 인기를 끌었다.

이후 민주화, 양성 평등 문화가 확산되면서 이름을 부르게 되었고, 지금은 옛날 호칭을 쓰는 순간 이상한 사람으로 취급당하거나, 심하면 성희롱으로 몰릴 수도 있다. 격세지감이라 할만하다.

이름을 부른다는 것은 정체성을 부여한다는 것이다. 20세기까지 행정구역의 명칭으로 방위 개념인 동면, 서면, 남면, 북면 등이 일반적으로 사용되었다. 어디를 가도 동면이 있고, 남면이 있었다. 그런데 2000년대에 들어서면서 여기에 변화가 일어났다. 한반도 모양의 지형이 있어 한반도면으로, 방랑시인 김삿갓의 거주지와 묘 등이 있어 김삿갓면으로, 대관령이 소재했다는 이유로 대관령면으로 명칭이 바뀌었다. 과거보다 정체성이 뚜렷해져 명칭만 들어도 그 지역의 특성이 연상된다.

행정구역 명칭과 궤를 같이하는 우체국 명칭도 김삿갓·한반도·대관령 우체국으로 개칭되었고, 2013년에는 김유정 기념 사업회와 춘천시 문인협회, 작가의 유족 및 지역주민들의 의견을 받아들여 신동 우체국을 김유정 우체국으로 이름을 바꾸었다.

단순 방위 개념 대신 지역의 특성을 살린 명칭을 쓰면 주민 및 관광객들이 쉽게 인식할 수 있을 뿐 아니라 지역 브랜드 가치 제고와 농·특산물 판로 확대 등 지역경제 활성화에 도움이 될 수 있다. 얼마 전에 '무릉도원면 생긴다'라는 기사를 읽은 적이 있다. 제대로 된 절차를 거쳐 명칭이 변경된다면 무릉도원 우체국, 태양 우체국이란 이름을 들을 수 있다.

바른 용어 사용의 중요성은 이미 공자가 논어에서 설파한 바 있다. 공자의 제자인 자로가 "만일 정치를 하신다면 무엇부터 하시겠습니까?"라 질문하자 공자는 "반드시 이름을 바로 잡겠다."고 하였다. 공자는 계속 말하기를 "사물의 이름(名)이 바르지 않으면 언어의 도리가 맞지 않고, 언어의 도리가 맞지 않으면 일(事)이 이루어지지 않는다. 일이 이루어지지 않으면 예악(禮樂)이 일어나지 못하고, 형벌을 죄과에 맞게 줄 수가 없으며, 백성들은 손발을 안심하고 놓을 곳이 없게 된다."고 하였다.

이것이 명칭과 실제가 맞도록 바로 잡으려는 공자의 정명주의(正名主義)이다. '내가 그의 이름을 불러주기 전에는 그는 다만 하나의 몸짓에 지나지 않았다. 내가 그의 이름을 불러주었을 때 그는 나에게로 와서 꽃이 되었다…' 라는 김춘수 시인의 시가 널리 사랑받고 있다. 꽃은 인간이 이름을 붙이기 전까지 단지 '하나의 몸짓'에 지나지 않으나, 꽃이라고 이름을 붙여 불러줄 때 비로소 꽃이 된다는 것이다.

(강원도민일보, 2016년 9월 30일 금요일)

올해 4월 4일 한-스페인 차관급 회담이 열린 행사장에 구겨진 태극기를 세워놓은 담당 과장이 보직해임 당한 일이 있었다. 의전(儀典)은 잘해야 본전이라는 말이 있다. 의전은 행사를 치르는 일정한 법식이며, 국가기관에서만 중시하는 것은 아니다. 기업 책임자의 '영업에 실패한 사람은 용서해도 의전에 실패한 사람은 용서할 수 없다'는 말을 들은 적이 있다.

십여 년 전, 모 사회단체 행사에 참석했다. 사회자의 개식 선언에 이어 '국민의례' 순서였다. 사회자가 '국기에 대한 경례가 있겠습니다. 모두 단상에 있는 국기를 향해 서 주시기 바랍니다.'라고 하여 모두 일어서서 단상을 향했는데, 아뿔싸! 단상에 국기가 없었다.

그때 참석자 모두 난감해 했고, 행사는 엉망이 되었다. 행사를 주관한 단체는 물론이고 담당자와 책임자의 입장이 어떠했겠는가. 의전은 확인에 확인을 거듭해야 한다. 철저한 준비만이 실수를 예방할 수 있다.

물론 권위적·형식적인 의전은 지양되어야 하지만, 의전의 중요성만큼은 변함이 없다. 철저한 준비와 원칙과 기준이 있어야 한다. 어떤 행사에 초청을 받고 갔는데 앉을 자리가 없다거나 홀대받는 기분이 들었던 경험도 있을 것이다.

직원 300여 명이 근무하는 원주 우체국은 원주의 주요 기관 중 하나이다. 그렇기에 기관의 크기에 합당한 의전이 있어야 한다고 생각했다. 근래 ○○ 기관 주최 행사에서 이런 의견을 전달하고, 주최 측에서도 이해를 해줘서 행사에 기분 좋게 참석했던 경험이 있다. 의전은 주최 측만의 일이 아니라 관계자 모두의 문제일 수 있다.

행사를 주관하다 보면 완벽하게 준비한다고 해도 사회자의 말실수 등 예상치 못한 일이 진행 중 발생한다. 그러나 철저하게 준비하고 확인을 하면 있어서는 안 될 큰 실수를 예방할 수 있다.

어떻게 보면 의전이나 행사의 성공은 완벽한 준비로 예약해 놓고 하는 것이라고 할 수 있는 것이다. '2108 평창 동계올림픽'이 2016년 9월 시점에서는 1년 6개월이 채 안 되게 남은 상태다. 이 올림픽도 하나의 의전이라 할 수 있다.

의전은 형식이면서 동시에 전략이기도 하다. 비서 출신들이 인간관계를 잘 구축하고 성공하는 경우가 많다. 비서는 상사가 무엇을 원하는지를 알고 대비하려고 한다. 또한 예상 가능한 상황을 미리 꼼꼼하게 챙기는 습관도 있다. 의전에 있어 제일 중요한 상대에 대한 배려와 예의가 남다르며, 이는 비서가 이후에도 인맥관리를 하는데 있어 중요한 자산이 된다.

남은 기간 동안 얼마나 잘 준비하느냐가 올림픽 성공 개최의 관건이었다. 의전과 행사의 성공은 시작 전에 모든 준비가 되어 있어야 한다.

37. 2018 평창 동계올림픽 성공 개최의 길

손자병법에 '승병(勝兵)은 선승이후구전(先勝以後求戰)'이라 하여 이기는 군대는 먼저 이길 수 있는 상황을 만들어 놓고 싸우고, '패병(敗兵)은 선전이후구승(先戰以後求勝)'이라 하여 지는 군대는 일단 싸움을 시작한 후에 승리의 방법을 찾는다고 하였다. 여기에서 선승구전(先勝求戰)이라는 고사성어가 나왔다.

이길 수 있는 상황을 만든다는 것은 자기와 상대의 강점과 약점을 두루 살펴보고 외부환경을 고려하여 최적의 전략을 수립하는 것이다. 다름 아닌 철저하게 준비를 하여 이길 수 있는 상황을 만드는 것이다.

혹자는 7할의 사실과 3할의 허구로 이루어졌다고 하고, 혹자는 3할의 사실과 7할의 허구로 이루어졌다고 하는 '삼국지연의' 중 하이라이트는 독자에 따라 다르긴 하겠지만 '적벽대전'이 아닐까 싶다. 적벽대전은 영화, 게임으로도 나와 인기를 얻고 있다. 이 전쟁은 위나라 조조의 남진(南進)에 대항하여 촉나라 유비와 오나라 손권이 연합하여 맞선 전쟁이다. 오나라에서는 주유가, 촉나라에서는 제갈량이 최고의 전략가로 등장한다. 조조가 사항계(詐降計)를 쓰나 주유는 역(逆) 사항계를 쓰고, 이를 성공시키기 위해 고육계(苦肉計)도 쓴다. 또한 주유는 화공(火攻)을 성사시키기 위해 조조의 배를 고리로 묶게 하는 연환계(連環計)까지 쓴다.

남은 것은 바람이다. 화공이 이루어지기 위해서는 바람이 불어야 한다. 동남풍이 불어야 북쪽에 위치한 조조 측 진지를 불태울 수 있으나, 적벽대전 당시는 한겨울이라 서북풍만 불었고 동남풍은 불지 않았다. 조조는 이것을 헤아렸기에 유유자적했고, 주유는 낙심천만하여 병까지 얻었다.

이 같은 절체절명의 시기에 제갈량이 제단을 쌓고, 기도를 하여 동남풍을 불게 하고, 연합군은 조조를 쳐부순다.

여기서 제갈량이 기도를 한 것은 날씨도 변화시킬 수 있다는 신통력을 보여주어 권위를 높이기 위한 꾀라고 볼 수 있다. 사실 제갈량은 이 지역에 오래 살면서 미래에 있을 유사시를 대비해 계절과 기후를 세밀히 관찰해 얻은 지식을 활용하여 동남풍이 불시기를 예측할 수 있었고, 이것을 싸움에 활용한 것이다.

평소에 미리 철저하게 조사하고, 분석하고, 준비한 것이다. 어쨌든 적벽대전은 준비를 철저히 한 연합군의 승리로 끝나 유비는 기사회생의 발판을 마련했고, 손권은 남쪽의 지배자로 자리 잡을 수 있었다.

2018년 2월 9일 개막될 평창 동계올림픽 대회까지 1년 6개월도 채 남지 않았다. 홈페이지에는 남은 기간을 초 단위로 표시함으로써 준비에 완벽을 기하겠다는 결연함을 보여주고 있다. 빙상 경기 개최 도시인 강릉시에서는 무더위가 한창이던 8월 초순에 올림픽 성공 개최 준비 및 대회 기간 중 원활한 협조체제를 구축하기 위한 유관기관 간의 업무협약을 체결하였다. 경기장 건설은 물론 동계올림픽을 세계적인 명품 관광 휴양도시로 발돋움하고 빙상 도시의 메카로 부상하는 계기로 삼기 위한 도시의 인프라 구축이 한창이다. 자원봉사, 방문하시는 분들에게 밝은 모습을 보여줄 수 있는 스마일 운동, 청결 등 해야 할 일도 많다. 관계자들이 많은 고생을 하고 있다. 이런 분들의 헌신 없이 대회가 성공할 수 있을까? 불가능한 일이다.

철저한 준비가 동계올림픽 성공 개최의 길이다. 얼마 남지 않은 동계올림픽을 생각하다 보니 다시 한번 '선승구전(先勝求戰)'이 생각났다.

(2016년 9월 3일, 토요일에 쓰다)

가을 이야기

설과 추석 명절은 우체국에서부터 시작된다. 명절이 가까워지면 선물을 보내려고 우체국 택배를 많이 이용하고, 그 덕에 우체국에는 소포가 산더미처럼 쌓인다. 우체국은 명절 약 2주 전부터 명절 후 3일까지를 특별 소통 기간으로 정하고 소포 접수, 운송, 배달에 만전을 기한다.

2008년에는 추석이 늦더위가 채 끝나지도 않은 9월 14일이었다. 평소에도 집배원이 수고를 많이 하지만, 특히 물량이 폭주하는 추석과 설 명절에는 고생이 많다. 그때 집배 담당 과장을 하면서 집배원의 봉사하는 삶을 글로 옮겨보았다.

38. 봉사하는 삶과 집배원

　사회 안전망은 미래에 생기는 사회적 위험에 대비한 보호막 역할을 한다. 사회 안전망은 넓은 의미로 노령, 질병, 실업, 산업재해, 빈곤 등 사회적 위험으로부터 국민을 보호하기 위한 장치이다. 사회 안전망의 제도적 장치로는 국민연금, 의료보험, 실업보험 및 산재보험 등이 있다. 2026년경 노령 인구 비율이 총인구의 20%를 넘는 초고령사회로 진입하면 사회 안전망은 확대되어야 할 것이다.

　제도적 장치로 다 하지 못하는 사회 안전망의 역할 중 상당 부분을 집배원이 해내고 있다. 집배원 본연의 임무는 우편물 배달이지만, 요즘엔 민원 도우미, 민원 해결사, 생활 파수꾼 노릇을 할 때가 많다. 우편물 배달 중 화재가 난 것을 보고 신속히 신고하여 초기 진압을 하도록 하는가 하면, 직접 불을 끄기도 한다. 금년에 강원 체신청 소속 집배원의 신속한 신고 및 직접 진화로 대형화재를 예방한 것이 4회나 된다.

　집배 중 수표와 현금이 든 돈 봉투를 주워 주인에게 돌려주었는가 하면, 현금이 든 저금통을 훔쳐 나오던 절도범을 몸싸움 끝에 붙잡아 경찰에 인계한 적도 있다. 연탄장수가 그냥 도로에 놓고 간 연탄 1,000여 장을 200여 미터나 떨어진 노인 부부댁에 날라준 집배원도 있다. 이 사실은 도시에서 생활하고 있던 아들이 고향의 부모님으로부터 사연을 전해 듣고 인터넷에 게시한 덕분에 세상에 알려졌다. 지난여름 호우 때는 철원 우체국의 김남수 집배원이 농수로 진흙 구덩이에 빠져 사경을 헤매던 어린이 셋을 구하기도 했다.

　업무수행 중 이러한 역할을 맡는 것을 대부분의 집배원은 당연히 해야 하는 도리로 여긴다. 그래서 이런 선행 사례는 주로 주위에서 알린 다음에야 세상에 드러난다. 이러다 보니 언론에 알려지지 않은 미담이 더 많다. 지난해에는 2,300여 명이 화재 신고, 환경정화 활동, 독거노인 위문, 소외계층 지원 등 다양한 봉사 활동을 한 바 있다. 금년에도 상반기까지 이미 1,200여 명이 봉사 활동에 참가하였다. 봉사 활동을 더욱 체계적으로 전개하기 위해 강원 체신청은 총괄국마다 봉사단체를 구성하여 운영하고 있다. 현재 봉사단원은 727명이다. 이들은 지역 곳곳에서 그늘진 곳에 빛을 주고 있다. 이들이 활동하는 만큼 우리 사회는 보다 건강해지고 아름다워질 것이다.

집배 환경은 날로 나빠지고 있다. 아파트 출입문에 보안시스템이 설치되어 드나들기가 쉽지 않다. 시골 구석구석에 있는 별장이나 외딴집에 편지 1통, 소포 1개를 배달하기 위해 수십 킬로미터를 가야 하는 경우도 있다. 우편물 통계를 보면 일반 우편물은 이메일, 휴대전화 등 대체재의 발달로 감소 추세이나 등기 우편물은 복잡해지는 사회세태를 반영하듯 증가하고 있다. 등기 우편물은 수취인을 직접 만나 배달해야 하므로 시간이 많이 걸리고, 잘못 배달할 경우 송사에 얽혀 어려움을 겪는 경우도 많다.

이런 어려운 여건에서 선행을 하기란 쉬운 일이 아니다. 불의를 보면 참지 못하는 정의감이 남다르기에 가능한 것이다. 이들은 무언가 대가를 바라고 선행을 하지 않는다. 그저 힘든 업무를 수행하는 가운데서도 집배원이 사회의 등불 역할을 한다는 것을 기억해주고, 수고한다는 따뜻한 말 한마디만 건네주면 된다.

사회가 복잡해지고, 노인 인구가 많아지고, 핵가족화가 가속화되는 미래 사회에는 이런 사회 안전망이 더욱 강화되어야 한다.

(강원도민일보, 2008년 9월 29일 월요일)

시월에...

외국 어느 출판사에서 '친구'라는 단어를 가장 잘 설명해 줄 수 있는 말을 공모한 적이 있었다. 밤이 깊을 때 전화하고 싶은 사람, 나의 아픔을 나눌 수 있는 사람, 나의 모든 것을 이해해 줄 수 있는 사람 등 여러 가지 의견이 나왔지만, 가장 많은 사람이 공감한 내용은 '온 세상 사람들이 나를 등지고 떠날 때 나를 찾아올 수 있는 사람'이었다.

명심보감 교우편(交友篇)에 '주식형제(酒食兄弟)는 천개유(千個有)로되, 급난지붕(急難之朋) 일개무(一個無)'라는 말이 있다. 술과 음식을 먹을 때 형제와 같은 친구라는 사람은 천 명이나 되지만, 위급하고 어려울 때 도와줄 친구는 한 명도 없다는 뜻이다.

로마시대의 이야기다. 한 젊은이가 황제가 행차하는데 고개를 들었다는 괘씸죄로 옥에 갇혔다. 그 청년의 여동생 결혼일이 사흘 뒤였는데, 마침 그날은 자신이 사형을 당하는 날이었다. 청년은 옥리(獄吏)에게 동생의 결혼식이 끝날 때까지만 사형집행을 미루어 달라고 부탁했으나 거절당했다. 그러자 청년은 자기 대신 친구를 맡기면 안 되겠느냐고 사정했다. 옥리가 청년의 친구를 찾아가자 친구는 주저하지 않고 승낙했다.

청년의 친구가 대신 옥에 갇혔다. 그리고 청년이 돌아와야 할 날이 되었으나 뜻밖에도 돌아오지 않았다. 옥리는 청년의 친구를 처형하기 위해 집행준비를 했고, 친구를 위하다 사형당하는 광경을 보기 위해 황제는 물론 군중까지 모여들었다. 옥리가 사형당할 친구에게 할 말이 없느냐고 묻자 "내 친구는 반드시 돌아올 것이오. 만일 돌아오지 못한다면 무슨 곡절이 있을 것이오."라고 대답했다.

사형을 집행하려 하는데 청년이 헐레벌떡 뛰어왔다. 청년은 결혼식에 참석한 뒤 돌아오다 홍수를 만나 강을 건너지 못했고, 그 때문에 먼 길로 돌아오느라 늦어졌다고 했다. 그리고 얼른 친구를 풀어주고 자기를 사형시키라고 했다. 그 후 두 사람은 부둥켜안고 울었고, 이를 본 군중은 감동해 살려주라고 소리쳤다. 황제는 두 사람을 풀어주고 친구가 되었다.

십오 년 정도 전의 일이다. 열두 살이나 어린 직장 동료와 오후 세 시쯤 되면 만나서 차를 한잔하고 이런저런 얘기를 나눴다. 나는 과장이었고, 그 직원은 담당이었다. 대개 내가 먼저 차를 한잔 하자고 인터폰을 눌렀다. 이 사람과 대화를 하면 소통이 잘되고 기분이 좋아졌다. 내가 먼저 친구 하자고 했다.

2008년도 조직개편에 따라 근무 부서와 근무 지역이 달라졌지만 지금도 만나고 있다. 오래전부터 친구는 나이의 문제가 아니고, 얼마나 서로의 생각에 공감하고 잘 소통하느냐에 달려있다고 생각했다. 동창들도 뜻이 통하면 친구로 깊어질 수 있지만 대화가 안 되면 만나기 어렵다.

춘추시대 제(齊)나라 환공 시절, 관중과 포숙의 깊은 우정인 관포지교(管鮑之交) 이야기가 있다. 제환공의 일급 참모였던 포숙이 친구인 관중을 재상으로 추천했다. 관중은 공자 규를 섬겼고, 포숙은 권력 경쟁 관계에 있던 소백을 따랐다. 관중은 규를 왕으로 만들기 위해 소백을 죽이려고 화살을 쏘았다. 소백은 재치로 위기를 벗어났고, 제나라 환공(桓公)이 되자 관중을 죽이려 했다.

이때 포숙이 제환공에게 "전하께서 제나라에 만족하신다면 신으로 충분할 것이나 천하의 패자가 되고자 하신다면 관중밖에 인물이 없다."며 그를 등용하라고 강력하게 추천했다. 결국 관중은 자신이 죽이려고 했던 제환공 밑에서 재상이 되었고, 관중의 보좌를 받은 소백, 즉 제환공은 춘추오패 중 으뜸이 되었다.

이에 못지않은, 생사고락을 함께 할 수 있는 친구 관계를 뜻하는 고사성어로는 '문경지교(刎頸之交)'가 있다. 이는 전국시대(戰國時代) 조나라 인상여와 염파 사이에 얽힌 이야기다. 인생의 성공 여부를 가늠할 수 있는 잣대는 여럿 있겠으나, 관포지교, 문경지교와 같은 우정을 나눌 수 있는 친구가 하나만 있어도 성공한 인생을 살았다고 할 수 있을 것이다.

39. 문경지교(刎頸之交)

생텍쥐페리는 "좋은 벗은 만들어지는 것이 아니다. 공통된 그 많은 추억, 함께 겪은 그 많은 괴로운 시간, 그 많은 어긋남, 화해, 마음의 격동… 우정은 이런 것들로 이루어지는 것"이라고 했고, 쇼펜하우어는 "돈 빌려 달라는 것을 거절함으로써 친구를 잃는 잃은 적은 적지만, 돈을 빌려줌으로써 친구를 잃기는 쉽다."고 했다. 우리는 관중과 포숙아처럼 서로를 진실로 이해해 주는 친구를 얼마나 가지고 있을까? 세 명, 열 명… 아니, 한 명이나 있을까?

옛날 중국의 춘추전국시대 조(趙)나라에 인상여란 사람이 있었다. 그는 조나라 왕을 보좌하며 진(秦)나라로부터 귀중한 보물인 '화씨의 옥'을 지켜냈고, 진나라 왕이 조나라 왕을 골탕 먹이려한 회견에서도 대단한 지혜와 용기를 발휘하여 나라의 명예를 높였으며, 두 나라 간의 우호를 돈독히 하는 성과를 냈다. 조나라 왕은 귀국하는 즉시 인상여에게 그간의 공을 치하하며 상상(上相)이란 벼슬을 주어 정승인 염파보다 윗자리에 앉게 하였다.

염파가 분이 솟아 투덜거렸다.

"나는 전쟁에 나가서 생명을 걸고 큰 공을 세운 사람이다. 반면에 인상여는 한낱 세 치 혀를 놀려 수고한 일밖에 없다. 그런데 인상여가 나보다 윗자리에 앉게 되었으니 세상에 이럴 수가 있나! 내 반드시 그놈을 쳐 죽이리라!"

이러한 염파의 말은 인상여에게 전해졌다. 그 후로 인상여는 늘 병들었다는 핑계로 궁중 조회에 나가지 않고 염파와 만나기를 무서워하는 듯했다. 원수는 외나무다리에서 만난다고, 인상여는 염파의 행차를 보았다. 인상여는 정승인 염파에게 들키지 않도록 피했고 염파가 지나간 후에야 큰길로 나왔다.

그날 인상여의 부하들은 격분했다. 부하들은 겁 많은 대감이 창피해서 모시지 못하겠다며, 고향으로 돌아가겠다고 한다. 인상여는 부하들에게 "염파 장군과 진왕(秦王) 중 어느 쪽이 더 무섭소?"라 물었고 부하들은 모두 진왕이 더 무섭다고 대답했다. 그러자 인상여는 머리를 끄덕이면서 "지금 천하에 진왕을 상대할 나라는 없소. 그런데 지난날 나는 진왕을 꾸짖고 진나라 신하들을 모욕했소. 어찌 한낱 염파 장군을 두려워할 리 있으리오. 강대국인 진나라가 감히 우리 조나라를 치지 못하는 이유는 나와 염파 장군이 있기 때문이오. 만일 우리 두 사람이 싸운다면 둘 중 하나가 죽어야만 끝장이 날것이오. 그러면 진나라가 즉시 우리 조나라를 칠 것이고. 내가 염파 장군을 피하는 이유가 바로 이 때문이오. 내게는 사사로운 원수보다 나라가 더 소중하오."라 했다. 이 말을 듣고 인상여의 부하들이 탄복했음은 물론이다.

이 이야기를 전해 들은 염파 장군은 웃옷을 벗고 등에 형장을 짊어진 채 인상여의 부중으로 가 "이 몸은 워낙 뜻이 좁아서 대감의 너그러운 도량을 몰랐습니다. 이제 죽어도 그 죄를 씻지 못할 줄 아오."라며 사죄했다. 인상여는 버선발로 뛰어나와 염파를 부축해 일으키고 "우리 두 사람은 다 같이 이 나라의 신하인데 어찌 이렇게 사죄하시오?" 하니 염파가 "나는 이제부터 대감과 생사를 함께하는 벗이 되겠소. 비록 내 목에 칼이 들어온다고 해도 이 마음만은 변치 않을 것이오."라 했다. 오늘날 우리가 흔히 말하는 문경지교(刎頸之交)는 위에서와 같이 인상여와 염파의 우정에서 비롯된 말이다.

세상을 살아가는 우리에게는 많은 것이 필요하다. 우선 생존을 위한 의식주가 있어야 한다. 그러나 우리가 삶을 살아가는데 친구가 없다면 얼마나 재미없겠는가! 사전에는 '친하게 사귀는 벗'을 친구라고 적고 있다. 나이가 같다고, 직장이 같다고, 같은 학교를 졸업했다고 친구일까? 위의 관중과 포숙아, 인상여와 염파처럼 서로를 진실로 이해할 때 진정한 친구 관계가 성립될 것이다.

목에 칼이 들어와도 변치 않는 우정은 없더라도, 외로울 때 함께하고 동고동락할 수 있는 친구는 있어야 이 삭막한 세상을 살아가는 데 의지가 되지 않을까.

깊어가는 이 가을, 그간 소식이 뜸했던 친구를 찾아보자.

(강원도민일보, 2007년 10월 9일 화요일)

가을 이야기

우리나라 경제가 어렵다고들 한다. 어떤 사람들은 언제 어렵지 않았던 때가 있었느냐고 반문한다. 좋아질 것이라고 자신 있게 전망하는 전문가도 별로 없고, 정부에서 발표하는 경제지표도 희망적이지 않다.

특히 고용분야가 더 그렇다. 실업률이 높고, 15세에서 29세까지의 경제활동인구 중 실업자의 비율인 청년 실업률이 계속 높아지고 있다. 통계청의 통계지표를 보면 금년도 2월 청년실업률이 9.5%(실업자 41만 명)다.

그런데 잘 아는 선배의 아들은 터키에서 건설 회사에 다니는데 인정도 받고 만족하고 있다. 직장 동료의 아들은 베트남에서 관광가이드를 하는데 수입이 짭짤해서 미래설계에 부풀어 있다. 아들 덕분에 선배와 동료는 효도 관광을 몇 번이나 다녀왔다고 자랑이 대단하다.

지구 전체를 한마을로 여긴다는 지구촌이란 용어가 새롭지 않고 당연하게 받아들여진 지 오래되었다. 지금 우리는 새로운 기회를 찾아 해외취업 등 자유롭게 직업을 개척하는 잡 노마드(Job nomad) 시대를 경험하고 있다.

노마드란 유목민이라는 뜻이다. 유목(遊 놀 유·떠돌다, 牧 칠 목·가축을 기르다)은 거처를 정하지 않고 물과 풀을 따라 이동하며 소나 양, 말 등의 가축을 기르는 것을 뜻하고, 유목민은 그러한 행동양식을 지닌 사람을 뜻한다.

유목민은 거친 환경에서 살아남기 위해 쉼 없이 이동해야 한다. 그러다 보니 자연스레 교역에 눈뜨게 되고, 원활한 교역을 위해 군사력을 갖추었으며, 다른 문명과 쉽게 접촉했다.

지금 우리는 인터넷과 업무에 필요한 기기, 작업공간만 있으면 시간과 장소에 구애받지 않고 일할 수 있는 디지털 노마드(Digital Nomad, 신 유목민)시대에 살고 있다. 이 용어는 프랑스 경제학자 자크 아탈리가 1997년

『21세기 사전』에서 처음 사용했다. 특정 직업을 가진 사람에게만 한정된 얘기가 아니라 프로그래머, 마케터, 교사, 디자이너, 컨설턴트 등 다양한 직업의 사람들이 자신이 원하는 곳에서 근무하고 있다.

현실에 안주하지 않는 노마드는 성공할 수 있는 기회를 찾아다닌다.

노마드 정신은 과거보다 현대에 더 필요하다.

40. 잡 노마드

요즘 유행하는 신조어 중 하나가 잡(job) 노마드(nomad)다. 신조어는 시대의 변화에 따라 나타나는 현상을 표현하기 위해 새롭게 만들어지며, 많은 사람들이 오랫동안 사용하면 새로운 단어가 되기도 한다. 때문에 신조어를 보면 시대 상황을 알 수 있다.

잡 노마드란 직업(job)과 유목민(nomad)을 합친 것으로, 독일의 미래학자 군둘라 앵리슈가 『잡 노마드 사회』란 책에서 쓰기 시작했는데 직업을 따라 유랑하는 유목민이란 뜻이다. 앵리슈는 국적이 아닌 직업에 따라 해외로 진출하는 사람이 늘어난다는 학설로 많은 주목을 받고 있다. 본래는 평생 직장의 개념이 사라지고 일을 찾아 이곳저곳 직장을 옮겨야 하는 일종의 '사회적 부작용' 현상을 뜻하는 말이었으나, 최근에는 자신의 의지에 따라 자유롭게 직업을 개척하는 사람을 의미한다.

최근 통계청 발표에 따르면 15~29세에 해당하는 청년층 고용률은 41%에 불과하고 실업률은 10%라고 한다. 취업자의 3분의 1이 비정규직이니만큼 청년층의 체감 실업률은 더 심각해진다. 하반기 채용 예정 인원마저 전년보다 줄어들 것이라고 하니, 가까운 시일 내에 취업난이 풀릴 것 같지는 않다. 과거 10%에 가깝던 경제 성장률은 2010년대에는 3% 내외로 낮아졌다. 경제 성장률이 낮으니 새로 만들어지는 일자리 수가 적을 수밖에 없다. 이러한 때이니만큼 해외로 '잡 노마드'를 선택해봄 직하다.

사실 잡 노마드는 동서는 물론이고 고금에도 있었다. 중국 진(秦)나라의 재상으로 시황제를 도와 천하를 통일하는데 일등 공신 역할을 한 이사(李斯)는 소년 시절 작은 군의 사환이었다. 이사는 어느 날 뒷간에서 털이 빠지고 말라비틀어진 쥐 한 마리가 인분을 파먹다가 놀라 달아나는 것을 보았다.

자리에 돌아온 그가 나라에 바칠 곡물을 점검하기 위해 곳간을 열었더니 쌀가마니 위에 윤기 나는 큰 쥐가 눈을 반짝이며 겁도 없이 떡 버틴 채 내려다보는 것이었다. 각기 다른 상황에서 각기 다른 대처를 한두 마리의 쥐를 보고 어디에 있느냐가 중요하다고 판단한 이사는 즉시 성공의 기회를 찾기 위해 고향을 떠나 노력한 끝에 출세를 하였다.

1606년 토마스 스미스를 중심으로 한 런던 상인은 공동출자 회사인 '런던회사'를 설립하고 개척민 105명을 북아메리카 대륙에 보내 버지니아 일대에 이주민 정착지를 건설하는데 성공했다.

우리나라 해외 취업의 역사는 하와이 이민이 시작된 1902년부터이니 이미 100년이 훌쩍 넘었다. 그 후 많은 이들이 직업을 찾아 해외로 나갔고, 1960~1970년대 독일로 향한 광부와 간호사, 그리고 중동 건설현장의 근로자는 대규모 '잡 노마드' 사례다.

그러나 지금의 잡 노마드는 인터넷과 글로벌 문화를 접하고 자란 젊은이들이 새로운 꿈을 향해 도전하는 도전의 장이다. 성공하기 위해서는 영어는 물론 해당 국가의 언어를 습득하고 해외기업이 요구하는 분야의 실력도 갖추는 등 철저한 준비가 있어야 한다.

해외로의 잡 노마드!

성공의 기회일 수 있다.

(2016년 10월 10일, 월요일에 쓰다)

사람은 누구나 살아가면서 조직의 규모가 크든 작든 한 번쯤 리더의 역할을 맡게 된다. 집에서, 소규모 모임에서, 직장에서도 이 경험을 하게 된다. 누구든 다른 사람보다 리더의 역할을 잘 해내고 싶을 것이다. 성실성, 건강, 상상력, 판단력, 소통 능력, 변화에 민감함, 공감성, 국제 감각 등 수많은 요인이 리더의 자질로 거론된다. 그런데 이처럼 다양한 자질을 모두 갖춘 사람이 있기나 할까.

내가 살면서 깨달은 리더가 꼭 가져야 할 자질을 하나만 소개하고자 한다. 우리가 숱하게 들어온 '신상필벌'이다.

신상필벌! 말은 쉬우나 실천하기는 어렵다. 때문에 신상필벌은 리더십의 알파요 오메가라 할 수 있다.

신상필벌(信賞必罰)은 한자로 믿을 신(信), 상줄 상(賞), 반드시 필(必), 죄 벌(罰)이다. 뜻은 '상 줄 만한 공이 있는 사람에게는 반드시 상을 주고, 벌을 줘야 할 사람에게는 반드시 벌을 주는 것'이다.

중요한 것은 상을 줄 만한 공이 있을 때는 꼭 상을 주고, 벌을 줄 때도 마찬가지라는 것이다. 상 받을 일을 했는데 상을 줄 때도 있고 주지 않을 때도 있다면 사람들이 믿지 않게 되고, 이런 일이 반복되면 사람들은 열심히 일하지 않는다.

초등학교 다닐 때 우리 모두 경험했던 일이다. 숙제를 해가면 그 내용이 좋든 아니든 간에 선생님은 '잘 했어요', '참, 잘 했어요'라는 스탬프를 찍어주시고 칭찬해주셨다. 학생은 칭찬과 격려에 고무되어 숙제를 더 잘 해가려 하고, 공부를 열심히 하려고 한다.

숙제를 해가지 않으면 어떤 형태든 제재를 받았다. 꾸중을 듣거나 손을 올리는 벌을 받을 때도 있었고, 회초리로 손바닥을 맞기도 했다. 학생은 칭찬 등 상을 받거나 꾸중 등 벌을 피하기 위해 숙제를 했고 선생님의 말씀을 따랐다. 선생님은 작은 일이지만 상과 벌을 활용해 학생들이 공부를 열심히 하고 바른 사람이 되도록 했다.

직장에서도 일을 잘하고 성과를 내면 상사한테 인정받고, 스톡옵션 등 돈으로 보상을 받거나 승진을 할 수 있다. 일을 잘하지 못하면 반대로 징벌적 제재를 받을 수 있다. 직장의 지도자는 조직을 효율적으로 운영하기 위해 상벌 시스템을 적용한다. 이 같은 신상필벌의 원리는 우리 사회 곳곳에서 작동하고 있다.

에이브러햄 매슬로우(Abraham Maslow)의 인간 욕구 5단계 이론을 굳이 꺼내지 않더라도, 사람은 누군가로부터 높임을 받고 싶고 주목과 인정을 받고 싶은 욕구가 있다. 잘한 사람이나 그렇지 않은 사람이나 똑같이 대우한다면 누가 열심히 하겠는가. 그 인센티브가 칭찬 몇 마디거나 싼 물건일지라도, 그 안에 정성을 담아 표현해주어야 한다.

삼십여 년 전, 기억에 오래 남는 TV 대담 프로그램을 본 적이 있다. 출연자분은 모스크바에 체류하는 동안 소련 등 공산주의 국가가 망할 것이라는 느낌을 받았다고 했다. 근거로 모스크바에서 한 공장을 견학했는데, 근로자들이 일을 열심히 하지 않고 무척 게으르더라고 했다. 다음 날 새벽 산책을 하는데 많은 사람들이 강가 언덕에서 낚시로 고기를 잡기 위해 바쁘더란다.

그 출연자분의 요지는 고기는 잡으면 내 것이 되지만, 공장에서 열심히 일해도 자기한테 돌아오는 몫은 열심히 일하지 않은 사람과 같은데 누가 열심히 일하겠느냐는 것이었다. 그분은 "결국 공산주의는 인간의 본성을 거스르는 이념을 가졌으므로 성공하기 어렵다."고 했다. 이 대담 프로그램을 아주 감동 깊고 재미있게 보았다.

실제로 1989년 헝가리를 시작으로 동유럽에서 공산당 정권은 무너졌고, 동독이 서독에 흡수되는 형태로 독일이 통일되었다. 1991년에는 소련이 러시아를 비롯한 14개 공화국으로 분리되면서 러시아 혁명(1917년)을 거쳐 형성된 소련이 70여 년 만에 역사 속으로 사라졌다.

벌을 주는 것은 부담스럽고 상을 주는 것은 편할 것 같으나 결코 그렇지 않다. 상을 주는 것도 벌을 주는 것 이상으로 어렵다.

조직의 기강을 잡고 효율적으로 통솔하기 위해서는 벌을 주어야 할 때는 확실하게 벌을 주어야 한다. 어느 리더가 벌주는 것을 좋아하겠는가 마는, 이를 소홀히 하면 기강이 무너진다. 그리고 기강이 없는 조직은 조직이 아니다. 하지만 리더가 당당하지 못하면 단점에 발목을 잡혀 벌을 주기가 쉽지 않다.

백척간두진일보(百尺竿頭進一步)란 말처럼 백 척이나 되는 긴 장대 위에 있음에도 다시 한 걸음 더 나아가야 할 때가 있다.

41. 신상필벌(信賞必罰)

상벌 엄중하게 다뤄

조직 인사 중요 원칙

시장 경제 받치는 힘

이야기 하나. BC 500년 즈음, '손자병법'을 쓴 손무가 오나라 왕 합려에게 자신이 지은 병법서 13편을 건네자 합려는 실제 전쟁에서 이 병법이 어떻게 운용될지 궁금해하며 자신이 데리고 있는 180명의 궁녀를 훈련시켜 보라고 명령했다.

손무는 궁녀들을 두 조로 나눈 후 각각 합려의 두 애희에게 대장역을 맡긴 다음 전부 무장을 시켜 순서대로 열을 짓게 하고 군대의 법규를 알려주면서 북소리와 함께 전진하거나 후퇴하는 법을 훈련시켰다.

그러나 북소리가 울렸음에도 궁녀들이 자리에서 일어나지 않고 킬킬거리며 웃기만 하기에 경고를 준 다음 다시 북을 울려도 말을 듣지 않자 합려의 애희인 두 대장의 목을 잘랐다. 마침내 궁녀들은 일사불란하게 명령을 따르는 훌륭한 병사가 되었다. 손무는 초나라를 공격해 이기고, 제나라와 진(晉)나라 등을 굴복시켜 합려를 패자(霸者)로 만들었다.

이야기 둘. 손무가 병법서를 건네고 200여 년이 흐른 뒤, 위나라에서 태어난 상앙은 인재를 모으기 위한 진(秦) 효공의 '초현령(招賢令)' 방침을 보고 진나라로 옮겨 요직에 발탁됐다.

그는 정치·경제·사회·문화 등을 개혁하면서 백성의 신뢰를 얻는 것이 성공의 지름길임을 깨닫고 하나의 아이디어를 냈다. 남문에다 세 길쯤 되는 나무기둥을 세우고 '누구든 이 기둥을 북문으로 옮기는 사람에게 금 10냥을 상으로 준다.'는 방을 써 붙였다.

이 말을 믿는 사람이 없자 다시 상금을 50냥으로 올린다는 방을 붙이자 어떤 사람 하나가 반신반의하면서 나무기둥을 북문으로 옮겼고, 상앙은 그 자리에서 금 50냥을 줬다. '나무를 옮기는 일로 나라의 신뢰를 세운다.'는 '사목입신(徙木立信)'의 고사성어가 여기서 생겨났다.

백성들은 상앙이 약속하면 반드시 지킨다는 믿음을 가지게 되었고, 상앙 변법(商鞅變法)이 시행되자 진은 크게 부강해졌다.

위 두 이야기는 신상필벌(信賞必罰)의 예로 자주 인용되며, 두 사례 모두 이 원칙을 지킴으로써 소기의 성과를 거두었음을 알 수 있다. 사전에는 '공이 있는 자에게 반드시 상을 주고, 죄가 있는 자에게 반드시 벌을 준다는 뜻으로 상과 벌을 공정하고 엄중하게 하는 일'이라 적혀있다.

프로 야구나 축구 감독이 시즌 중임에도 성적에 책임을 지고 퇴진하는 경우를 자주 볼 수 있다. 물론 좋은 성적을 내면 다양한 인센티브가 주어지고 자리도 유지된다.

공·사 조직 모두에서 가장 중요시 하는 인사원칙이 신상필벌이다. 경영을 잘한 사람은 승진을 하고, 못한 사람은 좌천된다. 어떤 팀이 성과가 좋으면 그 팀은 확장되고 팀원도 보상을 받지만, 성과가 나쁘면 팀 자체가 없어지기도 한다.

기업은 시장에서 소비자로부터 매일 신상필벌을 받는다. 물론 이것이 능사가 아닐 수 있다. '의인불용 용인불의(疑人不用 用人不疑)라고 하며 일을 맡긴 사람에게 의심하지 않고 지원하여 세계 일류 기업의 초석을 다진 사례도 있다.

경우에 따라 실패를 거듭해도 전략적으로 그 사업을 계속 추진할 수도 있고, 또 실패한 사람에게도 기회를 주는 것이 마땅하다.

그러나 이로움을 쫓고 해로움을 피하고 싶은 인간의 심리에 바탕한 신상 필벌이 조직 관리의 상식이자 세상을 움직이는 힘이고 시장경제를 받치는 원동력임을 부인하기는 어렵다.

(강원일보, 2007년 10월 11일 수요일)

가을 이야기

리더는 업무에 대한 지시·조정·통제를 할 수 있는 권한이 있다. 부하가 자기 말에 따라 움직이므로 간섭을 하고 싶어진다. 그러나 사람은 불완전하고 능력에는 한계가 있다는 점을 명확히 인식해야 하고, 통솔은 여기서부터 시작하는 것이 옳다.

리더 혼자 다 할 수도 없고, 또 다하는 것이 옳지도 않다. 리더는 노하우(Know-how)보다는 노왓(Know-what) 역할에 충실해야 한다. 중국 춘추시대 최초의 패자인 제환공의 용인술은 우리에게 많은 가르침을 준다. 한때 자기를 죽이려 화살을 쏘았던 관중을 재상으로 임명했다. 제환공이 사냥을 즐기고, 미인과 술을 가까이하는데 천하를 제패할 수 있겠느냐고 관중에게 물었다.

관중은 천하제패의 조건으로 "어진 사람을 알아야 하고, 어진 사람을 안다면 등용해야 하고, 어진 사람을 등용했으면 믿고 일을 맡겨야 패업을 이룰 수 있다."고 했다. 일을 맡겼는데도 일일이 간섭하려 하면 패업을 이룰 수 없다고 했다.

관중은 "말을 대신해 달리지 마라. 힘이 다 한다(毋代馬走·무대마주, 使盡其力·사진기력). 새를 대신해 날지 마라. 날개가 부러진다(毋代鳥飛·무대조비, 使弊其羽翼·사폐기우익)."고 했다. 달리는 데는 말이 사람보다 뛰어나고, 나는 데는 새가 제일이다. 잘 달리는 말과 잘 나는 새를 골라 쓰고, 관여할 것 없이 믿고 맡기라는 말이다. 매사 전문가를 활용하라는 뜻이다.

중국 한나라 재상 병길(丙吉, ~기원전 55년)이 퇴근할 때 한 무리가 패싸움을 하고 있었다. 이를 본 수행원이 싸움하는 사람들을 체포하려 하자 병길은 내버려두라고 하고 가던 길을 계속 갔다. 그런데 조금 더 가다 달구지를 끌고 오는 한 농부를 만나자 병길이 "아직 여름도 오지 않았는데 소가 왜 이리 힘들게 보이오."라고 물었다. 농부가 "소가 땀만 흘리고 영

힘이 없다."는 대답을 하자 병길은 수행원을 재촉해 사무실로 돌아왔다.

수행원이 "패싸움은 못 본 체 하시고, 소를 보고는 큰 걱정을 하시니 심히 궁금합니다."라며 의아해 하자, 병길이 "패싸움은 경찰이 알아서 할 일이지만 소가 힘든 것을 보니 올여름 농사가 걱정이네. 급히 대책을 세워야 한다."고 했다. 병길문우천(丙吉問牛喘)이라는 고사성어의 유래다.

한문제(漢文帝)가 승상 주발과 진평(~기원전 178년)에게 올해의 재판은 몇 건인가, 나라의 재정 상태는 어떠한가 물었다. 주발은 당황해하며 대답을 못했으나 진평은 담당자에게 물어보시라고 답했다. 그러자 문제가 "업무를 담당하는 관리들이 따로 있다면 승상인 그대는 무슨 일을 하는가?"라 물었고, 진평은 "위로는 황제를 보필하고 아래로는 모든 만물이 조화롭게 하는 것입니다. 밖으로는 오랑캐와 제후를, 안으로는 만인을 다스리며, 뭇 관리들에게 맡은 바 직책을 완수시키는 것이 승상의 할 일입니다."라고 답했다. 문제는 진평의 대답에 만족해했다.

궁전에서 나온 주발이 진평에게 "왜 그런 명쾌한 답변을 알면서도 미리 말해주지 않았소?"라며 불평하자, 진평이 껄껄 웃으며 주발에게 "공은 아직도 승상의 임무를 모르고 계셨소. 가령 폐하께서 장안의 도난 건수를 물어보시면 승상이 그걸 직접 대답해야 한다고 생각하오."라 답했다. 그러자 주발은 더 이상 말을 못하고 물러났다. 만기친람(萬機親覽)의 유혹에 빠지지 않게 리더가 꼭 되새겨 볼 이야기다.

42. 불필친교(不必親校)

　리더상을 이야기할 때 똑똑한가, 멍청한가의 지적능력(intelligence)을 한 축으로 하고, 부지런한가, 게으른가의 주도성(initiative)을 또 다른 한 축으로 하여 똑부형, 똑게형, 멍부형, 멍게형으로 자주 구분한다.

　프로이센군을 정비하고 덴마크, 오스트리아, 프랑스 등과의 전쟁에서 승리하여 독일 통일의 기초를 다진 몰트케가 참모총장 시절 인재를 적재적소에 배치하기 위해 나름의 기준을 제시하면서 이 같은 리더상이 생겨났다.

　몰트케는 목표와 전략을 설정해야 하는 고위 장교의 자질로 높은 지적 수준을 우선 꼽았다. 즉 똑똑해야 한다는 것이다. 똑부형 리더는 똑똑하며 부지런하고, 똑게형 리더는 똑똑하나 게으르며, 멍부형 리더는 멍청한데 부지런하나, 멍게형 리더는 멍청한데 게으르다.

　일반적으로 똑똑한 것이 멍청한 것보다 바람직하고, 게으른 것보다 부지런한 것이 좋다. 그렇다면 똑부형 리더가 가장 선호되어야 하나, 그렇지 않다. 직장인들이 가장 선호하는 상사는 똑게형이고, 가장 싫어하는 상사가 멍부형이다.

　똑똑하지만 게으른 상사는 부하들에게 정확한 지침을 주고 비전을 제시하면서도 많은 권한을 부하에게 넘겨주고 믿어준다. 챙길 건 챙기면서도 겉으로는 게을러 보여 부하들이 부담을 덜 느끼게 하면서 스스로 일하게 하는 지혜로운 리더다.

　똑똑하면서도 부지런한 상사는 끊임없이 성과를 요구하고 때로는 답답함을 못 이겨 자신이 일을 다 처리하므로 부하 직원이 능력을 발휘할 기회가 줄어들면서 조직의 발전에도 해가 될 수 있다.

　장기적이고 평온한 상황에서는 똑게형이 조직 성과산출에 유리할 수 있겠지만, 성과를 단시간 내에 내야 하는 급박한 상황에서는 똑부형의 리더십이 필요하다.

삼국지에 나오는 한 대목이다. 제갈공명이 직접 장부를 조사하자(親校簿書·친교부서) 하급관리인 양옹(楊顒)이 "통치에는 체통이 있습니다. 상하 간에도 고유권한을 침범해서는 안 됩니다. 사내종은 밭 갈고, 계집종은 밥 짓고, 닭은 새벽을 알리고, 개는 도둑을 지키는 이치입니다. 이 모든 일을 주인 혼자서 할 수 없는 노릇이듯, 어찌 지체 높으신 군사께서 이리하십니까."라고 하자 공명이 공감했다.

양옹의 말에서 할 일과 맡길 일이 따로 있기에 상사가 모든 일을 직접 챙겨서는 안 된다는 '不必親校·불필친교'란 고사성어가 유래되었다.

춘추시대 공자가 제(濟)나라 경공에게 나라를 잘 다스리는 도리로 각자가 자신의 분수와 명분에 맞게 행동해야 한다며 남긴 "임금은 임금답고, 신하는 신하다우며, 아버지는 아버지답고, 아들은 아들다워야 한다(君君臣臣父父子子·군군신신부부자자)"는 말은 지금도 우리에게 큰 교훈이 된다.

동서고금을 떠나 사람들이 세상을 보는 눈과 생각은 비슷하다. 리더는 목표를 바라보고 성과를 내야 하기에 긴장의 끈을 놓지 못하고 조급하기 쉽다. 그러나 대부분의 일은 리더만의 의사결정만으로 진행되지 못한다. 구성원의 이해와 행동이 있어야 한다. 그러다 보니 자신의 구상대로 일이 진척되지 않는다는 이유로 조급해한다.

서두르다보면 일을 그르치기 쉽다. 기다림의 여유가 있어야 한다.

불필친교는 여유이자 기다림이다.

(강원도민일보, 2018년 10월 5일 금요일)

가을 이야기

시월은 가을의 가운데. 시월은 기념일도 많고 축제도 많아 다른 달보다 바쁘고 빨리 지나간다. 봄에 씨앗을 뿌리고 모종을 심은 텃밭에서 고구마를 캐야 하고, 들깨도 털어야 한다. 고추를 따고, 땅콩도 캐야 한다. 시월에 대부분의 농작물 수확은 끝나고, 푸르던 텃밭은 원래의 흙 색깔로 돌아간다. 남는 것은 김장배추와 무다.

구월 말부터 단풍이 들기 시작해 시월이 되면 전국 곳곳이 만산홍엽이다. 가을은 풍성하게 수확할 수 있어 좋다.

얼마 전 아들과 딸로부터 건강히 오래 사시라는 문자를 받았다. 기분이 좋으면서도 한편으로는 내 나이가 들었다고 생각하는 것 같아 기분이 나빴다. 나는 이제 인생의 반밖에 살지 않았다는 문자를 주면서 혼자 픽 웃었다.

요즘은 100살을 넘기신 어르신을 어렵지 않게 볼 수 있어, '재수 없으면 200살까지 산다.'는 광고 카피가 현실성 있게 다가온다. 건강을 지키면서 장수하는 것은 모든 이의 바람이고 축복이다.

그러면 인생의 가을은 언제쯤일까 생각해 보았다. 분명 60대는 아닐 것이다. 70대에도 건강하게 왕성한 사회활동을 하시는 분들을 많이 볼 수 있다. 아마 산수(傘壽), 80세는 되어야 인생의 가을이라고 할 수 있지 않을까. 어떤 노 철학자는 60세부터 인생의 목표를 새로 정하고, 75세까지 열심히 뛰어보라고 했다. 공감이 가는 말이다.

43. 내 인생의 가을

가을이 깊어간다. 유별스레 올여름이 더웠던지라 가을이 참 반갑다. 논에 남은 황금빛 벼는 겸손하게 고개를 숙이고 있고, 밭에는 고구마, 콩 등 가을 작물이 추수를 기다리고 있다. 김장용 배추, 무, 파도 한창 자라고 있다.

며칠 전 새벽, 밤 밭 옆을 지나치다 길에 떨어진 밤 몇 알을 주었다. 밤이 거저 익었겠는가. 봄부터 소쩍새가 울고, 천둥이 먹구름 속에서 울고 나서야 한 송이 국화꽃을 피웠듯이 무더위와 비, 바람, 천둥 등 숱한 역경을 이겨내고 비로소 밤이 되었음을 생각하니 밤 한 알도 무척이나 소중하다.

언필칭 수확의 계절이다. 깊이 생각하고 이치를 따져 만든 독서의 계절, 남자의 계절, 고독의 계절 등 많은 가을의 별칭은 가을이 사색의 계절임을 웅변한다.

자연의 가을 길목에 있으려니 인생의 가을이 생각난다. 인생의 가을은 언제쯤일까. 귀가 순해져 모든 말을 객관적으로 듣고 이해할 수 있는 나이인 이순(耳順)이나 뜻대로 행해도 어긋나지 않는다는 고희(古稀)의 어르신들도 젊은 사람 못지않게 왕성한 활동을 하는 분들이 많다.

그러기에 6, 70대를 인생의 가을이라 하기는 너무 이르다. 의학의 발달로 점점 더 늦춰지겠지만, 80세인 산수(傘壽)는 넘어야 인생의 가을이라고 할 수 있지 않을까 하는 생각이 든다.

가을이면 생각나는 시가 있다. '내 인생에 가을이 오면 나는 나에게 물어 볼 이야기들이 있습니다. 내 인생에 가을이 오면 나는 나에게 사람들을 사랑했느냐고 물을 것입니다. 그때 가벼운 마음으로 말할 수 있도록 나는 지금 많은 사람들을 사랑하겠습니다.'로 시작하는 시다.

다음 연(聯)에서는 '열심히 살았느냐, 사람들에게 상처를 준 일은 없었느냐, 삶이 아름다웠느냐, 어떤 열매를 얼마만큼 맺었느냐'를 차례로 묻는다.

그에 대한 긍정적인 답을 할 수 있도록 하루하루를 최선을 다하여 살고, 사람들에게 상처 주는 말과 행동을 하지 않고, 삶의 날들을 기쁨으로 아름답게 가꾸고, 마음 밭에 좋은 생각의 씨를 뿌려 좋은 말과 행동의 열매를 부지런히 키워야겠다고 다짐한다.

프랑스 실존주의 철학의 거장 장 폴 사르트르는 "인생은 B와 D 사이의 C다."라고 했다. 태어나(Birth) 죽기(Death)까지 끊임없는 선택(Choice)을 한다는 것이다. 어떤 색깔의 넥타이나 머플러를 맬까, 짬뽕과 짜장면 중 무엇을 먹을까 등의 소소한 선택부터 종교, 직업, 배우자 등 중차대한 선택까지 우리는 선택을 피할 수 없다.

이런 선택의 결과가 지금 우리 각자의 모습이 됐다. 인생은 결국 선택이다. 우리가 선택해야 하는 것 중 가장 중요한 것이 '인생의 목표'가 아닐까. 그러기에 내 인생에 가을이 오면 나는 나에게 "첫째, 어떤 목표를 선택하여 살았느냐. 둘째, 목표를 이루기 위해 최선을 다하였느냐. 셋째, 목표를 얼마나 이루었느냐."라고 물어봐야겠다.

그때 나 자신에게 부끄럽지 않고 자랑스럽게 말할 수 있도록 목표를 세 개쯤 세우고, 목표를 이루기 위해 최선을 다한 생활을 하여야겠다는 다짐을 사색의 계절에 해본다.

(강원일보, 2018년 10월 8일 월요일 18면 [문화단상])

평소에 자신이 좋아하거나 관심을 가지고 있는 것만 눈에 보이기 마련이다. 우리가 선입견과 편견에서 100% 자유로울 수는 없다. 특정한 존재나 현상의 일면만을 보고 전체를 판단하는 것이 편견이다. 편견과 선입견에 사로잡히면 사리를 제대로 분별할 수 없고, 일을 성공적으로 해낼 수 없다. 이처럼 편견만큼 무서운 것도 없다.

중요한 것은, 자신의 생각과 판단에 편견이 있을 수 있음을 인식하고 다른 사람의 조언과 비판에 귀를 기울일 줄 알아야 한다는 것이다.

옛날 네 아들을 둔 남자가 있었다. 그 남자가 "첫째는 겨울에, 둘째는 봄에, 셋째는 여름에, 넷째는 가을에 집 뒷마당에 있는 사과나무를 관찰하라. 다른 계절에 사과나무를 보아서는 안 된다."고 했다.

일 년 후 남자가 네 아들에게 사과나무를 설명해보라고 하자 "잎도 없고 가지만 있다.", "배꽃처럼 하얀 꽃을 가지고 있다.", "잎이 푸르고 싱그럽다.", "붉게 익은 열매가 탐스럽고 아름답다."는 당연히 다른 설명이 이어졌다. 남자가 네 아들에게 말했다.

"너희 넷의 대답은 모두 옳다. 사과나무는 계절마다 다른 모습이다. 한 가지 모습만 보고 그것이 전부인 것처럼 생각해선 안 된다. 이것이 너희에게 주는 교훈이다."

어디를 가나 우체국과 우체통이 먼저 눈에 띄는 것은 어쩔 수 없다. 이를 통해 나도 편견에 사로잡힐 수 있겠다는 생각이 들었다. 물류 업무 담당 과장을 할 때는 물류 측면에서 많은 사회현상을 보았다.

44. 물류와 강원도

고구려는 위치상으로 중국과 매우 가까워 우리나라의 방패 역할을 하는 동시에 북으로 계속해서 영토를 확장해 가려고 했다. 따라서 수나라와 충돌이 잦았는데, 수 양제는 고구려 정벌이란 숙원을 풀기 위해 전투 병력 113만 3,800명을 포함하여 보급품 수송을 맡은 후방지원 병력까지 약 300만 명을 동원하였다. 인류 역사상 최대 규모의 병력이라는 말이 과장이 아니다. 양제는 병력의 이동과 물자 수송을 원활히 하기 위해 중국 대륙을 남북으로 관통하는 대수로를 건설하는 등 치밀한 전쟁 준비와 훈련에 국력을 아낌없이 쏟아부었지만, 결과는 무참한 패배였다.

패배 이유는 여러 가지로 분석된다. 우선 출정 시기를 잘못 잡아 큰 수재가 발생하는 등 날씨와의 싸움에서 졌다. 지금의 전쟁은 첨단무기를 이용하므로 날씨에 크게 영향을 받지 않지만, 그 당시의 전쟁은 주로 병력에 의존해야 했기에 날씨가 중요하였다. 그러나 가장 중요한 패인은 보급로가 멀고 험해 보급 물자가 제대로 지원되지 않았기 때문이라는 시각이 지배적이다. 보급 물자의 원활한 흐름, 즉 물류가 전쟁의 승패를 가른 것이다.

얼마 전 원주시 인구가 30만 명을 돌파하였다. 다른 시군의 인구는 줄어서 난리인데 유독 이곳의 인구만 늘고 있으니 분명 경축할 일이다. 그러나 향후 인구 40만 시대, 50만 시대를 대비하기 위해서는 인구가 늘어난 이유를 정확히 분석하여 대비책을 세워야 할 것이다.

인구가 증가한 이유가 무엇일까? 앞으로 심층 분석을 하겠지만 이곳이 비교적 교통이 편리하고, 수도권에서 가까운 점 등 물류가 유리한 것이 가장 중요한 요인임은 틀림없을 것이다.

따라서 강원도의 발전 방향도 물류에서 찾아야 할 것이다. 기업하는 사람

입장에서는 물류비용이 적게 들고 고객이 쉽게 접근할 수 있는 곳을 찾게되어 있다. 각 시·군에서 추진하고 있는 관광 산업도 물류 인프라가 갖추어졌을 때 성공을 기대할 수 있다. 강원도의 물류 인프라 구축을 위하여 몇 가지 제안을 하고자 한다.

첫째, 2014 동계올림픽 유치 실패로 논란이 있는 원주~강릉 복선 전철 건설 사업은 지역균형 발전을 위해서도 추진되어야 한다. 이 사업은 강원도의 중부와 동부를 횡축으로 연결하는 철도망을 구축함으로써 낙후된 강원 지역의 개발을 촉진하고 동해권 물류 수송을 수도권 지역과 직결시키는 효과가 있으며 관광자원 개발 활성화도 기대된다.

둘째, 남북한 간 경제협력 활동이 본격화될 때 강원도가 그 중심에 설 수 있도록 중앙고속도로가 철원까지 연장되어야 한다. 현재 대구와 춘천 간 중앙고속도로는 이 구간의 주행 시간을 종전의 6시간에서 3시간으로 줄어들게 하여 물자의 운송시간을 단축시키는 효과를 가져왔다. 철원은 강원도 최북단에 위치하여, 주요 도시에 접근하는 데 너무 많은 시간이 소요된다. 따라서 중앙고속도로의 철원 연장은 강원 북부의 개발을 가져오고, 남북한 교류가 본격화될 때 강원도가 물류거점 역할을 할 수 있는 기반을 다질 수 있다.

셋째, 동해안을 환동해권의 물류 거점으로 육성해야 한다. 이를 위해 동해항이 국제 물류의 허브가 되어야 하며, 항만 활성화가 필요하다. 정부에서 추진하고 있는 컨테이너 정비선이 동해항에 기항한다면, 국제 물류항으로 발전하는 중요한 계기가 될 수 있다.

북한의 나진항이 중국 동북3성 물량 유치 및 시베리아횡단철도(TSR, Trans siberian way) 연계를 위한 관문 역할을 할 때 동해 지역의 해상 수송이 환동해권의 물류 거점 지역으로 거듭나며, 원주~강릉 복선 전철 사업이 이루어지면 강원지역 물류 인프라 기초는 완성된다.

(강원도민일보, 2007년 10월 23일 화요일)

가을 이야기

'더도 말고 덜도 말고 한가위만 같아라.'라는 말이 있다. 한가위, 추석 때가 되면 곡식을 추수해 먹을 것이 많아진다. 먹을 것이 부족하던 때에도 추석 때만큼은 배불리 먹을 수 있었기에 추석을 기다렸다.

추석, 설 등 명절 때의 추억이 있다. 집에서는 키우던 닭 두 마리를 잡았다. 한 마리는 찜닭을 하여 차례상에 올리고, 한 마리는 탕과 만두 속 재료로 썼다. 탕은 물과 소금을 많이 넣고 닭 머리, 닭발, 껍질 등으로 만들었다.

만두 속 재료로 지금은 살코기만 쓰지만, 고기가 귀했던 그때는 닭 뼈까지 썼다. 할아버지께서 닭 뼈를 망치와 정으로 잘게 부수던 모습이 눈에 선하다. 이렇게 해서 만든 만두는 먹을 때 뽀드득뽀드득 소리가 났다.

고등어나 새치(임연수)도 오랜만에 상에 올랐다. 머리는 당연히 아버지 몫이 됐다. 어두육미라 하여 생선머리가 맛있다고 하나, 실제 머리는 대부분 뼈밖에 없다. 맛과 영양보다는 모든 게 귀했던 시절이니만치 살이 많은 몸통과 꼬리는 자식과 할아버지, 할머니께 드리고 남은 뼈밖에 없는 머리를 당신이 드셨던 것이다.

명절 때는 아니지만 쥐 고기를 먹어본 적도 있다. 중국과 동남아시아에서는 쥐 고기가 인기 있는 음식이지만, 우리나라에서는 쥐 고기 먹는 것을 상상하기 어렵다. 아버지께서 쥐 고기를 구워주시면서 "이 고기를 먹으면 밤에 잘 볼 수 있다."고 하셨고, 나와 동생은 주시는 대로 받아먹었다. 쥐가 밤이나 어두운 곳에서도 잘 다니니 야맹증에 좋을 수도 있겠다는 생각이 들기는 하나, 그보다는 고기가 귀한 시절이니 단백질 공급원으로 주셨을 것이라는 생각을 철이 든 후에 하게 되었다.

지금은 먹을 것이 남아돌아 명절 후 체중이 얼마나 늘었느냐가 큰 걱정거리가 되었다. 현재의 명절은 배불리 먹는 것을 기다리기보다는 떨어져 있던 가족이 모이는 시간으로서 의미가 있다.

　산업화 이후 전통적인 가족 제도가 사라지고 개인을 중시하는 핵가족 제도가 정착되면서, 명절 때 받는 스트레스로 정신적 또는 육체적으로 안 좋은 증상을 겪는 '명절 증후군'이란 말이 생겨났다. 이제는 명절 풍속도도 달라져 연휴를 이용해 여행을 가는 사람이 많다. 이렇게 해서 명절 증후군을 피할 수 있다면 이게 현명하다고 할 수 있지 않을까.

　추석이 가까워지면 가장 바쁜 곳이 우체국이다. 2010년 추석은 9월 22일이었다. 추석 우편물의 완벽 소통을 위해 소통 부서는 물론 지원 부서 직원도 힘을 보탠다. 바쁜 중에도 불우이웃 돕기는 빠뜨리지 않는다. 사회공헌활동 담당 과장을 할 때 우체국의 나눔 문화에 대해 쓴 글이다.

45. 우체국의 나눔 문화

명절이면 가장 바쁜 곳 중의 하나가 우체국이다. 지난 추석 강원도 내 우체국에서는 소포 우편물 34만 2,000여 통을 접수하고, 32만 8,000여 통을 배달했다. 지난해보다 11.7% 증가한 물량을 이번 추석에 소통했다. 매년 명절에 우편 물량이 증가하는 것은 우체국에서 제공하는 서비스가 신속하고 정확하며, 안전성을 가지고 있기 때문이다.

우편물 소통으로 이같이 바쁜 와중에도 지난해 추석맞이 나눔 행사에 체신청과 우체국에서는 770명의 인원이 참여했으며, 십시일반으로 모은 성금이 2,700여만 원이었다. 이 성금은 도움을 가장 필요로 하는 분들을 위해 사용되었다. 원주 우체국 등 7개 우체국에서 700여 명의 무의탁 노인 등을 대상으로 사랑의 음식 나눔 행사를 가졌고, 노인요양원 등 사회복지시설 위문 29회, 저소득층 가구 방문 및 생필품 전달이 67회였다. 우리 지역 언론에 우체국 직원의 봉사 활동 기사가 끊이지 않고 보도돼 가슴이 뿌듯했고, 자부심도 생겼다.

계층 간 양극화가 심화될수록 사회 안전망은 더 필요하다. 하지만 제도적 장치만으로는 온기가 사회 곳곳으로 스며들기 어렵다. 이를 보완하기 위한 대안의 하나로 나눔 운동이 관심을 끌고 있다. 우리나라의 경제규모는 세계 10위권이지만, 기부와 나눔 문화는 미흡하다. 나눔 활동이 명절 등 특수 시기에 편중돼 있는 것도 문제다. 명절에는 많은 분들이 관심을 가지기에 오히려 명절을 피해 방문해 격려하는 것이 도움을 받는 쪽에서는 더 고마울 것이다. 체신청과 우체국에서는 이러한 폐단을 다소나마 없애기 위해 연중 나눔 활동을 펼치고 있다.

소년·소녀 가장, 무의탁 노인, 장애인 등 사회 소외계층 39명에게 월 10만

원 상당의 생필품을 지원하고 있다. 지금까지 88명이 혜택을 받았다. 또한 시·군 우체국별로 불우이웃과 자매결연을 한 45명에게 월 10만 원 범위 내에서 현금이나 물건을 지원하고 있으며, 2005년부터 올해까지 수혜자는 295명에 이르고 있다. 소년·소녀 가장에게 꿈과 희망을 주고 사회인으로 성장하는데 기여할 수 있도록 매년 4명의 학생에게 청소년 꿈 보험 혜택을 주고 있고, 한부모 가정 자녀 의료비로 3, 4명에게 꿈나무 헬스케어 보험 혜택을 주고 있다.

　나눔에서 가장 중요한 점은 마음이다. 부자란 통장에 많은 돈을 넣어 둔 이가 결코 아니다. 부자는 돈의 많고 적음과 상관없이, 베풀 마음이 넘치는 사람이다. 마음이 부자인 사람이 부자다. 돈이 있으면서 베풀지 않는 사람은 부자가 아니라 인색한 사람이다. 인색한 사람일수록 세상을 비관적으로 본다. 꼭 돈으로만 나눌 수 있는 건 아니다. 시간을 나눌 수도 있고, 재능을 나눌 수도 있고, 마음을 나눌 수도 있다. 우리 사회의 나눔 문화 정착에 우체국이 큰 역할을 할 수 있기를 기대한다.

(강원도민일보, 2010년 10월 27일 수요일)

십일월에...

십일월은 가을이 깊어가고 낙엽이 지기 시작하는 계절이다. 떨어지는 나뭇잎을 보고 있노라면 이렇게 또 한 해가 가는구나 하는 아쉬움과 안타까움이 십이월보다 더 심하게 찾아온다. 음력으로는 11월을 동지(冬至)가 있는 달이라 하여 동짓달이라 부른다. 양력으로 동지는 12월 22일 무렵이다.

11월 3일이 결혼기념일이다. 벌써 34주년이 되어 간다. 사람들은 결혼 25주년의 은혼식(銀婚式, silver wedding), 결혼 50주년의 금혼식(金婚式, golden wedding)을 잊지 않고 챙긴다. 결혼 60주년의 금강혼식(金剛婚式, diamond wedding)은 회혼례(回婚禮)라 하여 자녀가 마련해 준다.

부부가 함께 건강하게 결혼 50주년, 60주년을 맞는 것은 아무리 고령사회라지만 대단한 축복이다. 여태까지 은혼식은 물론이고 결혼기념일에 변변한 선물 하나 아내에게 해준 게 없다. 올해에는 지금까지의 인생을 반추하는 의미 있는 여행을 아내와 함께 할 작정이다.

에드먼드 힐러리는 뉴질랜드의 등산가이자 탐험가였다. 힐러리가 세계에서 가장 높은 에베레스트 산을 오르려 했으나 처음에는 실패했다. 힐러리는 좌절하지 않고, "에베레스트여, 너는 자라지 못한다. 그러나 나는 자랄 것이다. 나의 힘도 능력도 자랄 것이고 장비도 나아질 것이다. 그때 다시 돌아와 다시 정복하겠다."며 용기를 냈다.

힐러리는 10년 후인 1953년에 에베레스트 등정에 재도전, 마침내 정복했다. 도전 없이 이루어지는 것은 없다. 역사는 도전하는 자의 몫이다.

글을 써서 지역신문에는 가끔씩 기고를 했으나, 중앙지에는 실어줄 것 같지 않아 글을 보내기가 부담스러웠다. 크게 용기를 내어 동아일보사에 보낸, 집배원에 대한 우리 사회의 관심과 격려가 필요하다는 글이다.

46. '사랑 배달' 집배원에 따뜻한 말 한마디를

집배원 본연의 임무는 우편물 배달이지만, 요즘엔 민원 도우미, 민원 해결사, 생활 파수꾼 등의 역할도 많이 하고 있다. 우편물 배달 중 화재가 난 것을 보면 신속히 신고하여 초기 진압을 하도록 하는가 하면, 직접 불을 끄기도 한다. 올해만 해도 강원 체신청 집배원들의 노력 덕에 대형화재로 번질 수도 있었던 사고를 막은 것이 네 번이나 된다.

집배 중 돈 봉투를 주워 주인에게 돌려주는가 하면, 저금통을 훔쳐 나오던 절도범을 몸싸움 끝에 붙잡아 경찰에 인계한 적도 있다. 연탄장수가 노부부 집에 배달하지 않고 간 연탄 1,000여 장을 200여 미터나 날라준 사연이 인터넷에 오르기도 했다.

그뿐만이 아니다. 지난여름 호우 때는 집배원이 농수로의 진흙 구덩이에 빠져 사경을 헤매던 어린이 3명을 구하기도 했다. 대부분의 집배원은 이런 일을 당연히 해야 할 도리로 여긴다. 지난해의 경우 2,300여 명의 집배원이 화재 신고, 환경 정화, 독거노인 위문, 소외계층 지원 등 다양한 봉사 활동을 했다. 금년에도 이미 2,000여 명이 봉사 활동에 참여했다. 봉사 활동을 더욱 체계적으로 전개하기 위해 강원 체신청은 총괄국마다 봉사단체를 구성해 운영하고 있기도 하다.

집배 여건은 날로 힘들어지고 있다. 요즘은 아파트 출입문에 보안시스템이 설치돼 드나들기도 쉽지 않고, 시골 구석구석에 위치한 별장이나 외딴집에 편지 한 통, 소포 한 개를 배달하기 위해 수십 킬로미터를 가야 하는 경우도 있다. 연도별 우편물 통계를 보면 일반 우편물은 이메일, 휴대전화 등의 영향으로 감소 추세지만, 등기우편물은 오히려 늘고 있다. 등기우편물은 수취인을 직접 만나 배달해야 하므로 시간이 많이 걸리고, 자칫 잘못 배달했다가는 송사에 얽히게 된다.

그러나 이런 악조건 속에서도 집배원들이 남을 위한 수고를 아끼지 않는 것은 천직 의식과 남다른 봉사 정신 때문이다.

그런데도 집배원들을 보는 사회의 시선은 그리 따뜻한 것 같지 않다.

집배원들이 아무런 대가도 바라지 않고 묵묵히 사회의 등불 역할을 한다는 것을 기억하고 수고한다는 말 한마디라도 건네면 어떨까.

(동아일보, 2008년 11월 26일)

가을 이야기

가을처럼 별칭이 많은 계절도 없다. 수확의 계절, 독서의 계절, 고독의 계절, 낭만의 계절, 남자의 계절… 이중 사색의 계절이 가장 마음에 와 닿는다. 가을이 봄보다 아름답다. 화려하지는 않지만 푸른 하늘과 투명한 가을은 정을 느끼게 한다. 가을이 아름다운 것은 다른 계절보다 더 많은 생각을 해서가 아닐까. 우리는 확실히 가을에 생각을 많이 한다. 오늘의 내 모습도 살펴보고, 미래도 생각해 보고, 다른 사람은 어떻게 사는지 관심도 갖게 된다.

이처럼 사색의 시간을 갖다 보면 글을 잘 안 쓰는 사람도, 편지를 잘 안 쓰는 사람도 편지 한번 써볼까 하는 유혹에 빠진다. 시인 김영재는 '무덥고 가난했던 여름을 잊고 이젠 돌아와 편지를 씁니다. 당신은 등불의 심지를 갈아 끼우고 나의 가을 편지를 읽어주세요…'로 시작하는 '가을편지'를 노래했다.

고은은 '가을엔 편지를 하겠어요. 누구라도 그대가 되어 받아주세요…'의 '가을편지'를 썼고, 여기에다 곡을 붙여 크게 유행하기도 했다. 봄편지, 여름편지, 겨울편지하면 좀 어색한데 '가을편지'는 익숙하고 정감이 간다.

정보화의 급속한 진전으로 휴대폰 문자와 카톡 등 SNS(사회관계망서비스)가 편지를 대체하여 편지는 사라져 가고 있는 중이다. 요즘의 정보통신 사회에서 편지가 화석처럼 남아있는 곳은 군대가 아닐까 싶다. 물론 병사들에게도 전화통화나 휴대폰 문자, 카톡 등이 많이 허용되고 있지만, 손편지도 여전히 중요한 통신수단이다.

'친구들아 군대 가면 편지 꼭 해다오'라고 하는 〈이등병의 편지〉가 젊은이들 사이에 20년 넘게 불리고 있는 것은, 군에서 손편지가 여전히 건재하기 때문이다. 가을이 되면 자녀든, 부모님이든, 지인이든 사랑을 듬뿍 담은 편지 한 통쯤 쓸 수 있는 마음의 여유가 있었으면 좋겠다.

47. 가을편지

　지난여름은 참 무더웠다. 지금은 언제 더웠냐는 듯 제법 쌀쌀한 가을이다. 가을을 대표하는 꽃인 국화가 만발하고, 가로수의 잎이 나뒹굴 태세다. 강원도의 산은 단풍으로 물들었다. '부드럽게 쏟아지는 청량한 햇살 아래 가을꽃처럼 소슬하게 그리움이 피어나면, 오! 맑은 그대 같은 가을편지 오실까'로 시작하는 '가을편지'란 시가 절로 생각나는 계절이다. 가을이 되면 여행도 가고 싶고, 책도 읽고 싶다. 또 무엇인가 쓰고 싶어지기도 한다. 바로 편지다.

　많은 사람들이 편지와 나름대로 인연을 가지고 있으리라 생각된다. 나는 편지와 떼려야 뗄 수 없는 관계이다. 우체국에 1985년 들어와 지금까지 편지와 함께하고 있다. 1990년대 중후반만 하더라도 연말이면 연하장 등 각종 편지가 우체국에 산더미같이 쌓여 분류하고 배달하느라 정신이 없을 지경이었다.

　지금은 편지를 우편 상자에 담아 옮기나, 그때에는 행낭이라는 자루에 넣어 옮겼다. 지금은 행낭이라고 부르지 않고 우편 자루라고 용어를 순화하였다. 우편 자루는 뒤집어 보관하도록 규정되어 있었다. 이것은 우편 자루 안에 편지가 남겨지는 것을 방지하기 위해서였다. 그런데 이게 쉽지 않다. 한두 개도 아니고 수백 개의 우편 자루를 뒤집는 것은 고역이었다. 아무리 마스크를 해도 이 작업을 마치고 나면 먼지로 콧속이 새까매지고, 머리가 뿌옇게 변했다. 내가 이러려고 공무원을 했나 하는 생각을 우편 자루 뒤집기 때문에 몇 번씩 한 적도 있었다.

　우편 자루 안에 남겨진 편지는 제때 주인을 찾아가지 못하고 이곳저곳을 오가다 늦게 주인에게 배달되거나 아예 주인을 못 찾아가는 경우도 많다. 그런데 이 우편 자루가 문제를 종종 일으켰다. 우편 자루 도착 즉시 뒤집기를 하지 않고 나중에 우편 자루 안에 들어있는 편지를 발견하고 배달한 것 때문에 편지 수취인으로부터 심한 항의를 받기도 하였다.

그 당시에는 상급 기관에서 감사나 점검을 나오면 뒤집어 보관하지 않은 우편 자루에 대해서 지적을 하였고, 혹 우편 자루 안에 편지가 들어있으면 주의를 주기도 하였다. 편지로 고생도 많이 했지만, 편지는 내게 은인이다. 편지로 지금의 아내를 만났고, 또 사랑하는 아들과 딸을 두었으니 이보다 더한 은인이 어디에 있겠는가.

그런데 2000년대 들어 정보통신기술이 발달하면서 편지가 이메일, 휴대폰 등으로 급속히 대체되었다. 이제 연말이라도 편지가 우체국에 많이 쌓이는 모습은 보기 힘들다. 우체국에 쌓였던 편지의 모습은 아련한 추억이 되었다. 설, 추석 등 명절 때면 편지 대신 택배가 산더미처럼 쌓인다. 그때에는 연말에 연하장과 편지 쓰는 것이 중요한 일이었다.

지금처럼 인쇄된 편지가 아니고 직접 손으로 써야 했다. 정성스레 써서 보내고, 답장을 받을 때 기뻐했던 기억이 새삼스레 떠오른다. 연하장을 많이 받았다는 것을 과시하기 위해 책상 위에 꽂아 놓기도 했다.

편지의 백미는 연애편지다. 학창시절에는 그냥 안부를 묻는 편지라도 이성에게서 받으면 세상을 다 얻은 것 같은 기분이 든다. 아마 많은 분들이 경험해보았으리라.

편지가 줄어들기도 했지만, 그 내용도 예전과는 많이 다르다. 개인과 개인 사이의 소통수단이기보다는 광고나 홍보 우편, 고지서가 대부분이다. 전에는 편지함에 군사 우편이라도 들어있으면 온 가족이 기뻐했다. '부모님 전상서'로 시작하는 편지를 많이 써보기는 했지만, 아들이 서운해 할지도 모르나 내가 받아 본 적이 있는지는 기억이 잘 나지 않는다.

편지가 과학의 발달과 함께 줄어들고, 그만큼 우리 사회가 메말라 가는 것 같아 가슴이 아리고 안타깝다.

나는 지금도 편지 쓰기를 계속하고 있다. 요즈음은 엽서를 주로 이용한다. 연말연시에는 연하장도 지인에게 꽤 보낸다. 편지를 받은 분의 십중팔구는 답장을 주시거나 전화를 하신다. 편지는 끈끈하게 정을 이어주고 관계를 유지시키는 역할을 톡톡히 한다.

새벽에 걷기 운동을 하다 즐겨 찾는 곳이 있는데, 바로 경포해변에 있는 느린 우체통이다. 그곳에는 강릉을 알리는 그림엽서와 펜이 항상 준비되어 있다. 이른 시간에 손을 호호 불면서 짧은 시간이지만 정성을 담아 건강과 행복을 비는 엽서를 쓰고 나면 왠지 마음이 풍요로워지고, 발걸음이 가벼워진다.

편지란 안부, 소식을 상대방에게 전달하기 위해 대화하듯이 쓰는 글이다. 편지는 상대와 이야기를 하는 것과 같으나, 단지 말이 아니라 글로 한다는 점이 다를 뿐이다.

편지의 역사는 인류가 문자를 발견한 때로 거슬러 올라가니 가장 오래된 의사소통 수단의 하나이다. 지금은 휴대폰, 이메일, SNS 등 다양한 의사소통 수단이 등장하여 편지의 소중함이 줄어드는 듯 보이나, 다른 미디어가 가지지 못한 편지만의 소중한 가치가 있다. 내가 생각하고 있는 편지의 남다른 가치는 이렇다.

첫째, 편지는 정성이 깃들기에 상대에게 정감을 준다. 불쑥 전화로 급히 말하기보다 하고 싶은 이야기를 정성스럽게 적어 보내면 받는 이는 훨씬 더 따뜻함과 감동을 느낀다. 정성이 깃든 편지는 어떤 선물을 받거나 아첨의 말을 듣는 것보다 훨씬 큰 기쁨을 준다. 편지를 받고 한번 읽은 뒤 바로 버리는 경우는 거의 없다. 몇 년을 보관하는 경우는 보통이고, 어떤 편지는 평생을 보관하기도 한다. 보낸 이의 정성을 느끼기 때문이리라. 책장이나 서랍을 정리하다 오래된 편지를 발견하면 처음 편지를 받을 때의 감정이 살아나고, 가슴이 두근거리기도 하여 읽어보고 또다시 고이 접어서 있던 자리에 놓아 두기가 십상이다.

둘째, 진심을 담아내는 가장 좋은 도구이다. 편지를 쓰려면 전화나 SNS 등의 미디어로 소통할 때보다 수고를 해야 한다. 종이와 펜을 갖춰야 하고, 편지 쓰는 공간도 필요하다. 쓴 편지는 보내기 전에 몇 번 읽어보고 고치기도 하고, 우체국을 방문해야 하기에 편지를 받는 사람은 보낸 사람의 진심을 느낀다. 모 생보사 보험왕인 어떤 설계사는 매월 고객 1,000여 명에게 건강 팁 등 유익한 정보를 담아 편지를 보냈단다. 지금까지 보낸 편지가 15만 통이 넘는다고 한다. 고객은 편지에서 정성과 진실함을 읽었을 것이다.

셋째, 책을 읽게 한다. 책에 있는 좋은 글귀나 느낌을 편지글에 인용하면 훨씬 품위 있고 교양 있는 편지가 되기에 독서를 하겠다는 동기를 부여해준다. 편지글에 책에서 베낀 멋진 문구를 인용한 경험이 누구나 있을 것이다. 많이 읽지 않으면 잘 쓸 수 없고, 말도 잘 할 수 없다. 미국 오바마 대통령이 말을 잘하는 이유는 책을 많이 읽었기 때문이라는 것은 이미 널리 알려진 사실이다. 많이 읽을수록 더 잘 쓸 수 있다.

넷째, 정서함양에 도움이 된다. 인터넷과 스마트폰 등으로 가상공간과 더욱 친해지고 대화가 줄어드는 현실에 편지로 소통한다면 정서순화에 큰 도움이 될 것이다. 예의와 격식을 갖춘 편지를 쓰다 보면 상대방의 처지를 이해하고 더욱 친근함을 느낄 수 있다. 현대를 살아가는 우리 모두는 정서가 메말라 있다. 편지 쓰는 습관을 가진다면 정서순화에 큰 도움이 될 것이다.

다섯째, 생각하는 힘을 길러준다. 편지를 쓰는 것은 내면의 생각을 말이 아닌 글로 표현하는 것이다. 왜 쓰는지를 생각해야 하고, 생각을 정리해야 글로 옮길 수 있다. 쓰는 것과 말하는 것은 동전의 양면이다. 잘 쓰는 사람이 자기의 생각을 논리적으로 말할 수 있다. 깊고 넓게 생각하는 것은 논리적인 사고에 도움이 된다.

이외에도 편지는 다른 매체가 가지지 못한 많은 장점을 가지고 있다. 생각이 바뀌면 행동이 바뀌고, 행동이 바뀌면 습관이 바뀌고, 습관이 바뀌면 삶이 변한다.

한 장의 편지가 우리의 일상생활과 삶을 바꿀 수 있다. 산에 오르고 바다에 가는 것도 좋지만, 이 가을에는 편지를 한번 써보시기를 권한다. 사랑하는 부모 형제, 자녀, 친구가 내가 쓴 편지를 받는다면 얼마나 기뻐하겠는가?

(2018년 11월 11일, 일요일에 쓰다)

선물이란 말처럼 가슴을 두근거리게 하는 말도 드물다. 다른 사람에게 주어도 기쁘고, 내가 받으면 더없이 행복해지는 것이 선물이다. 좋은 선물의 가치는 값에 있지 않다. 사랑하는 마음, 고마워하는 마음에 있다.

얼마 전 아끼는 후배로부터 작은 꿀 한 병과 예쁜 엽서를 받았다. 그동안 고마웠다는 안부 인사와 함께 많이 웃고 행복하기를 바란다는 글이었다. 선물과 엽서를 받고 감동해 혼자 "아아!" 하고 감탄까지 했다.

내가 받은 가장 소중하고 고마운 선물은 아내와 아들과 딸, 그리고 며느리다. 이들과의 인연이 그대로 내 인생이다.

나는 고마운 마음을 표현할 때 책 선물을 주로 한다. 시집 등을 구입해 놓고 필요할 때 감사의 문구를 써서 건넨다. 까맣게 잊고 있는데 나에게 책 선물을 받았다는 분들이 꽤 있다. 다른 선물도 마찬가지겠지만, 특히 책은 상대가 좋아하는 것을 골라야 한다. 나도 책을 선물로 받아보았지만, 좋아하지 않는 분야의 책은 별로다.

선물이 꼭 물질에만 있다고는 생각하지 않는다. 따뜻한 말 한마디가 큰 선물이 될 수 있다. 돌아보면 내게는 철원, 강릉에서의 근무가 큰 선물이었다. 15년 전에 근무한 철원은 지금도 제2의 고향, 마음의 고향으로 여기고 있다. 2년간의 강릉 근무는 오향(五鄕)의 맛과 멋을 경험한 내게는 참 소중한 선물이었다.

48. 선물

조금은 차가운 새벽에 거리로 나섰다. 노랗게 물든 채 이제 막 가로에 나뒹굴기 시작한 은행나무 잎이 너무 예뻤다. 그냥 지나칠 수 없어 푸른 하늘을 배경으로 은행나무 사진을 찍고 한 시간가량 걸으니 지은 지 600년 된, 우리나라 민가 중 가장 오래된 신사임당과 율곡의 생가인 오죽헌이 나왔다. 이른 시간이라 안에는 들어가지 못하고 안내판과 주위만 살피고 돌아섰다.

맞은편에는 예전에 경포호수를 가로질러 배로 다리를 만들어 건너다녔다는 선교장, 생육신이며 천재 시인인 김시습 기념관이 있는데 그곳 역시 돌아보았다. 며칠 전에는 최초의 한글 소설 '홍길동 전'의 저자 허균과 여류시인 허난설헌 등 허씨 5문장의 시비를 보러 경포호 부근 울창한 소나무 숲속에 있는 '허균·허난설헌 기념공원'을 찾았다. 조만간 '내 마음은', '파초'를 노래한 김동명 문학관도 가볼 생각이다.

지난여름엔 남대천을 자주 찾았다. 솔바람 다리를 지나 안목항에서 송정해변을 거쳐 강문해변으로 이어지는 솔숲길이 환상이었다. 해가 막 솟으려고 하는 시간에 솔향기와 바다향기를 맡으면서 소나무가 우거진 흙길을 걷다 보면 날아갈 것 같은 기분이 든다.

솔바람다리를 건너면 남항진 해변이 이어진다. 흔들 그네에 몸을 맡기고 떠오르는 태양을 보는 것도 좋았다. 시월 마지막 날엔 2,300만 년 전 지각변동이 빚은 계단 모양의 해안단구를 따라 조성한 정동심곡 바다부채길을 트레킹하면서 신비한 자연과 푸른 바다를 보고 가슴이 뻥 뚫리는 듯한 쾌감을 느꼈다.

'하늘 아래 내가 받은 가장 커다란 선물은 오늘입니다.'로 시작하는 나태주 시인의 '선물'이란 시처럼 근래 내가 받은 가장 커다란 선물이 강릉 생활이다. 아침형 인간인지라 새벽에 남들이 가지 않은 길을 산책하면서 하부를 시작하는 것이 참 좋다. 가까운 거리에 있는 바다와 숲, 그리고 즐비한 문화유적이 산책의 즐거움을 더해 준다. 바다 향기와 숲향기를 맡으며 심신을 추스르고, 문화유적을 돌아보며 옛 조상들의 삶의 지혜를 배우는 것은 공자의 인생삼락과 맹자의 군자삼락에 버금간다고 생각한다.

사람은 보고 싶은 것만 보고, 듣고 싶은 것만 듣는다. 미처 보지 못하고 느끼지 못해서 그렇지 자연이 우리에게 준 선물은 주위에 많이 있다. 산과 강, 호수와 바다, 그리고 사계절도 우리가 받은 선물이다. '서리 맞은 단풍이 이월 봄꽃보다 붉다(霜葉紅於二月花).'고 당나라 시인 두목(杜牧)이 가을 단풍의 화려함을 절묘하게 묘사했다.

가을은 우리를 많은 생각에 잠기게 하고 겸손하게 만든다. 사색의 계절도 자연이 우리에게 준 선물이다. 늦가을이자 겨울의 초입에 좋아하는 산이나 강, 바다를 찾아 바쁘게 살아온 지난날을 돌아보고 새로운 시작을 위해 마음을 다지는 시간을 가져보자.

(강원도민일보, 2016년 11월 17일)

초등학생 시절, 겨울이면 가끔 동네 아이들과 뒷산에 나무를 하러 갔다. 취사와 땔감용이었다. 일에 재주가 없으나 부모님을 조금이라도 도와드리겠다는 생각에 산을 올랐다.

지게로 짐을 나르는 지게질이 서툰데도 한번은 지게를 지고 산비탈을 내려오다가 지게 밑에 깔리기도 했다. 통나무는 꺾쇠를 박고 밧줄로 메어 끌고 오는데, 산비탈에서는 나무가 앞에서 끄는 사람을 덮치기도 해 사고가 나는 경우도 종종 있었다.

뒷산이 민둥산은 아니었지만 땔감용으로 많은 사람이 베어가다 보니 나무가 많지 않았다. 황폐화되는 산림을 보호하기 위해 사람들의 입산을 막고 나무를 못 베게 하는 사람을 산림간수라 불렀는데, 이들의 권력이 대단했다. 가가호호 다니면서 나무를 베어왔거나 장작이 있으면 신고를 했고, 그러면 처벌을 받기도 했다.

방에 불을 밝히기 위해 지금은 골동품이 된 호롱을 썼다. 호롱은 석유를 담아 불을 켜는데 쓰는 그릇으로 아래에는 석유를 담을 수 있도록 둥글게 하고 위 뚜껑에는 심지를 박아 불을 켤 수 있도록 작은 구멍을 낸 용기이다.

호롱불을 켜고 숙제라도 할라치면 그을음 때문에 콧구멍이 시커멓게 되기도 했다. 지금은 비상용으로 초를 쓰고 있으나, 그 당시 시골에서는 초도 엄청난 사치품이었다. 초보다 호롱이 돈이 적게 들었기에 대부분의 집에서는 호롱을 썼다. 석유를 '되' 단위로 팔았는데, 석유가 든 소주됫병은 밤에 불을 밝히는 보물 1호로 아이들 손이 닿지 않는 가장 안전한 곳에 보관했다.

중학생이 되어서야 동네에서 연탄을 때고, 전기가 들어왔다. 전깃불 점등식을 할 때의 감격은 장님이 눈을 뜨고 처음으로 세상을 볼 때 이런 기분이 아닐까 하는 생각이 들 정도로 강렬했다.

동네 앞에 꽤 큰 강이 있었다. 유년 시절, 이 강에서의 추억이 많다. 고기잡이를 많이 했다. 작은 막대기에 낚시를 매고 미끼를 꿰어 바위 밑에 넣으면 지금은 보기 귀한 꺽지가 쏠쏠하게 잡혔다.

지금은 통발이나 어항을 많이 쓰지만, 그때는 그릇에 된장 등 먹이를 넣고 고기가 들어갈 수 있게 작은 구멍을 낸 헝겊이나 비닐을 씌운 '보쌈'을 물속에 가라앉혔다. 그러면 그 안으로 고기가 많이 들어갔다. 이때 물고기가 모여들 수 있게 강바닥을 편평하게 하고 작은 여울을 만들어 주기도 했다. 잡은 고기는 훌륭한 반찬이 되었고, 단백질 공급원이었다.

겨울에는 강에서 나무 바닥에 철사를 대 직접 만든 스케이트를 탔고, 얇고 작은 돌을 발로 차는 돌 축구도 했다. 초교 6년 동안 이 강을 건너 다녔다. 장마가 내려 강이 범람하면 나룻배로 강을 건너지 못했기에 매년 몇 번씩 결석을 했던 것 같다. 학교를 못 가는 것이 문제가 아니라, 교통이 끊겨 동네 사람들 모두가 큰 불편을 겪었다.

물이 많이 불어나면 집안의 중요한 가재도구를 챙겨 뒷산으로 대피하기도 했다. 짙은 황갈색의 강물이 줄어들기를 걱정스레 쳐다본 기억이 아련하게 남아있다. 동네에 물이 들어 찬 적도 있었고, 물이 빠질 때 미처 물을 따라 나가지 못한 물고기가 마당이나 변소 등에 넘쳐났다는 얘기도 들었다.

고등학교를 졸업하고, 칠십팔 년도에 고향을 떠났다. 산에 나무가 우거지고 강가에 제방이 생긴 때가 언제인지 정확히는 알 수 없지만, 벌초 등으로 고향을 가보면 상전벽해다.

산에는 나무가 울창하고, 강가에는 둑이 길고 높게 만들어져 있어 아무리 비가 많이 내려 범람해도 걱정할 일이 없게 되었고, 나룻배로 등하교를 하던 곳에는 차까지 다니는 다리가 놓여 있다. 고향에 갈 때는 일부러라도 다리를 건너보고 초등학교 교정도 둘러본다.

　이렇게 변했다. 보릿고개라는 말은 사전에서나 찾아보아야 하고, 끼니를 때우기 위해 자주 먹었던 국수, 감자, 옥수수를 지금은 별미로 찾는다. 감자를 갈아 거른 건더기와 감자전분, 소금을 섞어 치대어 반죽하여 강낭콩을 섞은 다음 솥에 찐 '감자붕생이', 일명 감자범벅이라고도 하는 것도 많이 먹었는데, 얼마 전 시내 식당에서 이 음식을 만났다. 옛날 생각이 떠올라 추억을 더듬으며 맛있게 먹었다.

　이런 변화가 갑자기 일어났겠는가. 부모님 세대가 우리를 위해 배고픔을 참으면서 일하신 덕분에 지금 이렇게 풍족한 생활을 할 수 있는 것이 아니겠는가. 이 같은 변화를 보고 느끼면서 물을 마실 때, 그 물의 근원이 어디인지 생각하라는 말이 가슴을 울린다.

49. 음수사원(飮水思源)

아파트 신축현장에서 쉽게 볼 수 있는 풍경 중 하나가 주변에 빼곡하게 주차된 승용차다. 공사장 도로변에 주차된 차량으로 인해 교통흐름이 막히고 불편을 겪는 일도 자주 있다. 주말이나 휴일 고속도로 정체는 일상화되었다.

1985년의 핵심 키워드는 '마이카 시대'였고, 그 당시까지는 자동차가 부의 상징이었다. 하지만 이제는 자동차 없이 일상생활을 할 수 없는 사람이 늘어가고, 사회활동을 위해서는 자동차가 필수 조건이 된 마이카 시대를 살고 있다. 1985년 100만대를 돌파한 자동차 대수는 2017년 말 2,200만 대를 넘어 인구 2.3명당 1대를 보유하게 되었다. 자기만의 공간인 차 안에 앉아 아늑하고 편안한 기분으로 음악과 영화 감상을 하고, 명상에 젖을 수도 있기에 집은 없어도 차는 있어야 한다는 생각을 하는 사람이 많다.

한국은행은 지난해 우리나라의 1인당 국민소득이 3만 달러에 근접한 29,745달러라고 발표하였다. 올해 경제 성장률이 3%가 되고, 원화 가치의 급락이 없다면 '선진국의 관문'으로 인식되는 1인당 국민소득이 3만 달러를 넘을 것으로 전망하였으나, 미·중 무역전쟁으로 인한 경제 성장률 감소가 변수로 떠올랐다. 미·중 무역 갈등에 따른 불확실성이 제거되고, 반도체 슈퍼 사이클에 힘입어 반도체 단일종목 수출이 1천억 달러를 넘어선다면 1인당 국민소득이 3만 달러를 넘을 수 있다는 것이 전문가들의 대체적인 시각이다.

1인당 국민소득이 2만 달러를 넘으면 골프를, 3만 달러를 넘으면 승마를, 4만 달러를 넘으면 요트를 탄다는 이야기가 있을 정도로 국민소득 3만 달러는 소비 패턴과 생활 방식이 달라지는 경계선으로 인식된다. 1인당 국민소득이 3만 달러를 넘은 나라는 전 세계에 27개국뿐이며, 주요 20개국(G20)

가운데는 9번째, 아시아 국가 중에서는 일본, 호주에 이어 세 번째가 된다. 2만 달러에서 3만 달러로 진입하는데 일본과 독일은 5년, 미국은 9년이 걸렸고, 선진국은 평균적으로 8.2년이 걸렸다. 우리나라가 올해 3만 달러를 달성한다면 2006년 2만 795달러를 달성한 이후 12년 만에 달성하게 된다.

제1차 경제개발계획 시행 첫해인 1962년에 1인당 국민소득은 82달러였고, 수출액이 5,400만 달러였던 경제규모가 2018년에는 각각 3만 달러와 5천억 달러 이상이 될 것으로 전망되고 있는데, 이는 1인당 국민소득은 365배 이상 늘어나고 수출액은 1만 배가 늘어나는, 세계에서 유례를 찾기 어려운 일이다. 우리는 원조를 받던 나라에서 원조를 해주는 유일한 나라가 되었고, 6.25전쟁으로 '한국에서 민주주의가 이뤄진다는 것은 쓰레기통에서 장미꽃이 피기를 기다리는 것과 같다.'던 외국칼럼니스트의 예언은 이미 오래전 거짓말이 되어버렸다.

대추 한 알이 저절로 붉어질 리는 없고, 그 안에 태풍 몇 개, 천둥 몇 개, 벼락 몇 개, 번개 몇 개가 들어가 붉게 익힌다고 어느 시인이 노래한 것처럼, 경제발전이 저절로 이루어졌을 리 없다. 그동안 국민 모두가 자기의 역할을 다하면서 흘린 땀과 피의 대가이다. 파독 광부와 간호사, 월남 파병 용사와 중동 근로자의 노고와 희생이 있었고, 사업 보국을 경영이념으로 한 기업가가 있었으며, 경제개발계획을 수립·시행하는 등 경제 관료도 그 시대의 역할을 다했다. 하루가 다르게 발전하는 모습을 보면서 1,500여 년 전 중국 남북조시대의 유신(庾信)이 쓴 징조곡(徵調曲) 중 '열매를 딸 때는 그 나무를 생각하고(落其實者 思其樹), 물을 마실 때는 그 근원을 생각한다(飮其流者 懷其源)'는 구절에서 나온 '음수사원'을 자주 생각하게 된다.

(2018년 11월 16일, 금요일에 쓰다)

가을 이야기

2011년 6월 당시 김영란 국민권익위원장이 처음 제안하고 2012년 발의한 법이어서 일명 '김영란법'이라고 불리는 '부정청탁 및 금품수수 등의 금지에 관한 법률'이 2016년 9월 28일부터 시행됐다. 그 당시 추석이 9월 15일이어서 법 시행을 앞두고 많은 관심과 논란이 상당히 있었다.

이 법의 목적인 '공직자의 부정청탁 및 금품 등의 수수를 금지함으로써 공직자의 공정한 직무수행을 보장하고 국민의 신뢰 확보'를 위해서는 공직 사회뿐만 아니라 우리 사회에 청렴문화가 확산되어야 한다.

청렴(淸廉)은 성격이나 행동이 맑고 깨끗하고 탐욕이 없고 성실한 것을 말한다. 공직자가 청렴하지 못하고 부패하면 국가 경쟁력이 저하된다. 정경유착과 특혜나 불공정한 업무 처리는 생산 비용을 증가시키고, 기술개발 및 기업 활동을 위축시킨다.

19세기가 기계, 산업 설비 등을 중시하는 물적 자본 시대였다면, 20세기는 물적 자본을 바탕으로 개인적 자질, 기술, 지식을 중시하는 인적자본 시대였다. 21세기는 신뢰성, 청렴성, 개방성, 통합성을 중시하는 사회적 자본 시대이다.

국제투명성기구(TI, Transparency International)에서 발표한 2018년 부패인식지수(CPI, Corruption Perceptions Index)에서 우리나라는 57점으로 전년 대비 3점 상승하였고, 순위는 51위에서 45위로 6단계 상승했다.

그동안 반부패 청렴 의식과 문화가 사회 전반에 확산되도록 노력한 결과로 보인다. 국가별 부패인식지수 순위는 1위 덴마크, 2위 뉴질랜드, 3위 핀란드, 싱가포르, 스웨덴, 스위스 등이며 점수는 모두 85점 이상이다. 우리가 선진국이라 부르는 국가가 모두 상위에 랭크되어 있다.

그런데 우리가 실제로 느끼는 부패인식 정도는 어떠한가. 흥사단 투명사회 운동본부 윤리연구센터에서 '10억 원이 생긴다면 1년 정도 감옥에 가도 괜찮겠느냐'는 설문을 하였다.

초·중·고 학생들의 '그렇다'는 대답 비율이 2012년도에는 각각 12%, 28%, 44%였는데, 2015년도에는 각각 17%, 39%, 56%로 높아졌다. 나이가 들어갈수록 또 전년에 비해 높아지고 있는 것이 문제다.

이 같은 생각을 가진 청소년이 인식을 바꾸지 않고 어른이 되면 우리 사회의 청렴 문화가 어떠하겠는가. 우리 모두가 심각하게 생각해보아야 한다.

워싱턴 포스트는 '빠른 변화 과정에서 발생한 빈부격차와 부패 문제가 공정 사회의 걸림돌로 작용하고 있다.'고 지적했고, 파이낸셜 타임즈는 '한국은 상당한 발전을 이룬 산업 국가 중 하나지만, 부패 우려로 국제 사회에서 디스카운트를 겪고 있다. 부패 문제에 강력히 대응하지 않는다면 선진국의 턱 밑에서 한참 동안 머물러 있어야 할지도 모른다.'고 했다.

한국은행이 잠정적으로 발표한 우리나라 1인당 국민소득은 2018년 3만 1349달러로 2006년 2만 달러를 넘어선지 12년 만에 3만 달러 국가에 진입했다. 그러나 진정 선진국이 되기 위해서는 국민의식과 청렴도가 높아져야 한다.

50. 청렴은 국가 경쟁력

뉴질랜드 1위, 덴마크 2위, 핀란드·노르웨이·스위스 공동 3위, 미국 16위, 일본 20위, 대한민국 51위, 남수단 179위, 소말리아 180위⋯. 이 순위는 행복한 국가 순서 같기도 하고, 잘 사는 국가 순서 같기도 하지만 실제로는 국제투명성기구에서 발표한 2017년도 부패인식지수(CPI, Corruption Perceptions Index)로 순위가 높을수록 청렴한 국가임을 뜻한다.

우리나라는 100점 만점에 54점으로 OECD 회원국 35개국의 평균 부패인식지수 68.3점에 훨씬 못 미치고 있어, 국격이나 경제수준에 비해 아직 낮은 수준이다.

최근 10년간 부패인식지수 변화 추이를 보면 53점에서 56점 사이에 갇혀 있고, 순위도 나아지지 않고 있다. 청렴문화 확산이 필요하다.

부패인식지수 순위는 대체적으로 국민소득이 높은, 소위 우리가 선진국이라 일컫는 국가가 상위에 랭크되어 있고, 못 사는 후진국일수록 하위에 처져 있다. 국민소득 4만~5만 달러의 북유럽 국가들은 청렴경쟁력이 세계 최상위다.

청렴도가 높은 국가들의 사례를 보면, 국가 청렴도 1위인 뉴질랜드의 클라크 전 총리는 2004년 업무 수행 중 과속을 하여 이를 목격한 주민의 신고로 벌금형을 선고받았고, 덴마크 국회의원의 대부분은 자전거로 출퇴근을한다. 청렴이 습관이 된 나라인 핀란드는 국민 누구나 국세청에 정보공개를 청구하여 자신이 알고 싶은 사람의 소득과 재산, 납세 내역을 알 수 있다.

반면 우리나라는 요즈음 사립 유치원 비리 사태 등으로 몸살을 앓고 있다. 서울대 김병연 교수의 '부패와 경제 성장의 상관관계 연구' 결과에 따르면 부패인식지수가 10점 증가하면 1인당 GDP(국내총생산)가 0.52%~0.53% 증가하며, 일자리도 매년 2만7천~5만개가 창출된다고 한다.

대부분의 사람이 정직하고 청렴하면 서로를 신뢰할 수 있기에 불필요한 사회적, 경제적 비용이 발생하지 않는다. 따라서 정책수립, 정책집행이 용이하고 정책효과가 높게 나타난다.

역사적 사례를 하나 소개하면, 중국 전국시대 진나라의 재상 상앙이 백성의 신뢰를 얻는 것이 국가발전의 지름길임을 깨닫고 하나의 아이디어를 냈다. 남문에다 나무기둥을 세우고 '누구든 이 기둥을 북문으로 옮기는 사람에게 금 50냥을 상으로 준다.'는 방을 써 붙였다.

어떤 사람이 반신반의하면서 나무기둥을 북문으로 옮기자 상앙은 그 자리에서 금 50냥을 주었다. '나무를 옮기는 일로 나라의 신뢰를 세운다.'는 사목입신(徙木立信)이란 고사성어가 여기에서 유래했다. 백성들은 상앙이 약속하면 반드시 지킨다는 믿음을 가지게 되었고, 상앙변법(商鞅變法)이 시행되자 진나라는 크게 부강해졌다.

우리나라는 선진국 진입 문턱에서 몇 년째 좌절하고 있다. 선진국으로 진입하는 것을 방해하는 장벽 중 하나가 낮은 청렴성이다. 청렴도 향상을 위해 우리 모두가 지혜를 모으고 노력을 해야 하는 이유가 여기에 있다.

청렴은 국가 경쟁력이자 사회적 자본이다. 청렴은 사유시장경제의 기본원칙인 공정 경쟁, 나아가 이를 바탕으로 이루어지는 경제 활력과 직결된다.

(강원일보, 2018년 11월 2일 금요일, 18면 [확대경])

동짓달인 11월 하순부터 추위가 시작된다. 농촌에서는 가을걷이가 끝나고 농한기로 접어든다. 동짓달에 농사용 비닐하우스가 아닌 맨땅에 씨를 넣는 작물이 있다. 바로 우리가 즐겨 먹는 마늘이다.

마늘은 겨울을 추운 맨땅에서 이겨내고, 이듬해 3월 초가 되면 싹이 올라오기 시작해 6월 하순이면 캔다. 지난해 동짓달에 마늘 다섯 접(한 접은 6쪽 마늘 100개)을 텃밭에 심었다. 이십여 접을 수확할 것으로 기대하고 있다. 예년처럼 친척과 지인들에게 조금씩 나누어 줄 생각이다. 마늘은 강한 냄새를 제외하고는 100가지 이로움이 있다 하여 일해백리(一害百利)의 작물이라고 부른다.

2002년 미국 타임지는 마늘을 세계 10대 건강식품으로 선정하였고, 미국 암 연구소(NCI)는 1992년 마늘을 건강한 몸을 유지하는 'Designer food(좋은 식품을 적극적으로 섭취함으로써 70세에 질병을 반으로 줄일 수 있다는 프로그램)' 피라미드 최상위에 올려놓았다.

마늘이 정력이나 원기를 돋우는 강장제(强壯劑)라는 것은 고대 이집트 시대부터 알려져 있고, 우리나라의 단군신화에도 등장한다.

마늘을 심을 시기가 되면 동면하는 동물들은 땅속에 굴을 파고 숨으며, 나뭇잎은 떨어지고 풀은 말라간다. 마늘을 심으면서 한해가 지나가고 있음을 머리와 손으로 느낀다.

낙엽이 지는 것은 나무가 겨울을 지내는 동안 영양분의 소모를 최소로 줄여 살아남으려고 하는 자연의 이치다.

이처럼 낙엽은 예쁘기도 하지만 많은 생각을 하게 된다.

51. 낙엽을 보며 변화를 생각하다

11월은 가을의 끝자락이자 겨울의 시작을 알리는 시기이다. 노랗고 붉게 물든 나뭇잎이 낙엽이 되어 켜켜이 쌓인다. 엊그제 새벽길을 걷다 보니 인도에 떨어진 플라타너스 잎이 바람에 딸그락딸그락 소리를 내며 나뒹굴고 있었다.

스산한 기분에 가로수를 올려다보니 남아있는 몇 잎이 바람에 나풀거렸다. 낙엽을 밟으며 걷다가 담장 안의 몇 잎 남지 않은 감나무에 잘 익은 감이 주렁주렁 달려있는 것을 보고 결실의 계절, 가을도 얼마 남지 않았구나 하는 생각이 들었다.

잎이 넓은 낙엽수는 겨우내 살아남기 위해 잎을 떨군다. 겨울이 되면 땅에서 물을 얻기가 힘들어지는데, 잎은 물이 증발하는 가장 큰 요인으로 잎을 떼어내 수분 손실을 최소화하기 위함이다.

상록수는 잎이 가늘고 길어 추위나 가뭄에 대한 저항력이 낙엽수보다 높다. 따라서 상록수는 잎을 일시에 떨어뜨리지 않아도 되므로 잎을 교체하는 작업을 상시 진행한다. 나무가 잎을 떨어뜨리는 것을 혹독한 겨울을 대비하고 더 나은 내일을 만들기 위한 구조조정 과정이라고 하면 지나친 견강부회일까.

구조조정의 사전적 의미는 기업의 불합리한 구조를 개편하여 효율성을 높이는 일이다. 흔히 구조조정이라 하면 해고나 인력감축을 떠올려 부정적으로 생각하기 쉬우나, 길가의 가로수가 겨울을 이겨내기 위해 잎을 떨구는 것처럼 기업이 경제의 겨울을 극복하여 기업의 가치를 높이고 보다 효율적이고 안정적인 구조로 만들고자 사업, 조직, 예산 등 모든 분야에서 부실을 털어내는 과정이다.

그렇다면 낙엽수처럼 겨울을 앞두고 일시에 구조조정을 하기보다는 상록수처럼 연중 일상적인 구조조정을 하는 것이 자연스럽고 부담도 덜하지 않을까. 기업이 경쟁력을 갖추고 4차 산업시대 등 미래를 대비하려면 어느 정도의 구조조정은 불가피할 수밖에 없다. 구조조정은 기업에만 해당되는 것은 아니며 사람에게도, 나라에도 필요하다.

'여자의 변신은 무죄'라는 화장품 광고 카피가 인기를 끌었던 적이 있다. 오랜 시간 정성을 들여 아름답게 변신한다면 무죄가 아니라 상을 주어야 마땅할 것이다. 지금의 몸 구조를 유지하거나, 몸 구조를 바꾸려고 많은 사람들이 헬스클럽을 찾고, 운동을 한다.

'주 52시간 근무제' 시행 등 노동 환경이 달라지니 사람들은 '워라밸(Work & Life Balance의 줄임말, 일과 삶의 균형)'을 추구하면서 자기계발과 문화생활에 투자를 늘리고 있다.

BC 4세기 말 중국 전국시대의 연·제·초·한·위·조나라는 7웅(七雄) 중 최강국인 진(秦)에 홀로 대항하기는 어렵고 싸운다면 패할 수밖에 없는 위기 상황이었다. 결국 진(秦)을 제외한 6국은 소진(蘇秦)의 주장처럼 종적(縱的)으로 연합하는 합종책(合縱策)을 선택함으로써 진(秦)의 침공을 막을 수 있었다.

이 같은 합종(合縱)의 구조를 깨트리기 위해 진(秦)의 장의가 6국을 찾아다니며 진(秦)나라와 연합하는 것만이 안전하다고 설득하여 진(秦)이 6국과 개별로 동맹을 맺는 전략인 연횡책(連橫策)을 씀으로써 합종책을 허물어뜨려 진나라는 중국을 통일할 수 있었다. 구조의 변화, 즉 구조조정이 나라의 운명을 가른 역사적인 사례이다.

구조조정은 나아지려고 현재의 모습을 바꾸는 것이기에 변화가 따를 수밖에 없다. 구조조정, 즉 변화를 하려면 어떤 방향으로 가야 할지 알아야 한다.

눈이 녹으면 '물'이 된다는 사실을 아는 사람은 현상만 보는 것이며, '봄'이 된다고 생각하는 사람은 흐름을 아는 것이다. 흐름을 아는 사람은 봄을 준비한다. 흐름을 잘 읽고, 변화를 긍정적으로 받아들이는 사람이 많아질수록 우리 사회가 더욱 발전하리라 믿는다.

(2018년 11월 25일, 일요일에 쓰다)

겨울 이야기

십이월에..

십이월은 한 해를 마무리해야 하는 시간이다. 또 다음 연도 계획도 수립해야 한다. 거기다가 송년회까지 있어 참 바쁜 달이다.

살다보면 잊을 수 없는 날이 있다. 가령 연인과 처음 만난 날, 첫 발령일, 결혼기념일 등은 잊을 수 없다.

내게 '2009년 12월 18일'은 잊을 수 없는 날이다. 공직 생활에서도, 내 인생에서도 결코 잊을 수 없다. 바로 '우체국 사람들'이란 뮤지컬을 공연한 날이기 때문이다. 처음에 뮤지컬 이야기가 나왔을 때 나는 물론이고 대부분의 직원들이 부정적인 의견이었다. 지금도 뮤지컬 보기가 쉽지 않은데, 그때는 뮤지컬을 본 직원이 거의 없었다. 보지도 못한 뮤지컬을 공연한다니, 공연이 어렵다는 직원들 의견이 무리가 아니었다.

뮤지컬 공연은 그 말 자체가 쇼킹했다. 그런데 네 달가량의 준비와 연습을 거쳐 공직 사회에서 전무후무한 뮤지컬 공연을 했다. 당시 총무팀장이라 내게 뮤지컬 공연은 운명적이었고, 나는 네 달 동안 뮤지컬 연습과 공연의 한가운데에 있었다. 이 과정에서 배운 점도 많았다. '불가능은 없다'는 말처럼 하려고 하니 방법이 보였고, 그 방법을 실행하려 노력했다.

그날 나는 공연 안내 및 인사말씀을 드리기 위해 내 삶 중 가장 많은 사람들 앞에 서는 영광을 얻었다. 인사말씀은 한 달 전에 작성해 틈만 나면 읽기를 반복하며 외웠다. 화장실에서도, 밥 먹을 때도, 출퇴근하는 시간에도 외웠다. 덕분에 실수를 하지 않고 인사말씀을 할 수 있었다. 지금 돌아보면 무모했다. 메모를 해서 자연스레 말을 하면 되는데 그걸 통째로 외웠으니 얼마나 미련했는가.

인사말씀 순서를 갖게 된 것은 뮤지컬 공연을 총괄하다 보니 아무런 인사나 멘트도 없이 바로 '막'이 오른다는 것이 영 자연스럽지 않다고 생각했기 때문이다. 누구도 여기에 대해 말이 없었다. 연출가 선생님에게

'막'이 오르기 전에 관람객에게 인사를 드리고, 또 공연 배경을 말씀드리는 것이 좋지 않겠느냐고 건의를 했더니 그게 좋을 것 같다는 동의를 해주셨다. 연출가 선생님은 오직 뮤지컬 공연에만 관심이 있으시지, 이런 부분에는 관심이 없으셨다.

그러면 인사말씀을 누가 할 것인가. 여러 사람들 앞에 서는 것이 부담일 수도 있기에 다른 누가 하는 것보다 실무를 총괄한 내가 하는 것이 괜찮을 것 같다는 판단을 했고, 그렇게 하기로 결재를 받았다.

뮤지컬 공연을 준비하면서 인생은 만남이란 말을 많이 생각했다. 시인 정채봉은 만남을 다섯 가지로 이야기 했다. 첫째, 생선과 같은 만남은 만날수록 비린내가 묻어오니까 가장 잘못된 만남이라고 했고, 둘째, 꽃송이 같은 만남은 피어있을 때는 환호하다가 시들면 버리니까 가장 조심해야 한다고 했다. 셋째, 건전지와 같은 만남은 힘이 있을 때는 간수하다가 힘이 다 닳았을 때는 던져버리니까 비천하다고 했고, 넷째, 지우개 같은 만남은 금방의 만남이 순식간에 지워져 버리니까 가장 시간이 아까운 만남이라고 했다. 그리고 다섯째, 힘이 들 때는 땀을 닦아주고 슬플 때는 눈물을 닦아주는 손수건과 같은 만남을 가장 아름답다고 했다. 우리는 지금 어떤 만남을 하고 있을까.

누구를 만나는가에 따라 삶이 달라진다. 그때 뮤지컬 공연이란 혁신적인 생각을 가진 분(김병수 청장)을 만났다. 그 과정은 힘들었지만, 결과적으로 내게는 정말 소중한 시간이었고 경험이었다. 지금도 '우체국 사람들' 뮤지컬 공연 이야기를 가끔 한다. 아마 앞으로도 영원히 잊지 못할 아름다운 추억일 것이다.

52.'우체국 사람들' 공연을 마치며

2009년 12월 18일 금요일 19시. 잊을 수 없는 날이다. 바로 '우체국 사람들'이라는 뮤지컬을 성공적으로 끝냈기 때문이다. 사람의 능력은 무한하다는 생각이 든다. 청장님께서 처음 뮤지컬을 해보자는 아이디어를 냈을 때, 나를 포함 대부분의 간부가 어렵다는 생각을 했다.

뮤지컬을 본 적도 없는데 어떻게 뮤지컬 공연을 하겠느냐는 의견이 지배적이었으나, 한편에서는 노래와 춤, 연극에 끼가 있는 직원을 중심으로 한번 해보자는 분위기도 있었다. 이런 직원들에게서 힘을 얻었고, 이들을 중심으로 뮤지컬이 시작되었다.

9월에는 막막했다. 인근 극단의 연출자 선생님을 만나 조언을 듣고 나서 방향을 잡을 수 있었으나, 문제는 대본이었다. 뮤지컬을 연극 수준으로 생각하고 직원을 대상으로 대본을 공모해 보았으나 쓸만한 공모 작품이 없었다. 결국 전문가로부터 대본을 받아서 우체국의 특색을 좀 더 가미하기로 하고 결정했다.

공연 목적은 '열정과 도전 정신이 미흡하고, 과학적이지 못한 기존의 우체국 문화를 Passion(열정), Openness(열린 사고), Science(과학), Try(도전)를 중시하는 Power POST로 바꾸는 프로젝트'의 일환이었다. 즉, 직원들이 뮤지컬이라는 미지의 영역에 도전하게 하여 잠재역량을 발휘하고 자긍심을 높일 수 있는 계기를 만들어 주는데 있었다. 뮤지컬의 소재는 우체국을 상징하는 편지로 하였다.

줄거리는 서울로 유학을 간 딸이 화천에 사는 어머니에게 편지를 보내고, 그 편지를 집배원이 배달하는 과정에서 겪는 우체국 사람들의 다양한 에피소드로 총 10막의 연극으로 만들었다.

막간에 음악(난타, 풍물놀이, 오카리나연주, 그룹사운드, 합창), 무용(에어로빅) 등이 들어가 흥을 돋았다. 공연장은 대학, 예술회관 등 여러 곳을 물색해 보았으나 관람석, 음향, 조명을 종합적으로 고려하여 흥업에 있는 원주 의료기기 테크노밸리 대강당으로 정했다.

출연진은 체신청과 10개 우체국 직원 104명으로 최종 구성했다. 연극을 하는 40명의 직원은 연습의 편의성을 감안해 체신청 직원 20명과 뮤지컬에 관심이 있고 끼가 있는 원주 인근의 우체국 직원 20명으로 했다. 주인공인 박 씨, 필순네, 국장, 구멍가게 주인 등은 우체국 직원이 맡게 되었다.

난타(6명, 삼척), 무용(9명, 양구), 풍물놀이(5명, 춘천), 그룹 사운드(8명, 강릉), 오카리나 연주와 합창(36명, 원주) 등 음악과 무용은 모두 우체국 직원이 맡았다.

9월부터 연습을 시작했다. 연극 출연자 중 체신청과 원주 지역에 근무하는 직원은 수시로 모여서 연습을 하고, 난타 연습 등은 그 지역 우체국을 중심으로 연습했다.

공연일은 가까워 오고, 연습은 부족하고 난감했다. 지역별로 순회연습을 12월 1일부터 시작했다. 연출가 선생님과 서무계장, 공연 담당이 함께 지역 방문을 했다. 업무가 끝나고 저녁 식후 연습을 시작하면 밤 11시는 보통이고 어떤 때는 자정을 넘겨서까지 연습을 해야 했다.

'미쳐야 미친다(不狂不及)'는 말처럼 세상에 미치지 않고 이룰 수 있는 큰 일이 있겠는가. 출연 직원, 또 출연 직원이 연습에 매진할 수 있도록 도움을 아끼지 않은 동료 직원 모두가 '우체국 사람들' 공연에 미쳤기에(狂) 미칠(及) 수 있었다.

지금은 담담하게 돌아볼 수 있지만, 공연 한 달 전만 하더라도 과연 해낼 수 있을까 하는 우려를 지울 수 없었다. 공연일 일주일을 앞두고 총연습일인

12일엔 너무 추워 이동용 난로를 준비하고, 모두들 외투를 두껍게 입고 연습을 했다. 총연습일이라 뮤지컬 출연자 전원이 참석해 연습을 했고, 문제점을 보완했다. 연습 횟수가 늘어나면서 자신감이 붙었다.

공연일 하루 전인 17일 목요일에는 실제 공연시간과 비슷한 다섯 시부터 모든 장비를 지참하고 최종 리허설을 가졌다. 손을 호호 불며 연습하는 직원들이 고맙기도 하고 미안하기도 했다. 12월 초순에 주요 기관과 단체장에게 초청장을 보냈고, 우체국 직원들에게는 문서로 관람안내를 했다.

공연일. 다섯 시에 공연 장소로 갔다. 부대 행사로 '예쁜 우편 수취함' 전시회가 공연장 입구에서 있었는데, 많은 분들이 관심을 보였다. 출연 직원, 뮤지컬 지원 관계자들로 시끌벅적했다.

공연장 건물관리 책임자는 개인적으로 친분이 있었음에도 음악 소리, 징·꽹가리 소리로 소음이 심해 연구에 지장이 많으니 좀 조용해 달라고 강력하게 요구해 난감했다. 이럴 줄 알았다면 공연장 대여를 하지 않았을 것이라고도 했다. 참 야속했다. 조용한 공연이 어디 있겠는가. 이미 일이 이렇게 진행된 이상 계획대로 공연할 수밖에 없다며 항의를 무시했다.

내빈을 위해 다과를 준비했는데, 여기서도 탈이 났다. 종이컵을 모두 찻잔으로 바꾸라는 지시가 떨어져 사무실에 있는 찻잔을 부랴부랴 가져왔다.

시간은 흘러가기 마련, 드디어 일곱 시에 막이 올랐다. 관람석인 500여 좌석이 모두 찼다.

나는 공연 안내 겸 인사말씀을 드리기 위해 단상에 올랐다. 내게로 조명이 집중되었다. 뮤지컬을 공연하게 된 배경과 공무원 조직에서 이런 공연을 하는 것은 처음이고, 앞으로도 이런 공연을 하기 쉽지 않을 것이라며, 출연자 모두가 우체국 직원으로 아마추어이지만 열정만은 크다며 깊은 관심과 격려를 부탁드린다는 요지의 말을 했다.

약 5분 정도 길이의 인사말씀을 메모도 보지 않고 그냥 외워서 했는데, 잘 했다기보다는 참 미련했다는 생각이 들었다. 경험이 없어서 원고 없이 했는데, 이야길 하다 도중에 생각이 나지 않으면 어쩌려고 그랬는지 지금 돌아보아도 아찔하다. 그래도 다행히 잘 넘어갔다.

마침내 공연이 시작되었다. 공연 책임자로서 가슴이 조마조마했다. 1막인 '필순네 편지'가 펼쳐지면서 필순네와 박 씨의 대사가 이어지자 비로소 자신감이 생겼고, 공연이 성공할 수 있다는 기대감을 가질 수 있었다. 2막, 3막, 4막이 차질 없이 이어졌고, 마침내 두 시간 가까운 공연이 끝났다. 해냈다. 감격스러웠다.

청장님과 출연 직원 모두가 단상에 뛰어올라 환호했다. 관람석에서도 모두 일어나 박수를 쳐주었다. 그동안 고생했던 순간순간이 영화처럼 지나갔다. 감격에 겨워 눈물을 흘리는 직원도 꽤 보였다. 그 순간 너와 나는 없었다. 모두가 하나였다. 기념촬영이 이어졌고, 출연 직원과 간부들은 구내식당으로 자리를 옮겼다.

10시가 다 된 시간에 청장님께서 격려의 말씀과 함께 사비로 출연 직원 소속국별로 격려금을 전달했고, 자축 파티가 시작되었다. 한 시간 가량의 시간이 지났다. 모든 일정을 마치고 집에 돌아오니 긴 터널을 이제야 빠져나왔구나 하는 안도감과 허탈감이 함께 찾아왔다.

이날 밤 공연을 관람한 아내와 함께 긴 시간 동안 잠을 설쳐가며 대화를 나누었다. 내가 단상에 올라서자 실수할까 봐 걱정이 많이 되더란다. 오프닝 멘트를 실수 없이 잘 했다는 말에 크게 잘못되지는 않았구나 하는 안도감이 들었다. 뮤지컬 내용도 좋았고, 출연 직원들이 너무 잘했다고 감동적이었다는 칭찬을 들었다.

아내는 우체국 가족 중 우신 분들을 꽤 보았단다. 아마 우체국에서 일어날 수 있는 일이 생동감 있게 그려지니 가족들이 공감할 수 있었지 않았겠느냐 하는 생각이다.

외부 인사들도 우체국 직원이 이렇게 잘 하느냐며 놀라더란다. 공연이 끝나고 열흘이 지났지만, 지금도 감동이 이어지고 있다. 공직 생활 내내, 아니 살아있는 동안 이 공연을 잊지 못할 것 같다.

이제 모두 끝났다. 남은 것은 행복하고 '감사'하다는 것이다. 먼저 아이디어를 내고 지원과 격려를 아끼지 않으신 김병수 청장님, 연출과 계획하느라 고생한 김판기 계장님과 엄민용 님, 지속적인 관심과 격려를 주신 문삼식 국장님께 깊은 감사를 드린다.

화천, 삼척 등 멀리서 원주까지와 연습하느라 고생하고 맡은 역할을 잘해준 출연 직원, 또 출연 직원이 부담 없이 연습과 공연을 할 수 있도록 관심과 배려를 아끼지 않으신 국장님께 깊은 감사를 드린다.

추운 날씨에 공연 관람도 못하고 주차장 관리를 해준 직원, 홍보담당 등 관계한 모든 분들에게 머리 숙여 깊은 감사를 드린다. 강원 체신청 모든 직원의 단합된 힘이 '2009년 12월 18일'의 역사를 만들었다.

이 추억은 우리 모두에게 영원히 남으리라. '우체국 사람들' 공연 내용을 부서 내의 전자 게시판에 올렸더니 칭찬과 격려의 댓글이 300여 개나 붙었다.

뮤지컬을 끝내면서 남기고 싶은 한마디 말은 '감사'다.

(2009년 12월 29일, 화요일 늦은 밤에 쓰다)

우리나라 사람들은 숫자 가운데 '삼(三)'을 유난히 좋아한다. 만세(萬歲)도 한 번도 아니고, 두 번도 아니고 삼창이다. 무슨 일을 결정할 때도 '삼세 번'이다. 사람의 성격이 형성되어가는 과정을 말할 때 '세 살 버릇 여든까지 간다.'는 속담을 쓴다.

숫자 삼은 일상생활뿐만 아니라 사회규범이나 정치·문화에서도 매우 많이 적용되고 있다. 무슨 일을 잘못했을 때도 두 번까지는 용서를 해도 세 번째는 용서하지 않고 벌을 준다.

의사를 진행하는 의장이 의결을 선포하거나 법원에서 판사가 선고할 때나 휴정을 할 때도 '땅 땅 땅' 세 번 방망이를 친다.

희로애락도 '삼'과 관련된 이야기가 많다. 공자의 인생삼락, 맹자의 군자삼락이 있고, 추사 김정희도 '일독(一讀) 이색(二色) 삼주(三酒)'를 삼락으로 꼽았다.

송나라 성리학자 정이가 말한 세 가지 불행(三不幸)은 우리에게 많은 것을 시사한다.

첫째, 어린 나이에 급제하면 나태해지고 교만해지기 때문에 불행하다.

둘째, 너무 좋은 환경에서 자라면 인내심이 없고 좌절하기 쉽기 때문에 부모, 형제의 권세가 높으면 불행하다.

셋째, 자기가 최고인 줄 알고 안일함에 빠지기 쉬우므로 뛰어난 재주와 능력을 가진 것도 불행하다.

사람들이 소년등과를 하거나 부모, 형제가 권세가 높고 뛰어난 재주와 능력을 가졌으면 그만큼 조심하고, 또 조심하라는 경계를 우리에게 시키고 있다. 인생을 대하는 지혜가 묻어난다.

나도 나름의 삼락(三樂)을 정하고 생활한 지 꽤 오래되었다.

53. 세 가지 즐거움

공자는 '배우고 때때로 익히는 것', '벗이 멀리서 찾아오는 것', '남이 나를 알아주지 않아도 성내지 아니하는 것'을 인생삼락이라 하였고, 맹자는 군자의 인생삼락으로 '부모형제가 건강하고 편안한 것', '부끄럽지 않게 사는 것', 그리고 '인재를 얻어서 가르치는 것'을 꼽았다. 부와 권력, 명예를 쫓으며 살아가는 필부들에게 공자와 맹자의 삼락은 다소 거리가 있는 얘기일 수 있다.

그러나 살아가면서 즐거움이 어디에 있는지는 모두에게 중요하다. 부지불식간에 우리는 즐거운 거리를 찾게 되어 있다. 논어에는 '아는 사람이 좋아하는 사람만 못하고, 좋아하는 사람이 즐기는 사람만 못하다'고 일갈되어 있다. 즐거움이 어디에 있는지 생각해보고 찾아보는 것은 자기의 정체성을 확인하는 일이기도 하다. 나는 수년 전부터 一.주(酒) 二.동(動) 三.독(讀)에서 삼락을 찾았다.

술은 과맥전대취(過麥田大醉, 밀밭을 지나가도 크게 취하는 사람)를 면한 정도이다. 2차는 꿈도 못 꾸고, 1차에서도 한 시간이면 족하다. 사람이 좋아서, 만남이 좋아서 술자리를 갖고, 소통과 관계의 매개체로 삼고 있다.

동(動)은 글자 그대로 움직이는 것이다. 많이 움직이려 한다. 전에 살던 곳에서는 한 시간 이상의 거리를 걸어서 출퇴근했고, 지금은 새벽에 두 시간 이상을 걷고 있다. 인근에 경포호, 남대천, 해변 솔숲길 등 걷기 좋은 곳이 많다. 이른 시간에 걸으면서 어제를 돌아보고, 오늘 할 일을 정리한다. 특히 좋아하는 시를 암송하면서 걸으면 즐거움이 배가된다.

젊었을 때 읽은 책이 별로 없어 평소 지식과 정보의 부족을 느꼈기에 독서를 즐거움으로 삼았으나, 바쁘다는 핑계로 제대로 읽지 못하고 있다. 독서는 삶을 깊이 있게 하고 풍요롭게 만들기에 선택이 아닌 필수이나 실천하기가 가장 어렵다.

오바마 대통령이 말을 잘하는 것은 어린 시절 독서를 즐겼기 때문이고, 마오쩌둥은 부상을 당해 들것에 실려 가면서도 책을 놓지 않았으며, 빌 게이츠는 매일 밤 한 시간을 책 읽기에 투자한다고 한다. 지금까지 소홀히 한 독서, 앞으로는 가장 즐겨야겠다.

제일 경계해야 할 즐거움은 술이다. 좋은 취지에서 가진 자리이나, 지나치면 관계를 허물수도 있고, 건강을 해치고, 시간도 뺏긴다. 아침술은 돌(石), 낮술은 구리(銅), 밤술은 은(銀), 사흘에 한 번 마시는 술은 금(金)이라는 말이 탈무드에 있다. 현대 의학에서도 해장술은 절대 금물이고, 매일 마시지 말아야 하며, 간이 쉴 수 있게 간격을 두고 마시라고 가르친다.

이 세상에 술잔에 빠져 죽은 사람이 바다에 빠져 죽은 사람보다 많다고 한다. 술을 좋아하는 분들이 새겨야 할 말이다. 이제부터 세 가지 즐거움의 순서를 一.독(讀) 二.동(動) 三.주(酒)로 바꾸어야 하겠다.

(강원도민일보, 2016년 12월 6일 화요일, [요즘세상])

겨울 이야기

출사표(出師表)란 '군대를 일으키며 임금에게 올리는 글'이라는 뜻이다. 중국 삼국시대 촉(蜀)나라의 재상 제갈공명이 위나라를 토벌하러 떠나기에 앞서 자신의 심경과 각오를 적어 임금에게 바친 글이다.

두 번의 출사표를 올렸는데 전(前) 출사표는 현신(賢臣)을 등용하여 내치(內治)를 도모할 것과 자기의 입장과 결의를 서술했으며, 후(後) 출사표는 위(魏)나라를 토벌할 좋은 기회임을 적어 뭇 신하의 의심을 풀려고 했다.

말 한마디, 구절 하나하나까지 지성(至誠)에서 나와 후세까지도 읽는 이에게 충의의 마음을 불러일으키게 한다. 중국 북송 시절, 시인인 소동파는 출사표에 대해 '말이 간결하면서 또한 그 뜻이 곡진하고, 곧으면서도 방사한 데로 흐르지 아니하다.'고 했다.

이 출사표란 용어가 아주 널리 쓰이고 있다. 개인이 어떤 중요한 결단을 할 때나 시합에 출전할 때도 비장의 각오를 담아 출사표를 던졌다고 한다. 특히 정치인이 선거에 나설 때 출사표를 던진다는 표현을 많이 쓴다.

나는 퇴직 후 삶의 출사표를 준비 중이다. 낮에는 집에 있지 않고, 1일 1권의 책을 읽고, 월 2회 신문사나 잡지사에 보낼 기고문과 3권의 책을 쓸 생각이다.

1일 1만 보를 걷고, 아내와 함께 3번의 해외여행을 하고, 강릉 바우길전 구간을 완주해보려 한다. 집에 있으면 앉고 싶고, 앉으면 눕고 싶고, 누우면 자고 싶은 것이 인지상정이다.

하루 종일을 아내와 함께 있다가는 다툴 수도 있고, 좀 못보다 만나야 정도 더 나는 법이다. 아침을 먹고는 도서관으로 내뺄 생각이다. 독서만큼 유익하고 가치 있는 일도 없다. 평소 관심 있던 정치, 경제, 역사서 등을 맘껏 골라 읽는 것! 최고의 즐거움 아니겠는가.

벌써부터 가슴이 뛴다. 책을 읽다 보면 자연스레 글을 쓰게 되리라 생각한다. 중국 고전에 나오는 영웅들의 리더십과 고사성어를 재미있게 엮으면 유익한 글이 되지 않을까 싶다.

그리고 계절마다 바뀌는 자연을 제대로 느껴보고자 한다. 강릉에 근무하면서 바우길 일부 구간을 걸어보았지만 전 구간을 걸어보지는 못했다. 계획을 세워 아내와 함께 전 구간을 걷고 여행기도 쓰겠다. 지금까지는 1일 1만 5천 보를 목표로 해서 1만 3천 보를 걸었으나, 목표를 1일 1만보로 정하고 걷겠다.

아내와 함께한 해외여행은 필리핀 한 차례인데, 시간을 내어 최소 세 번은 나가 보겠다.

대부분의 사람들이 제갈량의 출사표에 대해 긍정적인 생각을 갖고 있지만 다른 의견도 있다. 중국의 역사학자 후줴자오(胡覺照) 교수는 출사표가 어려운 시기에 백성의 삶을 돌보지 않고 나라의 상황을 헤아리지 못한 채 어리석은 전쟁을 정당화하고 있다고 비판했다.

그는 오히려 위나라의 관리 화흠이 전쟁으로 고통받는 백성들을 안타까워하며 위나라 황제 조조와 조비에 이어 왕위에 오른 조예(曹叡)에게 올린 '전쟁을 중단하고 백성의 평안과 복지에 힘쓸 것'을 청원한 지전소(止戰疏)가 진정 국민과 국가를 위한 것이라고 주장했다. 그러나 후줴자오 주장은 별다른 관심과 지지를 받고 있지는 못하다.

54. 출사표(出師表)

　매년 삼국지를 읽기로 작정하고 실천한 지 십 년은 더 된 것 같다. 읽을 때마다 느낌이 다르다. 며칠 후부터 또 삼국지를 읽을 생각인데 어떤 새로운 내용을 알게 될까 벌써부터 마음이 설렌다. 지금까지 읽으면서 가장 안타까운 부분은 불필친교 등의 교훈을 주면서 조국을 위해 헌신한 제갈량이 평생의 목표인 삼국을 통일하지 못하고 죽는 장면이었고, 출사표를 읽을 때 가장 감동적이었다. '출사표를 읽고 울지 않는 사람은 충신이 아니다'라는 송(宋)나라 시인 소동파의 말처럼 온몸에 전율이 느껴졌다.

　출사표의 출(出)은 출동을 의미하며, 사(師)는 군사·군대라는 뜻이고, 표(表)는 자신의 강한 의지를 밝히는 것으로 특히 신하가 왕에게 자신의 생각을 아뢰는 글을 뜻한다. 촉(蜀)나라 1대 황제 유비가 위나라 땅을 수복하지 못하고 죽게 되자, 반드시 북방을 얻으라는 유언을 남겼다.

　제갈량이 유비의 유언을 받들기 위해 군사를 이끌고 위나라를 토벌하러 떠나기에 앞서 2대 황제 유선 앞에 나아가 바친 글이 출사표인 것이다. 여기에는 국가의 장래를 걱정하고, 유선에게 올리는 간곡한 당부의 말이 담겨있다. 온통 나라 걱정과 충언으로 가득 차 있다.

　유력한 정치인이 중요한 결정을 하거나 입장을 밝힐 때 출사표를 던졌다고 한다. 중요한 경기에 출전하는 선수들은 금메달, 우승을 목표로 후회 없이 싸우겠다면서 출사표 운운하고, 기업인이 새로운 사업을 하고 투자를 할 때도 출사표를 던졌다고 한다. 일반 시민들은 살아가면서 계획을 세우고, 소망을 밝히고, 각오도 다진다. 이것이 갑남을녀에게는 제갈량의 출사표 이상일 수 있다.

　통상적으로 연초에 그해 해야 할 일을 정하고, 해맞이를 하면서 다짐도 한다. 바쁘게, 또 열심히 살았지만, 한 해를 돌아보면 대개의 경우 만족하기보다는 아쉬워하기 일쑤이다. 엊그제 시작한 듯싶은 병신년(丙申年)이 벌써 끝자락에 와 있다. 또 한해를 돌아보아야 할 시간이다.

금연, 절주, 운동, 독서 계획 등 소망했던 것이 얼마나 이루어졌는지 따져보고, 실천이 잘 되지 않았다면 그 이유를 헤아려야 한다. 그것이 나약한 의지나 부풀린 목표 때문이라면 2017년 정유년(丁酉年)에는 보다 마음을 다잡고, 실현 가능한 꿈을 꾸어야 한다.

예년 연말에는 크리스마스 트리도 흔히 볼 수 있었고, 송년 모임으로 사회 분위기가 들떴는데 올해는 차분하다. 침체된 경제와 사회 환경 탓이라 생각된다. 올해 연말에는 자숙하면서 제갈량이 출사표를 쓰고 결연히 전장에 나가는 심정으로 내년에 해야 할 일을 가다듬어 보는 것도 좋을 성 싶다. 그리고 꼭 1년 후의 오늘에 아쉬워하기보다는 만족해하는 자신의 모습을 그려보자.

(강원도민일보, 2016년 12월 28일 수요일 [요즘세상])

내 업무 노트 첫 페이지에는 몇 년째 '15,000, 100, 3'이란 숫자가 적혀 있다. 나만이 이 숫자의 의미를 안다. 차례대로 숫자 뒤에 보(步), 권(卷), 주(酒)를 붙이면 된다. 하루 15,000보를 걷고, 한 해에 100권의 책을 읽으며, 한 주에 3회 술을 마시겠다는 것이다.

돌아보면 이 목표를 100% 달성하지는 못했다. 재작년에는 하루 평균 14,320보를 걸었고, 93권의 책을 읽었으며, 일주일에 3.6회 술을 마셨다. 작년에는 하루 평균 13,111보를 걸었고, 82권의 책을 읽었으며, 일주일에 2.8회의 술자리를 가졌다.

15,000보 걷기는 스마트폰에 만보기 앱(APP)을 깔아놓고 체크를 하고 있다. 걸어서 출근하면 6,500여 보, 점심시간 운동 3,000보, 기타 걷기로 하루 목표를 채우고 있다. 평일에는 사무실 출근을 하니 목표를 쉽게 달성하나, 휴일에는 별도의 운동을 하지 않아 목표달성이 어렵다.

책은 한 주에 세 권 읽기를 목표로 했으나 실천이 잘되지 않고 있다. 목표가 과한 것 같다. 좀 줄여야겠다. 그래도 가장 좋아하는 책인 중국 고전 열국지, 삼국지, 초한지는 매년 읽고 있다.

술자리는 좀 줄이려 하나 성격이 사람을 좋아하며, 또 외부인들과 밥 먹는 자리를 적극적으로 가지려 하다 보니 한 주 평균 3회는 갖고 있다. 술 자체가 좋아서라기보다는 그 자리, 사람이 좋아서 마시는 것이기에 퇴직하여 관계가 줄어들면 자연스레 술자리도 줄어드리라 생각한다.

걷고, 읽고, 술 마시고는 바로 나의 삼락(三樂, 세 가지 즐거움)이다. 일상을 보면 하루하루 삼락에 충실하다.

목표나 계획에 숫자를 즐겨 쓰고 있다. 숫자에는 마력이 있다. 숫자를 적어놓으면 거기에 구속을 받는다. 때문에 계획은 스마트(SMART)해야 한다.

구체성(specific), 측정 가능성(measurable), 달성 가능성(achievable), 현실성(realistic), 기한(time limited)이 정해져 있어야 좋은 계획이다. 가령 '신규직원 업무교육 실시'보다는 '1, 2년 차 직원 회계업무 교육 1주 3회(월, 수, 금) 근무 시작 전(08:30~08:50) 실시'가 훨씬 실현 가능성이 높다.

내년에는 어떻게 한해를 살아낼까 고민을 하다가 주위에서 지나침으로 인해 곤란을 겪는 경우를 자주 보고, 생활에서 과(過, 지나침) 자를 빼기로 다짐했다.

55. 나의 신년구상(新年構想)

연말연시가 되면 어김없이 재계 총수나 기관·단체 대표자의 신년사가 나온다. 언론에서는 이들의 신년사를 신년구상이라고 옮긴다. 필부는 새해를 맞으면서 구상보다는 목표나 계획 등의 용어를 즐겨 쓴다. 그래서인지 구상하면 좀 그럴싸하게 보이고 필부가 쓰기에는 좀 어색하기도 하다.

사전에서 구상을 찾으니 '앞으로 이루려는 일에 대하여 그 일의 내용이나 규모, 실현 방법 등을 어떻게 정할 것인지 이리저리 생각함'이라고 적혀 있다. 그렇다면 예년에 쓰던 신년계획 대신에 신년구상이라고 써도 무방하지 않겠나하는 생각이 들어 작은 도전을 했다.

'지나친 것은 미치지 못하는 것과 같다.'

논어 〈선진편〉에 있는 공자의 말이다. 공자는 대략 3천 명의 제자가 있었는데, 그중 언변이 뛰어난 자공이 스승인 공자에게 "스승님, 자장과 자하 중 누가 더 어집니까?"라고 물었다. 이에 공자는 평소 두 제자의 행태를 봐왔기에 "자장은 좀 지나친 점이 있고, 자하는 좀 부족한 점이 있다."고 했다. 자공이 "그렇다면 자장이 더 나은 것 아닙니까?" 라고 되묻자, 공자는 "그렇지 않다. 지나침은 미치지 못한 것과 같다."고 했다고 한다. 우리가 자주 쓰는 '과유불급(過猶不及)'이 생겨난 유래이다.

지나침을 경계하라는 의미이며, 지나침은 오히려 화를 불러온다는 교훈을 우리에게 주고 있다. 오늘날은 물질이 넘치고, 생각이 넘치고, 정보가 넘치는 과잉시대(過剩時代)다. 과유불급을 아는 지혜가 필요하다.

지나온 시간을 돌아보면 나의 삶에 과(過, 지나침)가 많았다.

첫째가 과식(過食)이다. 메뉴를 가리지 않고 다다익선이다. 세끼를 꼬박 먹고, 간식도 거르지 않는다. 먹을 때는 좋은데, 먹고 나서는 후회막급이다. 집에 비치하는 상비약 1순위가 소화제다. 워낙에 식탐이 있다 보니 하루에 만 오천 보를 걷는데도 과제중이다. 2015년 우리나라의 다이어트 시장규모가 7조 6천억 원이라고 하니, 과식과 비만은 이미 사회문제가 되었다고 봐야 할 것 같다.

둘째가 과음(過飮)이다. 두주불사는 아니지만 술자리를 마다하지 않는다. 그러다 보니 술 마시는 날이 마시지 않는 날보다 많다. 술을 마시는 것을 좋아하는 것이 아니라 술 마신 흥취를 좋아한다는 시인 동탁의 주도(酒道) 18단계에서 술의 진경을 배우기 위해 마시는 1급인 학주(學酒)를 지나 술에 취미를 붙인 초단인 주도(酒徒)는 되는 것 같다. 이제 여기서 멈추어야 한다. 마셔도 그만, 안 마셔도 그만인 주성(酒聖)이나, 술을 보고 즐거워하되 이미 술을 마실 수 없는 주종(酒宗)까지는 가지 말아야 한다.

셋째가 과속(過速)이다. 운전에서도 과속이 문제이지만, 삶도 마찬가지라는 생각이다. 목표 달성과 조직 활성화를 구실로 너무 앞서나가 동료들을 힘들게 하지는 않았는지 염려스럽다. 엄마는 아이보다 반 발짝이나 한 발짝만 앞서 가야 아이가 힘들지 않게 따라올 수 있다고 한다. 나에게 맞는 속도, 주위 분들과 함께 행복할 수 있는 삶의 속도를 만들어 살아야겠다.

자제라는 브레이크를 밟지 못하다 보니 나의 삶에서 과(過) 자가 들어가는 경우가 과식, 과음, 과속 외에도 과욕, 과민 등 정말 많았다.

2019년 기해년을 맞으면서 나의 신년구상은 삶에서 과(過) 자를 빼는 것이다.

(강원도민일보, 2018년 12월 28일 금요일, [요즘에])

일월에...

1월의 영어 단어인 'JANUARY'는 로마신화에 나오는 과거와 미래라는 두 개의 얼굴을 가진 야누스 신에서 유래했다. 몸은 하나이나 얼굴은 두 개인 야누스는 두 개의 다른 생각을 가지고 있다.

야누스의 뒷면 얼굴은 과거를, 정면 얼굴은 미래를 보고 있다. 로마인들은 이런 두 얼굴의 야누스를 안과 밖을 향해 있는 문(門)과 같다고 보았다. 문을 라틴어로 '야누아(Janua)'라고 하니만큼, 야누스는 문의 신이다. 사람은 문을 통해 밖으로 나갈 수 있다. 고대 로마인은 '새해로 들어가는 시간의 문'이라는 뜻에서 1월을 '야누아리우스(Januarius)의 달'이라고 칭했다.

야누스는 두 얼굴을 가졌지만 이중적, 위선적이지는 않았다. 오히려 성스럽고 존경받는 신이어서 로마인들은 야누스 신전에 문까지 세웠다. 로마인들은 전쟁이 나면 야누스 신전의 문을 열어 야누스가 나와서 도와주기를 바랐기에, 가능하면 그 문이 굳게 닫혀 있기를 소망했다. 야누스 신전의 문이 열렸다는 것은 전쟁 중이라는 뜻이기에 닫혀 있기를 바란 것이었으나, 오히려 열려 있을 때가 많았다고 한다. 이처럼 로마인들에게 야누스는 수호신과 같았다.

그러나 18세기 영국의 한 작가가 자신의 책에 '한쪽 얼굴로는 미소를 짓고, 다른 쪽 얼굴로는 노여움을 드러내는 야누스 얼굴'이라고 표현하면서 야누스의 이중성이 고착화 되었다.

지금은 '야누스의 두 얼굴' 하면 이중성, 위선자, 악 등 부정적인 뜻으로 받아들여지고 있다. 야누스 신으로서는 지금의 '부정적'인 해석이 억울할 것이다.

우리도 야누스처럼 부정적으로 왜곡되지 않으려면 한해의 시작인 1월에 정신을 바짝 차려야 한다.

촉나라 제갈량은 10만의 군사를 거느리고 시기 234년 위나라 사마의와 오장원(五丈原)에서 명운을 건 전쟁을 했다. 그때 행군 중 바람이 거세게 불어 군기(軍旗)가 꺾이자 제갈량은 불길한 징조로 여겨 마음이 심란했다. 결국 그는 병세가 악화되어 병사했고, 촉나라는 철수했다.

군기가 부러지는 것을 불길하게 보지 않고 위나라를 이기고 오나라마저 이겨 새로운 기(旗)를 거는 기회가 올 것이라며 자신을 가다듬고 부하들을 격려했다면 결과가 어땠을까.

병자호란 때 조선을 침범하여 우리와는 악연이 있는 청 태조 홍타이지(皇太極)는 비슷한 상황에서 정반대의 반응을 보였다. 그가 명나라와의 싸움을 앞두고 아침 식사를 하던 중 나무 상다리가 부러지면서 밥과 국이 모두 쏟아지고 말았다.

당대의 영웅이자 천자의 기상을 타고난 홍타이지는 "이건 명나라를 이긴다는 하늘의 계시다. 나는 싸움에 이겨 이제 나무소반이 아닌 명나라 궁중에서 쓰는 금 소반에 밥을 먹을 것이다."라고 말해 병사들의 사기를 높여 명나라 군대를 격파했다. 만약 홍타이지가 나무 상다리가 부러졌을 때 불길한 조짐으로 여기고 의기소침했다면 전쟁의 결과는 달라졌을 수 있다.

어떤 마음가짐을 가졌는가가 삶을 살아가는데 매우 중요하다. 걸프전쟁의 영웅인 콜린 파월은 자메이카 출신 이민자의 아들로 뉴욕의 빈민가에서 태어나 가난하게 자랐다. 학교 성적도 하위권이었다. 중령 시절인 1970년대 후반에는 주한미군의 일원으로 동두천에서 근무하기도 했다.

파월이 학생 시절 음료수 제조공장에서 아르바이트를 했다. 백인 학생은 기계 앞에서 콜라를 담는 일을 했으나 흑인인 파월은 청소를 맡았다. 그럼에도 그는 불평하지 않고 최선을 다했다. 한번은 50개의 콜라병이

들어 있는 상자가 넘어져 유리 파편과 콜라가 뒤섞여 난장판이 되었다. 사람들은 치울 생각을 하지 않고 모두들 물러났으나 파월은 묵묵히 자신의 일에 최선을 다했고, 이를 본 팀장은 곧 청소 대신 콜라를 주입하는 일을 맡겼다. 파월은 이 일도 성실하게 처리하여 아르바이트가 끝날 쯤에는 팀 내에서 부책임자로 승진했다. 이런 마음가짐이 파월을 미국 역사상 흑인 최초의 합참의장과 국무장관으로 만들었다.

한 가난한 정원사 청년이 있었다. 정원사는 정원을 아름답게 손질했을 뿐 아니라 화분에 꽃을 조각하는 일에도 열심이었다. 이 광경을 보고 주인이 "화분에 꽃을 조각한다고 품삯을 더 받는 것도 아닌데, 왜 그토록 열심히 하는가?"라 물었다. 그러자 정원사는 "저는 이 정원을 몹시 사랑합니다. 저는 이 일이 좋습니다."라고 대답했다. 이 말을 들은 주인은 젊은 정원사가 너무 기특하고 또 손재주가 있는 것을 알고 조각 공부를 시켰다. 르네상스 최고의 조각가이자 건축가이며 화가인 미켈란젤로가 이렇게 탄생했다. 자기가 맡은 일에 최선을 다하는 마음가짐이 그 사람의 인생을 결정한다.

56. 일체유심조(一切唯心造)

나는 새벽형 인간이다. 일찍 잠자리에 들고 새벽 다섯 시쯤이면 일어나 신문이나 책을 읽고 일곱 시에 집을 나와 한 시간 거리를 걸어서 출근한다. 집무실에서 도보로 삼십 분 거리에 있는 집배 센터로 매일 가 우편물 분류작업을 하는 직원들을 만난다.

지난 칠월부터 백여 명의 직원을 매일 대하다 보니 얼굴과 이름은 물론 어지간한 신상정보까지 알게 되었다. 이곳에 오면서 집배 센터를 하루에 한 번 이상 들르기로 마음먹었고, 지금까지 잘 지키고 있다.

전 근무지에서는 새벽에 두 시간 이상 걷기로 결심하고 실천했다. 2년 동안 경포해변 솔숲길과 경포호수 주변, 남대천 둑길을 백 번 이상 걸었던 것 같다. 솔방울이 널려있는 해변 솔숲 모래밭 길을 걸으면서 참 행복해했다. 생활 속의 운동으로는 걷기가 가장 좋다. 하루 만오천 보 걷기를 마음먹고 행동으로 옮긴 지 십 년이 넘었는데, 여전히 잘 실천하고 있다.

'모든 것은 오로지 마음이 지어냄'을 뜻하는 불교 용어이자 화엄경의 중심 사상이 '일체유심조(一切唯心造)'다. 이와 관련하여 자주 인용되는 사례가 신라의 고승 원효대사 이야기이다. 그는 불교의 신사조를 공부하기 위해 서해 바다를 거쳐 당나라로 가려고 배를 기다리다 어떤 묘막에서 하룻밤을 지내게 되었다. 한밤중에 갈증이 나 근처의 샘에서 달게 물을 마셨다. 이튿날 아침에 다시 샘을 찾은 원효는 자신이 간밤에 마신 감로수가 해골에 고인 물이었다는 것을 알게 되었고, 구토를 했다. 그 순간 '마음이 일어남으로써 갖가지 사물의 상(相)이 생겨나고, 그 마음이 사라지면 함께 사물의 상도 사라진다.'는 큰 깨달음을 얻었다.

진리는 결코 밖에서 찾을 것이 아니라 자기 자신에게서 찾아야 한다는 생각을 갖게 된 원효대사는 당나라에 가서 불법을 연구할 필요를 느끼지 않게 되었다. 그는 곧바로 신라로 돌아와서 각고의 노력 끝에 수많은 저술을 남기고 불교사상 발전에 크게 기여하였다.

마음가짐이 생각을 만들고, 생각이 행동을 만들고, 반복되는 행동이 습관을 만들고, 습관이 성격과 태도를 형성한다. 곧 어떤 마음을 가지느냐가 그 사람의 인생을 만든다.

긍정적 마음가짐은 어려운 여건 속에서도 문제 해결을 위한 용기와 희망을 가짐으로써 행복과 성공의 길로 안내하나, 부정적 마음가짐은 작은 시련만 닥쳐도 환경 탓을 하고 원망과 변명을 일삼아 불행과 실패를 가져온다.

한 가전회사가 얼음의 땅 알래스카에 냉장고를 팔 수 있을지를 두고 두 명의 사원을 보내 조사를 시켰다. 둘의 보고는 전혀 달랐다. 한 사원은 "그곳은 추워서 음식이 쉽게 부패하지 않아 냉장고가 필요 없다."고 하였다. 다른 사원은 "그곳은 모든 것을 얼려버리기 때문에 얼지 않는, 낮은 온도에서 보관할 수 있는 냉장실이 있는 냉장고가 필요하다."고 하였고, 회사는 두 번째 사원의 의견을 따라 냉장고를 수출해 빅히트를 쳤다는 유명한 일화가 있다.

두 사원이 동일한 현상을 보고 전혀 다른 태도를 보인 것은, 한 사원은 부정적인 마음가짐을, 다른 사원은 긍정적인 마음가짐을 가졌기 때문이다. 어떤 마음을 가지느냐가 천양지차의 결과를 가져왔다.

일체유심조!

세상만사가 어떤 마음을 먹느냐에 달렸다.

(강원도민일보, 2019년 1월 9일 수요일 [요즘에])

겨울 이야기

중국 오나라 왕이 원숭이가 많이 살고 있는 저산(狙 원숭이 저, 山 뫼 산)에 올랐을 때 많은 원숭이들은 놀라서 달아나 깊은 산 속에 숨었다. 그러나 원숭이 한 마리는 나뭇가지를 타고 다니며 갖가지 재주를 부렸다. 그러자 오왕은 그 원숭이를 활로 쏘았다. 원숭이는 잽싸게 날아오는 화살을 손으로 잡았다.

왕은 "원숭이가 교만하게 구는구나."라며 다시 정조준을 하고 쏘아 원숭이를 죽였다. 오왕이 평소 교만한 친구에게 "저 원숭이는 자기 재주만 믿고 교만하게 굴다가 죽음을 자초한 것이다."라고 하자 그 친구는 교만한 마음을 버리고 겸손한 자세로 오왕을 도와 많은 업적을 남겼다.

독수리 한 마리가 나이아가라 폭포 상류에서 먹이를 찾고 있었다. 마침 죽은 양 한 마리가 떠내려오고 있는 것이 보였다. 그 순간 독수리는 쏜살같이 양 위에 앉아 뜯어먹기 시작했다. 죽은 양은 폭포 쪽으로 계속 떠내려갔다. 그러나 독수리는 전혀 걱정하지 않고 먹이를 먹는 일에만 열중했다. 독수리는 날개를 지나치게 믿었다. 그러는 사이 죽은 양은 점점 떠내려와 나이아가라 폭포에 와서는 강한 물줄기와 함께 빠른 속도로 떨어졌다. 그제야 독수리는 먹기를 중단하고 위로 솟구치려 날개에 힘을 주었으나, 발톱이 죽은 양의 몸속에 깊이 박혀서 빠지지 않았다. 결국 이 독수리는 양의 시체와 함께 폭포수에 휩쓸려 죽고 말았다. 소탐대실(小貪大失)이다. 욕심을 버리지 않다가 하나뿐인 목숨을 잃은 것이다.

집에 5단 높이의 책 진열장 6개와 소형 진열장이 2개 있다. 내 것이 2개, 아들과 딸의 것이 각각 2개고, 아내는 소형 진열장을 쓰고 있다. 집이 책장과 책으로 꽉 차있다.

아내는 책을 대부분 버리라고 성화가 대단하다. 나도 계속 버리고는 있는데 크게 줄어들지 않는다. 집안이 너무 어지러워 며칠 전에도 책을 버렸다. 버릴 책을 고르다 보니 책은 내게 단순한 지식의 보고나 지혜의 샘이 아닌 추억이었다는 것을 깨달았다.

아들과 딸이 어렸을 때 쓴 일기장을 찾아 읽어보니 애들 책을 버릴 마음이 싹 없어졌다. 일기장에는 애들의 영혼과 순수함이 그대로 묻어났고, 그렇게 예쁠 수가 없었다. 우리 가족의 역사를 읽는 것 같았다. 애들 책 버리기는 애들에게 맡기기로 결심하고, 나와 아내의 책을 버리기로 했다. 돌아보니 책만이 아니다.

또 버려야 할 것 중 하나가 옷이다. 한 해 한 번도 입지 않는 옷이 수두룩하다. 그럼에도 버리긴 아깝다. 언제 다시 입을까 싶은 옷도 많이 보였다. 아내와 상의하여 날을 잡아 옷을 과감하게 버릴 작정이다. 내게는 아무래도 책보다는 옷을 버리는 게 쉬울 것 같다. 책과 옷 외에도 잘 쓰지 않는 그릇 등 버려야 할 것이 많다.

버려야 할 것을 그냥 모아두는 것이 결코 근검절약은 아니다. 오히려 미련과 아집의 증표가 아닐까. 공간은 비울수록 넓어진다. 이 공간에 꼭 필요한 새로운 것을 넣으면 된다. 사람의 생각도 그렇다. 과거, 탐욕, 아집, 부정, 편견을 비워내면 자연스레 매래, 희망, 긍정, 공정이 채워지리라.

노자의 도덕경에 나오는 '만족할 줄 아는 사람은 부끄러움을 당하지 않고(知足不辱), 그칠 줄 아는 사람은 위태로움을 당하지 않는다(知止不殆). 그리하여 영원한 삶을 살게 된다(可以長久). 화로 말하면 족할 줄 모르는 것보다 더 큰 것이 없고(禍莫大於不知足), 허물로 치면 갖고자 하는 욕심보다 더 큰 것이 없다(咎莫大於慾得). 그러므로 족할 줄 아는 데서 얻는 만족감이 영원한 만족감이다(故知足之足 常足矣).'라는 구절은 곱씹어 볼 만하다.

요사이 주위 분들이 나를 보고 "내려놓았느냐, 내려놓아라."라는 충고를 많이 한다. 퇴직이 얼마 남지 않았으니 나중에 마음에 상처받지 않게 작은 미련, 작은 권력을 놓으라는 뜻이리라. 권력은 원래부터 없었고, 마음에 남아있는 증오, 분노는 내려놓고 나갈 생각이다.

불가에 '방하착 착득거(放下着 着得去)'라는 말이 있다. 방하착은 '마음을 비워라. 마음을 내려놓으라.'라는 뜻이고, 착득거는 '마음에 있는 모두를 그대로 지니고 떠나라.'라는 말이어서 서로 반대된다. 여기에서 방(放)은 놓는다는 뜻이고, 하(下)는 물체의 아래나 아래쪽으로 자신의 '참나'에 해당하며, 착(着)은 마지막까지 함께 할 수 없는 것을 뜻하는 재산, 집착 등을 의미한다.

집착을 내려놓으라는 것이 방하착(放下着)의 진정한 교훈이 아닐까 생각한다. 비워야 새로 채울 수 있다는 것이 진리임에도 말처럼 쉽게 되지 않는다.

도종환은 '단풍드는 날'이라는 시에서 '버려야 할 것이 무엇인지를 아는 순간부터 나무는 가장 아름답게 불탄다. 제 삶의 이유였던 것 제 몸의 전부였던 것 아낌없이 버리기로 결심하면서 나무는 생의 절정에 선다'고 했다.

행복은 욕망 분의 현실(현실/욕망)이라고 한다. 즉 욕망을 분모로 하고 현실을 분자로 하는 분수라는 것이다. 현실은 자신의 욕망을 채우는 재산, 명예, 권력 등이다. 분모인 욕망이 커지면 행복은 작아질 수밖에 없다.

반대로 욕망은 일정한데 현실이 작아져도 행복하지 못하다. 분자인 현실이 일정할 때 욕망이 작아지면 행복은 커진다. 욕망을 비우면 행복해질 수 있음을 우리에게 가르쳐주고 있다.

57. 비움과 채움

새벽에 집을 나서 길을 걷다가 '빼는 것이 플러스다'라는 광고 카피를 보았다. 그 카피는 이전에도 그 자리에 적혀 있었고, 이미 몇 차례 그것을 보았을 테지만 도무지 마음에 와 닿지 않았는데, 그날은 눈에 쏙 들어왔다. 아마 그 카피를 만든 이는 '가격 거품과 품질 걱정은 빼고 생활에는 플러스가 된다.'라는 메시지를 전달하려 했으리라 집작된다. 나한테는 그 카피가 '살을 빼는 것이 건강에는 플러스다.'로 다가왔고, 비움과 채움에 대해 생각하게 하였다.

우리는 비우기보다는 채우려 한다. 비우지 않고는 채울 수 없는데도 말이다. 독선, 나태함, 자만심 등을 비우거나 줄이면 자연스레 유연성, 근면, 겸손 등이 채워질 수 있다. 자만심과 겸손이 어찌 함께 할 수 있겠는가. 겸손하려면 자만심을 버리면 된다. 너무 많이 채우려다가 잘못되는 비극을 우리는 주변에서 많이 본다. 한 개인의 삶만 그렇겠는가. 조직이나 국가의 성공과 실패도 비움에서 비롯된다.

중국 촉나라의 유비는 도원결의와 삼고초려 등 수많은 고사성어의 주인공으로 널리 알려져 있다. 특히 삼고초려는 지금도 훌륭한 인재를 끌어들이는 과정에서 자주 사용된다. 제갈량을 삼고초려 할 수 있었던 힘은 어디에서 나왔을까. 바로 비움이었다. 인력풀 시스템에서 측근 중시의 편협성을 버리고 비우니 당대 최고의 전략가인 제갈량이 보였고, 누추한 초가집을 세 번이나 찾아간 끝에 수석참모로 데려올 수 있었다. 이후 유비는 손권과 연합하여 적벽대전에서 조조를 격파하는 등 승승장구하였다.

달도 차면 기울 듯이 유비는 의형제인 관우의 원수를 갚고 형주를 수복하기 위한 이릉전투에서 참패를 한다. 병력분산, 제갈량 배제, 지휘관의 전략과 전술 부재 등 여러 가지 패인으로 꼽히지만, 가장 중요한 패인은 유비가 마음을 비우지 못하고 집착을 한 것이었다.

개인의 복수를 위해 국가 간의 전쟁을 해서는 안 된다는 의견을 참모들이 수차례 냈으나, 유비의 마음은 복수심으로 꽉 채워져 있었기에 부하의 의견이 들어갈 틈조차 없었다. 이처럼 동서와 고금을 떠나 비움의 리더십이 필요하다.

칭기즈칸의 아들 오고타이가 "나는 아버지가 남긴 대제국을 개혁하려 한다. 좋은 방법을 알려 달라."고 하자 명재상인 야율초재는 "與一利不若除一害 生一事不若滅一事(여일리불약제일해, 생일사불약멸일사).", 즉 '한 가지 이로운 일을 시작하는 것은 한 가지의 해로운 일을 제거하는 것만 같지 못하고, 한 가지 일을 만들어내는 것은 한 가지의 일을 줄이는 것만 같지 못하다'라는 명쾌한 대답을 했다.

진정으로 국민을 위해 개혁을 한다면 새로운 사업이나 제도를 시작하여 국민을 번거롭게 만들기보다는, 있는 일 가운데서 해로운 일, 필요 없는 일을 없애는 것이 훨씬 국민을 위하는 일이라는 것이다. 우리 모두가 가슴에 새길만한 말이다.

엊그제 시작한 듯싶은 정유년이 벌써 1월 하순으로 접어들고 있다. 올해의 성공을 비움에서 찾아보는 것이 어떨까 제언한다.

(2017년 1월 20일에 쓰다)

사람은 모두 자기의 인생을 그리는 화가라는 말이 있다. 내 인생을 만들어 온 것은 나이고, 앞으로의 내 인생을 만드는 것도 결국 나다. 누가 내 인생을 그려줄 수는 없다.

어떤 특별한 계기가 없으면 그 사람이 살아온 환경에 익숙해진 인성이 그대로 굳어버려 좀처럼 바뀌지 않는다. 그래서 사람 나이 40이 넘으면 그 사람의 인성은 바뀌기 어렵다고 한다. 상대방을 바꾸기보다는 내가 바뀌는 게 빠르고 편하다. 그래서 세상사는 자기 하기 나름이라고 한다. 가는 말이 고우면 오는 말도 곱다.

낙관주의자 개구리와 비관주의자 개구리가 우유통에 빠져 죽음의 위기에 처했다. 그들은 살려고 이리저리 헤엄을 쳤다. 그러나 비관주의자 개구리는 곧 헤엄을 포기했고, 바닥으로 가라앉아 익사했다. 그러나 낙관론자 개구리는 체력이 다할 때까지 계속 헤엄을 쳤다. 그러다가 그는 헤엄을 침으로써 만들어진 버터덩어리 위에 앉아 있는 자신을 발견했다. 똑같은 환경에서도 그 상황에 어떻게 대처하느냐에 따라 결과가 달라진다.

실제 경험한 일이다. 술을 입에 대면 며칠씩 마시고, 사무실 업무를 소홀히 한다 하여 징계를 받아 이곳저곳 쫓겨 다니는 직원이 있었다. 요주의 인물로 관리되고 있었는데, 내가 알고 있는 그 직원은 그렇지 않은 사람이었다. 의리 있고, 유머러스하며, 다정다감한 사람이었다.

자주 만나서 잘한 점에 대해 칭찬하고 격려를 하니 예전과 많이 달라졌다는 평가가 나왔다. 내가 한 일은 단지 관심을 가져주고 약간의 배려를 한 것밖에 없었다. 그 사람은 정년까지 근무했고, 지금도 가장 친한 친구로 만나고 있다.

십오 년 전, 국장으로 발령받아 근무지에 갔더니 평소 알고 있는 직원이 그만 두겠단다. 설득하고 여러 직원과 함께 만류했는데 잘 안 되었다. 마지막이라는 생각으로 면담을 했다. 근본적인 문제를 알고 싶었다. 두 시간 이상 둘이서 이야길 나누다 보니, 그 직원이 말은 안 해도 왜 그만 두려고 하는지 알 것 같았다. 그래서 업무를 사무실 근무에서 외근으로 바꿔주면 어떻겠느냐고 의견을 물었더니 좋다며 해보겠단다.

외부활동에 적합한 사람이 사무실에 앉아 일을 하다 보니 힘들었고, 그것이 직장을 그만두기 직전까지 가게 만들었다. 이 직원은 지금 아주 유능한 직원으로 인정받으며 잘 근무하고 있다.

사람들은 조언이나 통제보다는 신뢰와 사랑을 바란다. 사랑은 상대를 지배하거나 통제하고 낮추어 비하하려는 것이 아니라, 상대의 인격과 개성을 인정하는 평등한 관계로부터 시작된다. 진정한 사랑과 신뢰로 세상을 바라보고 대하면 세상은 달라진다.

58. 세상사 하기 나름

'하기 나름'이라는 말이 많이 쓰인다. 영어 공부가 어렵기는 하나 어떻게 하느냐에 따라 잘할 수도 있다고 표현하고자 할 때, '영어공부 하기 나름'이라고 쓴다. '하기 나름'은 상황을 부정적, 운명적으로 받아들이는 것이 아니라 상황을 주도해가는 적극적이고 긍정적인 의미를 담고 있다. 아이 성격과 습관은 부모 하기 나름, 모든 건 자기 하기 나름, 생각하기 나름 등 앞에다 어떤 말을 쓰더라도 뜻이 통하는데 별 무리가 없다. 1980년대에 '남자는 여자하기 나름이에요.'란 유명한 광고 카피가 있었다.

며칠 전 한 시간 거리를 걸어서 퇴근하다가 배가 출출하여 집에 도착 즉시 밥 먹을 생각에 아내에게 전화를 했더니 소화가 안 되고 배가 아프단다. 바로 밥 먹기가 틀렸다는 생각이 들자 순간적으로 짜증이 났다. 상한 기분을 억누르고 방을 따뜻하게 하고 누워있으라 했지만 영 기분이 좋지 않았다.

평소 같으면 그냥 갔을 텐데, 그날은 편의점에 들려 액체 소화제를 하나 샀다. 아내의 손을 잡고 집에 이것저것 할 일이 많아 수고한다며 소화제를 건넸다. 아내가 그 약을 마시고 나서 잠시 후 좀 괜찮아진 것 같다고 말하더니 밥을 차려주어 잘 먹었다.

도착 즉시는 아니지만 늦지 않은 시간에 저녁을 먹을 수 있었다. 소화제를 사지 않고 살갑게 대하지 않았더라면 스스로 저녁밥을 찾아 먹어야 할 상황이 될 수도 있었는데, 내가 반응을 아주 잘 했구나 생각하며 속으로 쾌재를 불렀다. 이런 게 아내는 남자 하기 나름이라고 할 수 있을까.

연초에 서랍을 정리하다 스크랩해둔 신문 한 조각이 눈에 띄었다. '자신의 삶을 주도하라', '끝임없이 쇄신하라'등 『성공하는 사람들의 7가지 습관』이란 책으로 유명한 스티븐 코비(1932~2012)에 관한 기사였다.

코비는 브리검영대 교수로 2004년 타임지가 선정한 미국에서 가장 영향력 있는 25인, 2011년 세계 최고의 경영사상가 50인에 뽑히기도 했다. 코비는 '사람의 인생을 바꾸는 90 대 10의 법칙'을 주장했으며, 이 법칙이 많은 주목을 받았다는 것이다. 사람에게 일어나는 사건의 10%는 통제할 수 없으나, 나머지 90%는 통제할 수 있으며 우리가 어떻게 반응하느냐에 따라 달라진다는 것이다.

즉 우리의 삶 중 10%는 우리에게 일어나는 사건들로 결정되지만, 90%는 발생한 사건을 어떻게 받아들이고 반응하느냐에 따라서 결정된다는 것이다. 코비는 '90 대 10의 원리'를 이해하면 삶이 바뀔 수 있으며, 최소한 지금의 상황에 어떻게 대처해야 할지 방법을 알게 된다고 했다. 그럴 수도 있겠다는 생각에 실천을 했더니 예상외로 좋은 효과가 있었다.

취미로 탁구를 즐겨 치는데, 복식게임을 하다 보면 파트너가 잘 칠 때도 있고 잘 못 칠 때도 있다. 물론 파트너의 입장에서 보면 파트너인 나도 별반 다르지 않을 것이다. 파트너의 실수는 내가 어찌할 수 없다. 이때 이해하고 격려하면 게임이 잘 풀릴 수 있으나, 언짢은 기분을 나타내면 파트너는 더 힘들어하고 십 중 팔구는 게임을 놓친다.

이런 사례는 일상생활 속에서 수시로 접할 수 있다. 불가피한 술자리는 통제할 수 없으나, 음주 후의 차 운전 여부는 자신의 반응에 달려있다. 대리운전을 부르거나 가까운 거리라면 걷는 것이 상식이지만, 신중한 반응을 못 하여 음주 운전을 함으로써 어려움을 겪는 사례를 주위에서 종종 볼 수 있다.

'90 대 10의 법칙'을 삶에 적용하면 많은 변화가 있을 것이라고 믿는다. 외부의 환경에 어떻게 반응할 것인지는 '하기 나름'이다. 『좁은 문』의 저자 앙드레 지드는 '모든 것은 내가 하기 나름이다.'라고 끊임없이 자신에게 말하는 법을 배우라고 했다.

(2019년 1월 27일, 일요일에 쓰다)

이월에...

2월은 평년일 때는 28일, 4년마다 돌아오는 윤년일 때는 29로 다른 달에 비해 짧다. 고대 로마인이 쓰던 달력은 1월(March)부터 10월(December)까지 밖에 없었다. 기원전 8세기경 황제가 된 누마 폼필리우스는 달의 움직임에 맞추어 두 달을 더해 1년을 열 두 달로 만들었다. 이후 로마 율리우스 카이사르는 태양을 기준으로 1년을 365.25일로 정하고 4년마다 1일을 더해 366일이 되는 제도를 만들었다.

당시 로마인들은 짝수를 불행한 숫자로 여겼으므로 홀수 달에는 31일, 짝수 달에는 30일로 하고 12월만 29일로 정했다. 그런데 카이사르 황제는 새해 취임을 앞두고 1월을 기다리지 못해 당시 11월을 1월로 바꿔버렸다. 결과적으로 11월이 1월, 29일만 있는 가장 짧은 달인 12월이 2월이 되었다. 따라서 당초의 1월은 3월(March)이 되었다.

2월이 29일이 아닌 28일이 된 것은, 뒤이어 황제에 오른 아우구스투스 황제가 자신이 태어난 8월을 본인의 이름을 따 아우구스투스로 바꾸고 2월의 하루를 가지고 와서 31일의 큰 달로 바꾸었기 때문이다. 이에 따라 2월은 더 짧아져 28일이 되었다.

딱딱한 이런 이야기보다는 2월이 짧은 이유를 노래한 시가 자연스럽다. 시인 강효수는 '2월의 이유'에서 2월이 짧은 이유를 이야기했다.

…전략…
2월이 짧은 이유는
도망가다 들켰다지
도망가다 들켜
버들강아지한테 덜컥
물렸다지

누구랑 도망가다 꼬리가

잘렸다지

그랬다지 분명

그랬을 거야

2월이 짧은 이유는

  90년대까지 우체국에서 특별소통은 '연말연시 우편물 특별소통', '선거 우편물 특별소통'이었다. 선거 우편은 워낙 중요하기에 지금도 특별소통을 하지만, 2000년대부터 연말연시 우편물 특별소통은 '설(추석)우편물 특별소통'으로 바뀌었다.

  스마트폰, 인터넷 등 편지를 대체할 통신수단이 널리 사용되기 전에는 연말연시에 새해 인사를 우체국을 통해 연하장으로 하는 것이 대체적인 풍속이었다. 직장에서는 계급에 따라 책상에 쌓이는 연하장의 높이가 달랐다. 나도 매년 수백 통의 연하장을 받고 보낸 경험이 있다. 우체국마다 연말연시에 연하장 등 편지를 넣은 우편 자루가 산더미같이 쌓였기에 특별소통이 필요했다.

  지금은 대학교 입학원서를 인터넷을 통해 보내지만, 그 당시에는 우편으로 주로 보냈고, 입학원서를 보내는 시기가 연말연시라 연하장과 함께 특별소통의 대상이었다.

  2000년대부터 전화, 문자, 이메일, 카톡 등 편지 대체 통신수단이 발달하여 통상 우편물이 매년 크게 줄고 있다. 반면 국내는 물론이고 외국과의 전자상거래가 크게 활성화되어 소포 물량은 증가하고 있다.

  특히 명절에는 우체국을 이용한 선물 택배가 대폭 늘어남으로써 명절 약 2주 전부터 특별소통 기간으로 정하여 배송에 만전을 기하고 있다. 전국에 고르게 분포된 3,400여 우체국 네트워크는 도시의 공산품과 농·어촌의 농·수산물을 원활하게 이동시켜 지역경제 활성화에 큰 역할을 하고 있다. 10여 년 전 우편 운송로가 지역경제 활성화에 미치는 영향을 생각하고 쓴 글이다.

59. 우편 운송로, 지역경제 활성화 한몫

길이 철학적이고 자연스럽다면, 도로는 인공적이다. 도로를 사회간접자본의 최고로 친다. 도로가 뚫려야 사람과 물자의 이동이 원활해져 경제가 성장할 수 있기 때문이다. 우정사업 본부에서는 우편물을 가장 신속하게 이동시킬 수 있도록 우편 운송로를 구성하여 운영하고 있다.

전국적으로 25개의 우편 집중국과 3,600여 개의 우체국이 운송로로 거미줄처럼 연결되어 있다. 서울부터 읍, 면, 도서 지역까지 연결되지 않은 곳이 없다. 강원도에서 우편물을 발송하면 이 운송로를 따라 서울, 제주 등 전국 어느 곳이든 간다. 지난해 통상 우편물 47억여 통, 소포 우편물 1억 3,000만여 통이 우편 운송로로 이동하였다.

우편 운송로가 지역경제 활성화에 효자 노릇을 톡톡히 하고 있다. 지난해 200억 원 어치의 강원도 특산물이 우편 운송로를 통해 팔려 나갔다. 봄에는 산나물, 여름에는 옥수수와 감자, 명절에는 한과, 한우육 등이 많이 팔린다. 우편 운송로는 많은 장점을 가지고 있기에 관계 기관, 단체의 적극적인 관심만 있다면 우리 지역의 특산물 판매량을 획기적으로 증대시킬 수 있다.

우편 운송로는 첫째, 접근성이 좋다. 외딴섬이나 시골 구석구석까지 우체국이 있다. 이동우체국 역할을 하는 1만6,000여 명의 집배원이 전국 곳곳을 하루도 빠짐없이 누비고 있다. 바쁘면 집배원을 통해 접수시킬 수도 있고, 우체국에 전화하면 방문접수도 가능하다.

둘째, 빠르다. 120년 전통의 물류 사업 노하우(know-how)와 25개 우편 집중국, 대전 교환센터를 거점으로 우편 운송로를 구축함으로써 우체국 택배의 익일 배달률은 98%나 된다. 설, 추석 등 특정한 시기를 제외하고는 대부분 접수한 다음 날 배달된다.

셋째, 지역성이 강하다. 우편 운송 서비스는 수익성이 높은 대도시 위주로 제공되지 않고, 전 지역에 차별 없이 제공된다. 오히려 우편 운송로는 지방에서 생산되는 특산품을 대도시로 이동시키므로, 지역주민의 소득의 창출하는 데 기여한다. 또한 자체 보관 및 배송시설이 없는 지역의 영세한 중소기업은 우편 운송 서비스를 이용하면 물류비를 절감할 수 있다.

넷째, 안정적이다. 잘 갖추어진 물류인프라, 고객을 소중히 대하는 업무처리, 직영체제 운영이 고품질의 안정적인 서비스를 가능하게 한다. 이러한 점을 인정받아 우편 운송로를 이용하는 우체국 택배 서비스가 지난해 한국산업고객만족도 택배 산업 부문 6년 연속 1위, 국가고객만족도 2년 연속 1위, 한국산업 브랜드파워 4년 연속 1위를 달성한 바 있다.

지금처럼 경제가 어려울 때에는 특히 판로확보가 중요하다. 농어촌 주민과 중소기업에게는 우편 운송로가 좋은 판로일 수 있다. 올해 우리 지역의 청정 특산품과 중소기업 제품이 우편 운송로를 통해 보다 많이 팔려나가기를 기대한다.

(2009년 2월 11일, 수요일에 쓰다)

몇 년 전, 설 연휴 기간이었던 것 같다. TV에서 김수용 감독의 '가위바위보'란 우리나라 영화를 보았다. 전체적으로 슬픈 내용이었다. 기억을 더듬어 보면 줄거리는 다음과 같다.

주인공의 조국 베트남이 패망하자 공군 대령인 남편과 이별한 렌 부인은 아이들을 데리고 베트남을 탈출하여 부산에 정착한다.

렌은 전쟁 후 자유국가로 다시 선 우리나라를 보며 조국의 필요성을 느낀다. 렌은 건물 청소 등을 하며 어렵게 살아간다. 그러던 어느 날 아이들을 남겨둔 채 지병으로 세상을 떠나고, 맏이는 동생들과 함께 힘겨운 생활을 한다.

결국 셋째 동생은 입양되고, 동생 둘은 프랑스에 살고 있는 할아버지에게로 떠난다. 둘째와 단둘만 남게 되었는데, 어느 날 한 아이만 입양하겠다는 부부가 나타나자 서로를 위하던 두 형제는 결국 '가위바위보'로 누가 입양을 갈 것인가를 결정하기로 한다.

눈물 없는 나도 이 장면에서는 닭똥 같은 눈물을 흘렸다. 그리고 그 중요한 결정을 '가위바위보'로 결정하는 장면은 슬픈 가운데서도 피식 웃음이 나오게 했다.

'가위바위보'는 중국에서 시작된 술자리 놀이였으나, 지금은 간단한 승부를 가릴 때 사용하거나 아이들이 즐기는 놀이가 되었다. 엄지나 검지, 또는 검지와 중지만을 펴고 나머지 손가락을 접은 모양을 '가위', 주먹을 쥐면 '바위', 다섯 손가락을 모두 펴면 '보'라고 한다.

재미있는 것은 어느 나라에나 '가위바위보'게임이 있다는 것이다. 영어로는 'Rock(바위), Paper(보), Scissors(가위)'라고 한다. 가위는 보, 곧 종이나 보자기를 자를 수 있기 때문에 '보'에 이기고, '바위'보다는 약하므로 '바위'에 진다. 바위는 '보'로 싸 담을 수 있으므로 '바위'는 '보'에 진다. 가장 약하고 부드러운 '보'가 강한 주먹을 이긴다.

노자의 '도덕경' 제76장은 강함을 경계하게 한다. 그 내용은 '사람이 살아있을 때는 부드럽고 약하지만, 죽으면 단단하고 강해진다. 만물, 풀과 나무가 살아있으면 부드럽고 연하지만 죽으면 마르고 뻣뻣해진다. 그러므로 단단하고 강한 사람은 죽음의 무리이고 부드럽고 약한 사람은 삶의 무리다. 따라서 군대가 강하면 이기지 못하고, 나무가 강하면 꺾인다. 강하고 큰 것은 밑에 놓이고, 부드럽고 약한 것은 위에 놓인다.'는 것이다.

어떻게 보면 반어적인 글 같지만, 곱씹어보면 정말 좋은 말이다. 나이가 들면 몸은 유연성을 잃어간다. 식물도 어렸을 때에는 부드럽지만 시간이 갈수록 뻣뻣해진다. 그래서 봄에 나는 어린순은 나물로 먹는 것이 많다. 사람이나 식물이나 죽으면 뻣뻣해진다.

치망설존(齒亡舌存)이라는 말이 있다. '이는 없어져도 혀는 남아 있다.'는 뜻이다. 중국 전한(前漢) 말 유향(劉向)의 설화집『설원(說苑)』에 나오는 상창(常摐)과 노자의 대화에서 유래했다.

어느 날 늙고 병들어 죽음에 가까워진 노자의 스승 상창이 이가 다 빠진 입을 벌리고 혀를 내밀면서 "자신의 입에 이는 하나도 없고 혀만 남아 있는 게 무슨 뜻인지 아느냐."고 노자에게 물었다. 노자는 한참 생각한 끝에 "혀가 남아있는 것은 유연하기 때문이고, 이가 전부 빠진 것은 강하기 때문이 아닙니까."라 대답했다. 이 대답을 듣고 스승 성창은 "됐다. 여기에 세상의 이치가 있다. 이제 더 이상 너에게 가르칠 게 없다."고 했다.

이 사자성어에도 부드럽고 약한 것이 강하고 단단한 것을 이긴다는 노자의 생각이 담겨 있다. 우리도 '부드러운 것이 강함을 이긴다(유지승강, 柔

之勝强).'는 걸 생활철학으로 삼을 필요가 있다.

야구에서 타자의 스윙이 굳어 있으면 공을 맞히기 어렵고, 부드러워야 잘 맞힌다. 사람은 많이 알면 알수록 이해하고 관용적이 되며, 아는 것이 적으면 적을수록 더 고집스럽고 용감해진다.

우리는 대개 자기가 잘 알고 있는 주제에 대해서는 다른 사람들의 이견 (異見)을 받아들이지만, 잘 모를 때에는 모른다는 걸 숨기기 위해서 더 강하게 아는 체를 한다.

60. 유능제강(柔能制剛)

내가 좋아하는 운동은 걷기와 탁구다. 한 시간 정도의 거리를 걸어서 출근하고, 시간 나는 대로 탁구를 친다. 탁구 코치나 선수들이 초보자에게 가장 많이 하는 말이 몸에서 힘을 빼라는 것이다.

초보자는 몸에 힘이 잔뜩 들어가 공을 잘 맞추지 못하고 실수를 연발한다. 잘 치는 사람들은 몸에서 힘을 빼고 있다가 공을 맞히는 순간에 강하게 임팩트를 준다. 모든 운동이 몸에 힘이 들어가면 잘 되지 않는다. 운동 경기가 잘 풀리지 않을 때, 몸이 굳어있어서 그렇다는 이야기를 많이 한다. 경기전에 몸풀기를 하여 굳은 몸을 풀어주는 이유다.

집중력이 필요하거나 긴장감을 풀려고 할 때 각성 효과가 있는 커피나 담배를 찾는다. 예술가들은 작품을 완성하기 위해 고도의 집중력과 긴장상태를 유지해야 하기에 이를 해소하려고 술을 마실 때가 많다. 그러나 기호식품인 커피, 술, 담배를 장기간 과잉 섭취 시에는 중독 위험은 물론 건강을 크게 해칠 수 있으니 유의해야 한다.

십오 년 전 철원에서 근무할 때의 일이다. 지인들과 술을 한잔하고, 논농사를 짓는 어느 댁에 갔다. 캄캄한 밤이었는데, 볼일이 급해 차에서 내리자마자 해우소를 찾다가 갑자기 넓이가 2m, 높이는 1.5m 정도 되는 콘크리트로 만들어진 농수로에 빠진 적이 있었다. 그런데 거짓말같이 다친 데는 한 곳도 없었다.

몸이 경직되지 않고 이완된 덕분이 아닌가 하는 생각을 한다. 같은 빙판길에서도 어린이와 어르신이 같이 넘어졌을 경우, 몸이 어린이보다 유연하지 못한 어르신이 더 다칠 가능성이 높다.

삼국지를 읽어보면 유비, 조조 등 영웅들의 흥망성쇠가 유연한 사고를 하느냐 못 하느냐에 따라 결정되었다. 유비가 불리한 상황을 이겨내고 천하삼 분지계에 따라 촉을 세울 수 있었던 것은 제갈량을 얻었기에 가능했다. 자기보다 스무 살이나 어린 인재를 얻기 위해 삼고초려를 한 것은 기존의 관습이나 관례를 떨치고 유연한 사고를 했기에 가능했다. 지금으로 보면 나이 지긋한 대기업의 CEO가 대학을 갓 졸업한 인재를 입사시키고자 세 번이나 찾아간 것으로 비유할 수 있다.

유비가 한중왕(漢中王)이 되자 위기를 느낀 조조가 참모의 건의로 오나라와 손을 잡으려 하자, 오는 유비의 촉과 화친하려고 사자(使者)를 관우에게 보내 의사를 타진했다. 사자가 오나라 손권의 아들과 관우의 딸이 혼인을 맺고 힘을 합쳐 조조를 쳐부수자고 하자 관우는 "범의 딸을 어찌 개의 아들에게 시집보낼 수 있겠는가?"라며 거절했다. 지나친 자부심과 감정에 빠져 유연한 사고를 못 함으로써 상황을 오판하는 실수를 범했다.

오와 촉의 화친 결렬로 유비는 중원 진출의 교두보를 확보할 기회를

잃었고, 관우는 자신의 죽음을 스스로 재촉하는 계기가 되었다. 역사에서 '만약'은 있을 수 없지만, 만약 관우가 자존심을 죽이고 좀 더 유연한 사고를 바탕으로 합리적인 외교를 했더라면 촉의 운명과 중국의 역사가 달라졌을 수도 있었을 것이다.

평소에는 소신을 갖고 당당하게 살아가야 한다. 하지만 소신과 원칙이 도를 넘어서는 안 된다. 지나친 원칙주의자가 되는 것을 경계해야 한다. 소신과 원칙을 넘나드는, 유연한 사고를 함께 가져야 한다.

유능제강! 부드러운 것이 강한 것을 이긴다.

삼국지에 '아무리 정의일지라도 지나치게 독선적이면 화가 따른다.'는 구절은 많은 생각을 하게 한다.

(2019년 2월 23일, 토요일에 쓰다)

겨울 이야기

물류 업무를 2006년 9월부터 2009년 8월까지 3년간 담당했다. 한 보직에서 3년 동안 근무한 것은 이례적으로 긴 편이다. 품질평가에서 성과도 좋았다. 지금도 거리를 걸어 다니면 우체통, 우편 차량이 눈에 잘 띄지만, 그때는 담당 과장이어서 훨씬 더 눈에 잘 보였다. 관심이 있는 만큼 보이는 것이다. 사회 현상을 물류적인 측면에서 바라보는 버릇은 그때 생겼다.

61. 재미있는 물류 이야기

두꺼비

물류(物流)란 '시간이 정해진 물(物)의 흐름'이다. 근래에 물류란 단어를 많이 사용한다. 21세기를 디지털 사회, 물류가 중요해지는 사회라고 정의한 학자도 있다.

물류란 '소비자 니즈(Needs)를 반영한 정확한 수요 예측을 통하여 필요한 원자재(부품·반제품 포함)의 조달부터 시작하여 생산과정을 거쳐 완제품이 최종 소비자에게 이르기까지의 상품 흐름과 상품의 사후처리(반품, 회수, 폐기)를 포함하는 경영혁신 활동'이다. 맞는 말이나 좀 복잡하다는 생각이 든다. 좀 더 쉽게 이해할 수는 없을까? 우리가 잘 아는 우화(偶話) 하나를 소개한다.

누가 떡을 먹었을까? 옛날 두꺼비와 토끼와 여우가 떡 한 개를 놓고 어떻게 먹을까 토론하였다. 떡이 한 개인지라 나누어 먹기에는 너무 적어 셋 중에서 술을 가장 못 먹는 자가 먹기로 하였다.

먼저 동작이 빠른 토끼가 나는 술지게미만 보아도 술에 취한다고 이야기하고 나서 의기양양해 하자, 머리 좋은 여우는 나는 한 뼘의 보리밭을 지나가도 술에 취한다고 하여 여기까지는 여우의 판정승. 그러나 두꺼비가 일격을 날렸다. 두꺼비 가라사대

"나는 당신들(토끼와 여우) 이야기를 듣고 이미 취했다."

결국 완패를 당한 토끼와 여우가 술 못 먹는 것으로 결정하는 것은 불합리하다며, 셋 중에서 나이가 가장 많은 자가 떡을 먹기로 하자는 대안을 내놓았다. 셋 중에서 둘의 의견이 이러하니 승자인 두꺼비도 그 대안을 따를 수밖에.

토끼가 먼저 선수를 쳤다. 나는 천지가 개벽할 때 태어났다. 꾀 많은 여우는 토끼의 이야기를 듣고 나서, "나는 천지가 개벽하기 전에 태어났다."고 의기양양해 하며 토끼를 쳐다봤다.

가장 침착한 두꺼비는 라이벌인 토끼와 여우의 이야기를 들은 후에 큰 소리로 울기 시작했다. 토끼와 여우가 두꺼비 보고 왜 우느냐고 묻자, 두꺼비는 "나는 두 아들이 모두 죽었다. 한 놈은 천지가 개벽할 때 죽었고, 또 한 놈은 천지가 개벽하기 전에 죽었다."고 했다. 셋의 떡 먹기 게임은 여기서 끝이 났다.

두 번의 게임에서 두꺼비가 모두 이겼다. 토끼가 완패한 이유는 상대방을 고려하지 않고 너무 앞서 나갔기 때문이다. 상대방을 너무 몰랐고, 무시했고, 너무 빨랐다. 지피지기(知彼知己)면 백전불태(百戰不殆)라 하지 않았던가.

두꺼비가 이긴 이유는 앞서가지 않고 상대방의 이야기를 듣고 나서 심사숙고 끝에 대안을 제시했기 때문이다. 그러나 이러한 두꺼비의 행태가 스피드를 중요시하는 지금 문제가 없을까. 두꺼비는 확실히 이기는 수라면 좀 더 빨리 자기 의견을 내놓아야 하지 않았을까. 토끼는 너무 빨랐고, 두꺼비는 너무 느렸다. 모두 적절한 타이밍을 놓친 것이다.

모든 일은 시기가 중요하다. 물류란 바로 물(재화)의 흐름인데, 정해진 시간에 흘러야 한다.

두더지

옛날 지체 높은 두더지 부부가 있었다. 이 부부에게는 예쁘고, 성격 좋고, 좋은 직장에 다니는 결혼 적령기의 딸 두더지가 있었다. 아비 두더지는 지체 높고, 학벌 좋고, 좋은 직장에 다니는 젊은 두더지 중에서 사윗감을 고르려

하였다.

그러나 어미 두더지는 내 잘난 딸 두더지를 같은 두더지에게 주기 싫었다. 두더지 부부는 사윗감 고르는 일로 많은 다툼을 한 끝에 세상에서 하늘보다 높은 것이 없다며, 하늘에 가서 자문을 구해보자고 결정을 했다.

두더지 부부가 하늘에 올라가 사윗감 고르는 것과 관련하여 자문을 구하자 하늘은 자기가 가장 높긴 높으나 구름이 지나가면 하늘을 가리므로 자기는 구름보다 못하다며 구름한테 가보라 하였다.

두더지 부부가 구름에게 달려가 자문을 구하자 구름은 자기가 하늘을 가릴 수는 있으나 바람이 불면 흩어질 수밖에 없다면서 바람이 자기보다 낫다고 이야기하였다.

두더지 부부는 다시 바람한테 달려갔다. 바람은 자기가 구름을 흩어지게 할 수는 있으나 저 밭에 서 있는 돌미륵은 넘어뜨릴 수 없다며 자기는 돌미륵보다는 못하다고 대답하였다.

두더지 부부는 다시 돌미륵에게서 조언을 구하였다. 돌미륵은 자기는 무겁고 견고하게 땅에 서 있기 때문에 바람이 불어도 꿈쩍하지 않는다고 하였다. 그러나 두더지가 자기 발뒤꿈치의 흙을 긁으면 자신은 맥없이 무너진다며 자기가 보기에는 이 세상에서 두더지가 가장 두렵다고 하였다. 두더지 부부의 방황은 여기서 끝이 났다.

많은 비용과 시간을 지불하고 원래의 위치로 돌아간 것이다. 두더지 부부가 하늘을 찾아가고, 구름을 찾아간 것은 아름다운 도전이 아니다. 무모했다. 두더지라면 당연히 두더지와 함께 살아야 하며, 사윗감도 두더지 중에서 찾아야 한다. 두더지에게는 이게 기본인 것이다. 기본을 잊고, 이 사실을 알기까지 두더지 부부는 많은 비용과 시간을 낭비했다.

조직의 기본사업은 무엇인가. 한 조직에서 여러 가지 일을 할 수 있다. 이

때에도 가장 기본이 되는 일이 무엇인지 간부는 물론 구성원 모두가 공감해야 한다. 우체국에서 기본은 우편 업무이고, 우편 업무 중에서도 물류다.

살수대첩

을지문덕 장군이 수나라 우중문에게 오언시(五言詩)를 보냈다. 신책구천문(神策究天文)「그대의 신통한 계책이 하늘의 이치를 깨달은 듯 하고」, 묘산궁지리(妙算窮地理)「그대의 기묘한 계략은 땅의 이치를 아는 듯하네」, 전승공기고(戰勝功旣高)「이미 전쟁에 이겨서 그 공이 높으니」, 지족원운지(知足願云止)「이제 만족한 줄 알고 그만둠이 어떠한가」. 이 시는 을지문덕이 수나라 장군 우중문에게 보낸 시다.

우중문은 을지문덕의 글솜씨에 감탄했고, 또한 자기를 칭찬한 것에 대해 매우 기뻐했다. 그리하여 우중문은 수나라로 돌아갈 생각을 했다. 수나라 군의 주력 부대가 모두 강으로 들어섰을 때, 을지문덕 장군이 살수(지금의 청천강) 상류에 막았던 보를 허물어 수나라 정예군 30만 명을 몰살시킨 것이 살수대첩이다.

수 양제가 왜 패했을까. 고구려 정벌이란 숙원을 풀기 위해 수양제가 동원한 전투 병력은 113만 3,800명이었다. 보급품 수송을 맡은 후방 지원 병력까지 합하면 총 300만 명이 동원되었다니, 인류 역사상 최대 규모 병력이라는 말이 과장이 아니다. 수양제는 이 전쟁을 위해 중국 대륙을 남북으로 관통하는 물길을 뚫었다. 병력과 물자수송을 원활히 하려는 목적이었다. 치밀한 전쟁 준비와 훈련에 국력을 아낌없이 쏟아부었지만, 결과는 무참한 패배였다.

그 이유는 여러 가지로 분석되고 있다. 수 양제가 출정 시기를 잘못 잡아 날씨와의 싸움에서 진 것도 그 원인 중 하나이다. 지금의 전쟁은 첨단 무기를 이용하므로 날씨에 크게 영향을 받지 않을 수 있지만, 그 당시의 전쟁은 주로 병력에 의존해야 했기에 날씨가 전쟁의 승패를 가르는 요인이 될 수 있었다.

그러나 가장 중요한 수 양제의 패인은 보급로가 멀고 험해 보급물자가 제대로 지원되지 않았기 때문이라는 시각이 지배적이다. 보급물자의 원활한 흐름이 전쟁의 승패를 가른 것이다. 현대전에서도 보급 물자가 원활히 공급되지 않는다면 제대로 전쟁을 수행할 수 없을 것이다.

또 의사소통이 원활하지 못한 것도 패인 중 하나이다. 수양제는 전쟁을 지휘하면서 장수들에게 모든 전진과 후퇴는 자신의 허락을 받도록 엄명을 내렸다. 어렵게 요하를 건넌 수나라 군대는 고구려의 요동성 공략 전투에서 '중요한 행위는 재가를 받으라.'는 어명을 의식한 수나라 장수가 전투를 중지하고 수 양제에게 어명을 받으러 간 사이에 고구려군은 전열을 정비해 항전태세를 갖추었다. 고구려 입장에서는 시간을 벌었으나, 수나라 입장에서는 기회를 놓치는 결과를 가져왔다.

수 양제의 행재소(行在所)는 움직이는 궁전이라고 할 만했다. 수행원 수백 명이 머무르는 거대한 지휘대 밑에 수레바퀴를 달아 움직이게 하였다. 숙영할 때에는 행재소 주변에 이동식 성벽을 쳤는데, 그 길이가 3㎞였다고 하니 사자(使者)의 황제 알현 절차가 알만하지 않은가. 의사소통이 그만큼 어려웠을 것이다.

전장의 장수와 최고통수권자 사이에 의사소통이 원활하지 못하여 장수가 중요한 전쟁 행위를 결정하는 데 큰 장애가 되었으며, 이것도 중요한 패인의 하나가 되었다. 결국 물자의 흐름이 막히고, 의사소통이 원활하지 못한 것이 전쟁에서 승패를 가르게 하였다고 볼 수 있다.

조직의 경쟁력은 의사(意思)와 물자(物資)의 원활한 흐름에서 나온다. 기업 등 대부분의 조직에서는 빠르게 변하는 환경에 대응하기 위해 기존의 계층형 구조 대신 팀형 구조로 바꾸고 결재 단계도 단순화했다. 이는 원활한 소통과 신속한 의사결정이 조직의 성패를 가름을 인식한 때문이다.

흐름, 흐름, 흐름

물류는 흐름(流)을 경영하는 것이다. 돈의 흐름(金流)이 국가 경제를 좌우한다. 우리나라가 겪은 '97년의 환란(換亂, 외화 부족으로 IMF로부터 자금지원을 받은 사건)'은 대부분의 국가에서와 마찬가지로 외환위기와 금융위기라는 전형적인 '쌍둥이 위기(twin crisis)'였다. 외환 보유고가 고갈되어 갚아야 할 채무를 제때에 갚을 수 없었고, 금융 시스템이 제대로 작동되지 않아 돈의 흐름이 원활치 못했던 것이 환란(換亂)의 원인이었다.

화폐 이론에서도 개인의 현금 인출이 없고 돈이 은행권에서 흐를 때 신용 창조가 증가하는 것을 알 수 있다. 기업은 물류가 원활치 못해 재고가 쌓이면 경영난이 가중된다. 재고가 많다는 것은 현금이 잘 흐르지 않고 있다는 말이기도 하다.

원활한 정보의 흐름은 조직의 큰 경쟁력이다. 인터넷을 통해 지식과 정보를 주고받음으로써 전 세계 사람들이 한 식구가 된 지 오래다. 우리는 인터넷에서 수많은 정보를 얻는다. 기업 등 조직에서는 각자가 가지고 있는 지식과 정보가 잘 흐를 수 있도록 여러 가지 장치를 한다. 대표적인 것이 전자 게시판이다. 전자 게시판의 역할은 각자가 가지고 있는 지식과 정보가 머무르지 않고 다른 사람에게 흐르도록 하기 위한 것이다.

가령 '20만 원의 비용절감 정보'가 흐르지 않는다면 20만 원의 비용절감으로 끝나나, 이 정보가 10개의 조직으로 흘러간다면 그 열 배인 200만 원의 비용절감 효과를 낼 수 있다. 정보와 지식의 흐름이 조직의 경쟁력을 키우게 되는 것이다.

예로부터 치수(治水)는 나라의 흥망과 직결됐다. 옛날 임금의 가장 중요한 일 중 하나가 비가 오지 않으면 비를 내려 달라고 기원제(祈願祭)를 올리는 것이었다. 치수란 무엇인가. 물을 다스린다는 의미인데, 이는 물이 필요할 때 잘 흐르도록 하는 것이다. 필요할 때 쓰려면 저장도 해야 하고, 잘 흐르게 하려면 물길도 만들어야 한다.

물의 흐름을 제대로 관리하지 못하여 세계적으로 해마다 수십만 명, 수백만 명의 이재민이 발생하고 엄청난 재산피해를 입기도 한다. 산의 나무를 벌채하면서 제대로 치우지 않고 쌓아놓아 물길이 막혀 산사태가 나는 경우를 우리는 자주 본다.

엘니뇨는 대기 흐름의 이상(異常)이다. 대기의 불규칙한 흐름 때문에 지구가 몸살을 앓고 있다. 동태평양 적도 부근 해수면 온도가 평년보다 높은 상태가 지속될 경우를 '엘니뇨'라 하고, 반대로 동태평양 해수면 온도가 평년보다 낮은 경우를 '라니냐'라고 한다.

일정한 원칙을 가지고 흐르던 대기가 그 흐름을 잃게 되면서 라니냐, 엘니뇨 같은 현상이 나타난다. 추워야 하는데 덥고, 더워야 하는데 추위가 찾아오는 등 날씨의 리듬이 깨지는 현상이 근래 들어 잦아지고 있다. 전례 없는 가뭄, 홍수, 한파, 더위 등은 바로 불규칙한 대기 흐름이 그 원인이다.

물류는 물자(物資)의 흐름이다. 지금을 물류의 시대라고 하는데, 이는 물자의 흐름이 중요하다는 이야기다. 인터넷을 통하여 소비자와 기업 사이에 이루어지는 상거래 행위인 전자상거래가 가히 폭발적이다.

그러나 거래 행위 자체는 인터넷에서 할 수 있으나, 구입한 물품을 고객이 직접 손에 들어야 그 거래가 완성된다. 즉 전자상거래를 완성시키는 것은 물자의 흐름이며(物流), 전자상거래가 증가하는 만큼 물류가 중요해지고 물류의 양이 증가하게 된다.

중국판 블랙프라이데이인 광군절(2017.11.11.)에 알리바바는 첨단 지능정보 기술(AI, 간편결제, 핀테크)을 동원하여 당일에만 10억 건이 넘는 물량의 주문을 받아 28조 원의 매출을 올렸다. 주문량 중 중국 내 배송에는 평균 10~15일이 걸렸고, 우리나라 주문자에게는 12월 초순에 배송이 이루어졌다.

엘리베이터

경영 마인드가 경영자 입장에서 생각하고 판단하는 것이라면, 물류 마인드는 물류 관리자 입장에서 보고 생각하는 것이라 할 수 있다.

왜 엘리베이터가 건물의 중심부에 있지 않고 가장자리에 있을까. 몇 년 전 모 호텔에서 개최된 회의에 다녀왔다. 프런트에서 등록을 마친 후 객실카드를 받아들고 배정될 객실로 가기 위하여 엘리베이터를 찾았다.

대부분의 경우 엘리베이터를 건물 가운데 설치하여 내렸을 때 객실까지의 이동 거리를 최소화하게 한다. 그런데 이 건물은 객실이 상당히 많음에도 엘리베이터가 건물 가장자리에 위치하여 끝에 있는 객실까지 이동거리가 길어 많이 불편함을 느꼈다. 또한 숙소건물 2동이 인접해 있었는데 동(棟) 간 이동은 3층에서만 가능하였다. 5층 이상의 건물로 기억하는데, 숙소 동 간 이동을 하려면 많이 불편했다. 1박의 짧은 기간이었지만 숙소 동 간 이동을 두 번 했는데, 5층에서 3층으로 내려와야 다른 숙소 동으로 이동할 수 있었다. 고객 입장에서 많은 불편을 느꼈다.

물론 건축 기술상 그럴 수밖에 없다던가 다른 이유가 있는지는 모르지만,

물류 측면에서는 바람직하지 않은 것이다. 나는 이 건물을 건축한 관계자가 물류를 잘 모르는 분일 것이라 생각했다. 작업 동선 최적화를 기하는 것은 바로 인적, 물적 흐름을 최적화하여 업무의 효율성을 기하는 것의 다름 아니다. 이처럼 원활한 물류는 고객만족도와 직결된다.

영화관의 입구와 출구를 따로 만든 것은 그리 오래되지 않았다. 지금은 영화관에 입구와 출구가 따로 있는 것을 당연하게 여기나, 십여 년 전만 하더라도 입구와 출구가 구분 없이 하나만 있었다. 따라서 옛날 극장은 상영 시간이 끝나면 나가는 사람과 들어가려는 사람이 뒤엉켜 많이 복잡하였다. 지금은 입구와 출구가 따로 있으니 이동이 편리하고, 당연히 들어가는 사람과 나오는 사람이 마주칠 이유가 없는 것이다.

바퀴

바퀴를 이용하면 생활이 편리해진다. 실생활에서 바퀴를 이용하는 사례를 많이 접할 수 있다. 지금은 식당에서 음식을 나를 때 바퀴 달린 운반구를 사용한다. 화분도 크고 무거운 것은 받침대 밑에 바퀴를 부착하고, 여행용 가방에 바퀴를 달아 사용한지는 아주 오래전이다.

바퀴가 나오기 전에는 썰매가 주요 물류 이동수단이었다. 바퀴가 세계 고대 문명 모든 곳에서 널리 활용되었으리라고 생각하기 쉽지만, 꼭 그런 것도 아니었다. 이집트에서 피라미드를 지을 때에도 바퀴보다는 오히려 썰매를 이용한 것으로 보인다. 기원전 1300년쯤에 이집트에서 신의 상(像)을 운반해 가는데, 그 신상(神像)을 썰매에 태우고 운반하는 모습을 벽화에서 볼 수 있다. 모래사장에서는 바퀴보다 썰매가 더 편리했기 때문이다. 마찬가지로 북유럽 지방에서는 기원전 5천 년쯤부터 여름에는 습지대를, 겨울에는 눈 덮인 들판이나 얼음 위를 말이 *끄*는 썰매로 이동했고, 지금도 알래스카에서는 개가 얼음 위에서 썰매를 끌며 이동수단 역할을 해내고 있다.

바퀴 달린 수레가 더 불편한 지역도 있다는 것은 주목할 일이다. 우리나라에서도 한겨울에 종종 눈이 많이 내리면 바퀴 달린 자동차보다 썰매가 더 편리할 때도 있는 것이다. 아메리카 인디언들은 유럽인들이 바퀴를 전한 다음에도 개가 끄는 썰매를 이용하는 경우가 많았다. 인디언들의 경우 사람은 말을 타고 달리고, 물건은 간단한 썰매에 싣고 개가 끌어 운반하였다. 이는 산악지대를 중심으로 생활하던 그들의 생활상과 관계가 깊다. 미끄럼마찰을 굴림마찰로 바꿀 수 있다면, 그 에너지 이용의 이익이 훨씬 크다.

바퀴는 처음에 교통수단보다는 다른 생활수단으로 활용되었다. 고대부터 어느 문명에서나 발달한, 도자기 만드는 기술의 하나로 돌림판(물레= potter's wheel)이 있는데 이것 역시 바퀴의 일종이다. 이것은 우리나라에서도 4천 년 전부터 이미 사용되었던 것으로 보이는데, 토기(土器)를 둥글고 매끄럽게 다듬어 만들 수 있었던 근본 기술은 바로 물레의 사용에 있었던 것이다.

610년 3월에 고구려 임금은 승려 담징을 일본에 보내 여러 가지 새로운 기술을 가르쳐 주었다. 일본의 고대 역사를 기록한 일본서기(日本書紀)라는 책에 보면 담징은 일본에 종이와 먹, 그리고 물감 만드는 기술을 전했고, 맷돌을 만들어 준 것으로 되어 있다. 여기서의 맷돌은 한자로는 연애(碾磑)인데, 돌로 곡식을 빻는 기구를 말한다.

바퀴(수레) 사용의 감소가 물류비용의 증가와 경제활동을 위축시키는 부정적인 효과가 있었던 것을 역사에서 읽을 수 있다. 17세기 이전의 이슬람 문명은 서구세계와 비교했을 때 경제적으로 비슷하고 어떤 면에서는 오히려 앞서 있었음에도 불구하고 17세기 후반부터 서구세계에 뒤지기 시작했다. 현재는 막대한 석유 매장량을 자랑하고 석유 판매로 서구에서 많은 돈을 벌어들이고 있지만, 17세기 이후 3세기 동안 경제적인 격차가 벌어진 이유는 수레(바퀴)가 줄고 사유재산권이 안정되지 못한 것에 있다는 것이 그 이유 중 하나이다.

인류의 가장 위대한 발명품 가운데 하나로 손꼽히는 바퀴는 메소포타미아, 즉 지금의 이라크 지역에 살던 수메르인이 발명하였다는 것이 일반적 견해이다. 그러나 중세에 이르러 인류 최초로 바퀴를 발명했던 중동지역에서 수레의 사용이 중단되었다.

당시 수레를 사용한 사람들은 부자에 속했는데, 국가는 전쟁이 있을 때면 이들에게 아무런 보상도 하지 않고 수레를 징발했다. 결국 사람들은 점차 수레를 보유하는 것을 꺼리게 됐고, 이는 수레 사용의 쇠퇴로 이어졌다. 이 같은 수레 사용의 쇠퇴로 물류비용이 높아졌고, 그로 인해 교환 활동, 즉 경제활동이 줄면서 경제력이 점점 위축된 것이다.

수레란 바퀴 위에 구조물을 설치한 것이다. 수레에서 가장 중요한 부분이 바퀴이다. 수레의 핵심은 바퀴가 얼마나 튼튼하고, 길이 안 좋은 곳에서도 잘 굴러가느냐이다. 역사에서 가정이란 있을 수 없지만, 그 당시의 위정자가 국민이 수레(바퀴)를 보유하고 활용하는 것을 방해하지 않고 장려하였다면 어떻게 달라졌을까?

표준화

물류비용 절감은 표준화부터 시작한다. 표준화는 생활을 편리하게 하고 물류비용을 절감시킨다. 1자, 1관하면 그 길이와 무게가 얼마인지 짐작하기 쉽지 않다. 1관이 3.75kg임을 아는 사람들이 얼마나 있을까? 이를 알려면 인터넷 검색을 하든지 도량형 환산표 노트를 보아야 하는데, 그것을 알아내는

데 드는 시간 등의 비용이 이 바쁜 세상에서는 만만치 않다. 이는 우리 생활을 불편하게 하고, 쓸데없이 사회적 비용을 증가시킨다. 이 같은 불편을 해소하고자 1960년 10월 파리에서 열린 제11차 도량형일반협의회에서 새로운 국제 단위체계를 공식화하여 7개의 기본 단위가 채택되었는데, 길이는 미터(m), 질량은 킬로그램(kg), 시간은 초(sec)이고, 전류는 암페어(A)이다. 열역학적 온도는 켈빈(K)인데 이는 '절대영도'를 영점으로 하고, 물의 삼중점(얼음·물·수증기가 평형상태에 놓이게 되는 온도와 압력)에서 273.16K로 정의된다. 섭씨 온도 눈금은 켈빈 눈금에서 유래하며, 삼중점은 섭씨 눈금에서는 0.01°C이다. 광도는 칸델라(cd)이고, 물질의 양은 몰(mol)이다.

물류 표준화는 유통 장비와 포장의 규격, 구조 등을 통일하고 단순화하는 것으로 포장·하역·보관·운송·정보 등 각각의 물류기능 및 물류단계의 물동량 취급 단위를 표준 규격화하고 이에 사용되는 기기·용기·설비 등을 대상으로 규격·강도·재질 등을 표준화하여 이들의 상호호환성과 연계성을 확보하는 유닛 로드 시스템(Unit Load System)을 축하는 것을 말한다.

물류 표준화의 목적은 물류 활동의 효율화, 화물 유통의 원활화, 수급의 합리화, 물류비의 저렴화에 있다. 물류 표준화가 필요한 이유는 첫째, 유통 물량이 증가함에 따라 물류의 일관성과 경제성을 확보해야 하고, 둘째, 물류비의 과다 부담을 덜게 할 수 있기 때문이다.

셋째, 새로운 기술, 새로운 소재, 공장자동화, 하역, 보관의 기계화를 하려면 물류의 표준화가 전제되어야 한다.

수도꼭지의 표준화는 불가능한가? 모 호텔 화장실에서 겪은 일이다. 집에서 하는 버릇대로 수도꼭지에 붙어 있는 버튼을 들어 올렸다. 그런데 물이 나오지 않았다. 짧은 순간이었지만 당황했다. 곧 버튼을 내리니 물이 나왔다. 바로 표준화되어 있지 않아 잠시나마 불편을 겪은 것이다. 이것은 아무

것도 아니다.

언젠가 공항에서 양치질을 하려 화장실에 갔는데 수도꼭지에 돌리는 스위치도 없고, 버튼을 올리고 내리게 되어 있지도 않았다. 상당한 시간을 물을 쓰려고 애를 썼는데도 물이 나오지 않았다. 한참 애를 쓰다 보니 물이 나왔다. 알고 보니 수도꼭지 밑에 손을 대면 물이 나오는 것이었다. 이것이 내가 수돗물을 쓰기 위해 가장 고생한 경우이다.

공중목욕탕을 가보면 목욕탕마다 수도꼭지를 여는 방법이 다르다. 옆 사람에게 물어보고 나서야 물을 틀 수 있는 경우도 있다. 일상생활에서 매일 쓰는 시설인데도 표준화되어 있지 않아 많은 사람들이 고생하는 것이다. 수도꼭지는 버튼을 올리든 내리든, 모든 사람들이 쉽게 이용할 수 있도록 표준화가 꼭 필요하다.

우측통행은 필요하다. 초등학교에서 배우는 교통안전 노래에 '차들은 오른쪽 길, 사람들은 왼쪽 길'이라는 가사가 있었다. 이것이 2010년이 되자 사람들도 우측통행을 하도록 바뀌었다. 평소에는 우측통행이나 좌측통행이나 별 부담이 없는데, 좁은 길이나 계단, 등산로 등에서는 이 규칙을 지키지 않으면 많이 불편하다.

나는 등산 마니아는 아니지만 주말이면 산을 찾는다. 내가 산에 가는 이유는 정상에 올라섰을 때 몸에서 나는 땀 때문이다. 나는 땀이 잘나지 않는데 낮은 산이지만 정상에 올라서면 흥건하게 땀이 난다. 이때의 기분은 무엇과도 바꿀 수 없다.

그런데 산을 찾을 때 기분 나쁜 경우 중 하나가 몇 사람이 떼를 지어 횡렬로 걸어가 빠져나가기 어려운 경우이고, 또 하나는 우측통행을 안 하는 경우이다.

모두가 우측통행을 지키면 좁은 길을 서로 잘 걸어갈 수 있을 텐데 이게 잘 지켜지지 않는다. 나는 우측통행을 고집한다. 어떤 때는 나의 이 선한 고집이 다른 사람과 충돌할 때도 있다. 하지만 사회규범은 지켜져야 한다.

빈 화물차

마케팅은 각자가, 물류는 공동으로. 몇 년 전만 하더라도 아침에 일어나서 가장 먼저 하는 일이 아파트 문을 열고 신문을 가져오는 것이었다. 새벽 4시, 5시에도 문을 열어보면 어김없이 신문이 놓여 있었다. 웰빙 트렌드로 아침 운동을 하는 사람들이 많지만, 지금도 많은 이가 아침에 일어나 첫째로 하는 일이 아마 조간신문 보기가 아닐까 한다.

신문 배달은 신문보급소별로 배달원을 두고 자기 신문만 배달하였다. 이 배달 시스템은 배달 구역을 넓게 하고, 신문 배달원을 더 필요하게 하여 인건비가 추가로 들어가게 함으로써 신문보급소의 경영수지를 악화시켰다. 이 문제를 물류 측면에서 풀자면, 신문보급소 간 배달의 공동화이다. 그런데 배달의 공동화가 쉽지 않다. 그 전에는 경쟁업체가 알지 못했던 자사의 고객, 마케팅 정보가 새어나가는데 따른 위험부담이 있기 때문이다.

그러나 배달의 공동화 시 비용이 크게 절감되므로 신문보급소 간 배달의 공동화가 시도된 것으로 알고 있는데, 그 효과가 어떠했고 지금도 시행하고 있는지는 모른다. 물류비 절감을 위해서는 '마케팅은 각자가, 물류는 공동으로' 하는 문화가 확산되어야 한다.

회계 업무를 할 때는 사무실 엘리베이터를 거의 이용하지 않았고, 불필요하게 켜진 전등이 너무 많다는 생각을 했다. 아침에 출근하면 불필요한 전등의 소등을 위해 1층부터 4층까지 오르내리기도 했다.

물류 업무를 하면서는 전에는 무심코 지나쳤던 우체통, 우편차가 눈에 많이 띄었다. 그전보다 우체통, 이륜차, 우편차가 늘어난 것은 아닐 터다. 그대로인 현상을 전과는 다르게 보는 것이다. 본다는 것은 결국 마음의 문제이다.

운전하면서 관심 있게 보는 것이 하나 있다. 바로 화물차다. 화물차가 짐을 가득 신고 달리면 가슴이 뿌듯하다. 그런데 유감스럽게도 빈 채로 달리는 화물차가 너무 많다. 물류에 대한 정보 공유가 되지 않고 있기 때문이다. 빈 화물차가 많으면 그만큼 물류비가 증가하게 된다. 공차(空車)는 개인적으로나 국가적으로 큰 낭비이다. 물류비 절감은 바로 기업의 수익성 증대, 국가의 경쟁력 강화로 이어진다.

(2008년 1월부터 2019년 2월까지 물류문화를 생각하며 쓰다)

겨울 이야기